subkultur

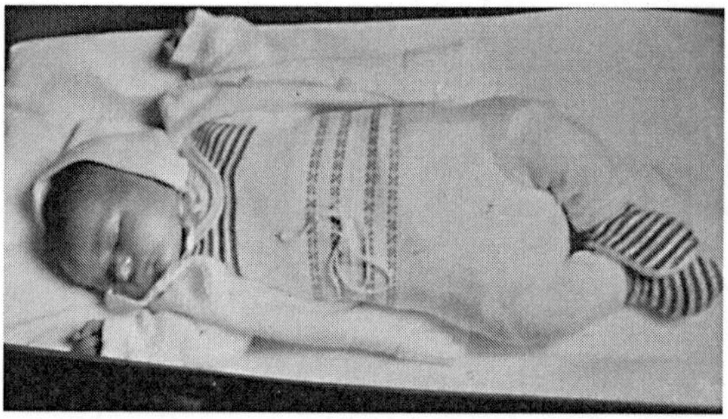

www.edition.subkultur.de

## HC Roth

H.C. Roth ist Anarcho-Liedermacher und Punkliterat, Comoderator und Mitbegründer der 1. Grazer Lesebühne. Er schreibt seit 1999 für das Ox-Fanzine. Er schreit gern auf Bühnen herum, mal liegend, mal stehend, mal mit Gitarre in der Hand, mal ohne, in Deutschland oder Österreich. Er verstört dann und wann das Publikum lokaler Poetry-Slams, weil es durchaus auch lauter werden kann, wenn er seine Texte liest. Mittlerweile macht er das auch vor Kindern. Das mit dem Vorlesen, nicht das mit dem Lautwerden. Vor seiner Zeit bei Subkultur sind „Der Tag als Berta Bluhmfeld starb" (2008) und „Wie ich verflucht wurde und die Zeit still stand" (2010) sowie diverse Beiträge in Anthologien und Zeitschriften erschienen. Im März 2013 erschien dann der Roman „Der Flug des Pinguins" in der Edition Subkultur. Es folgten vier von Groß und Klein gefeierte, extrem coole Kinderbücher und der Episodenroman „Genpoolparty".

H.C. Roth lebt mit Frau und seinen drei Kindern in Graz/Österreich

subkultur

H.C. ROTH

# Wie aus mir kein Rockstar wurde

www.edition.subkultur.de

HC ROTH: „Wie aus mir kein Rockstar wurde"
1. Auflage, September 2019, Edition Subkultur Berlin

Inh. Marion Alexa Müller, Bornholmer Str. 81a, 10439 Berlin
www.edition.subkultur.de

Lektorat und Projektleitung: Laura Alt
Cover: AKU! (www.akupower.de)
Satz & Layout: Thomas Manegold
Gedruckt und gebunden in Deutschland
Gedruckt auf FSC- und PEFC-zertifiziertem Werkdruckpapier
print ISBN: 978-3-943412-49-9
epub ISBN: 978-3-943412-50-5

# Einleitung

„Gestern scheint länger her zu sein als das Jahr 1951", schreibt Johnny Cash in einer seiner Autobiografien. 1951 mag in meinem Fall nicht zutreffen, eher 2003, 1999 oder 1994. Während die letzten Jahre zeitlich verschwimmen, ich oft nicht genau weiß, was nun eigentlich wann war und wie lange dies tatsächlich her ist, kann ich die Erlebnisse und Geschichten aus dieser längst vergangenen Zeit exakt zuordnen. Ich weiß genau, wann was passiert ist und warum. Sie sind so präsent, als wären sie erst gestern geschehen. Und um genau diese Geschichten und Anekdoten, die ich ohnehin ständig erzähle, soll es im Folgenden gehen. Was in den letzten 15 Jahren passiert ist, gehört zum größten Teil nicht hierher.
An manches musste ich mich während des Schreibprozesses selbst erst wieder erinnern. Manches ist lustig, vieles peinlich, anderes traurig, eklig oder verstörend. Manches ist vielleicht auch für andere uninteressant. Aber ein bisschen Seelenstriptease – Nachfühlen, was wann warum in meinem Leben passiert ist und warum ich geworden bin, wie ich nun einmal bin, und warum verdammt noch mal eigentlich kein Rockstar – musste halt auch einmal sein. Manches sollte vielleicht nicht in die Öffentlichkeit, soll aber andererseits auch nicht in den Tiefen meiner Erinnerungen verschwinden. Dieses und jenes sollten meine Kinder oder meine Mutter (hallo Mama!) nicht unbedingt lesen. Manches wurde bereits im Ox-Fanzine, für das ich nun seit 20 Jahren schreibe, veröffentlicht, anderes in Poetry-Slam- und/oder Lesebühnentexten verarbeitet. Vieles ist neu geschrieben, nichts ist ausgedacht. Außer die Namen und die Namen der ganzen Bands, in denen vielleicht auch ihr irgendwann einmal gespielt habt, denn niemand von den Menschen, die in meinen Geschichten vorkommen, soll ungefragt namentlich erwähnt werden.
Warum es dieses Buch gibt? Weil ich mich in meinem 40sten Lebensjahr ein wenig mit den ersten 25 Jahren meines Lebens auseinandersetzen wollte. Ob das jemand lesen will? Das wirst du mir später, wenn du das Buch fertig gelesen hast, sagen müssen.
Nun wünsche ich viel Spaß mit meinem Leben, besser gesagt mit meiner Kindheit, Jugend, Adoleszenz und der einen oder anderen Geschichte von unterwegs. Der Rest geht euch dann doch nichts an.

# I
# Kindheit

# Erinnerungen I

Du läufst. Du läufst und läufst und läufst. Immer schneller und schneller und schneller. ‚Sitzt du noch oder läufst du schon?', denkst du dir nicht, da du erst fünf Jahre alt bist und dir diese Art zu denken, zu sprechen, zu schreiben erst sehr viel später aneignen wirst. Nein, du läufst einfach, läufst diesen unendlich langen, niemals enden wollenden Gang entlang, als den du den ausgebauten Bauernhofdachboden, in dem du mit deinen Eltern und deinem Bruder deine frühe Kindheit verbringst, wahrnimmst. Und hinter dir dieser Bruder. Ein Jahr älter, dementsprechend schneller und auch stärker ist er und hat dich bald eingeholt. Dich, der du ihm den Fernseher abgedreht hast, dieses große, klobige, hässliche, braune Ding, das da in der Küche steht und sogar schon Farbe kann. Warum du das getan hast, weißt du heute, so viele Jahre später, nicht mehr. Was gerade lief und warum dein Bruder das sehen wollte, weißt du auch nicht. Du weißt nur, dass er aufspringt und dir nachläuft und dich, der du da läufst und läufst und läufst, irgendwann auch erwischt. Du weißt nicht mehr, ob er dich stößt, ob er dich packt und schleudert oder ob du bloß versuchst, ihm auszuweichen, und dabei, ungeschickt wie du immer schon gewesen bist, stolperst. Du weißt nur, dass du fällst und dein Hinterkopf Bekanntschaft mit dem Heizkörper macht. Und dann weißt du nichts mehr, weil alles schwarz ist, ein großes schwarzes Loch ist, gefolgt von einem großen weißen Auto mit blauen Lichtern und einem grünen Kreuz statt einem roten. Du meinst, dich an Wildschweine auf einer Wiese zu erinnern, an der dieser lokal agierende grünbekreuzte Rettungsdienst vorbeirast, und daran, dass das Krankenhausgebäude, in das du gebracht wirst, außen gelb und innen weiß ist. Du erinnerst dich an ein zweijähriges Kind in einem Gitterbett, das dich nervt, obwohl es kaum sprechen kann, und an diesen etwa zehnjährigen Jungen mit der auffällig hohen Stimme. Du erinnerst dich daran, dass es Rahmschnitzel gibt und du ‚Rabenschnitzel' denkst, was du ekelhaft findest, aber ohnehin egal ist, da du nichts Festes essen darfst, weil du permanent erbrechen musst.

Du erinnerst dich an das Baby in den Armen deiner Mutter, das erst wenige Wochen alt und wohl deine Schwester ist.

Du erinnerst dich daran, dass du dich schon sehr gefreut hast auf das Abschlussfest im Kindergarten, das du schließlich nicht besuchen

kannst, weil du auch nach dem Krankenhausaufenthalt noch lange ans Bett gefesselt bist, dich nicht bewegen darfst und über einen abgeschnittenen Benzinschlauch aus Gummi Suppe schlürfen musst. Den Geschmack nach Gummi hast du heute noch oft im Mund, wenn es wieder einmal Suppe gibt. Und wenn du daran denken musst, denkst du, du musst kotzen.
Du gehst nicht zum Fest, spielst nicht mit den Freunden und isst nicht die leckeren Brötchen, die die Kindergärtnerin sicher für euch bestrichen hat, weil du eben im Krankenbett herumliegst. Und so geht deine Kindergartenzeit einfach vorbei, all deine Freunde und Freundinnen wirst du nie mehr sehen. Außer den Einen, der House-DJ wird und in Bordellen auflegt, den siehst du manchmal in der Zeitung. Gehirnerschütterung heißt das Wort, das alle verwenden, die Ärzte, die Schwestern, die Eltern. Dieses Wort, das du nur ein halbes Jahr später wieder hörst, als du auf dem Eislaufplatz kerzengerade umfällst und auf dem Hinterkopf landest. Dieses Wort, das mit sieben oder acht Jahren abermals Relevanz für dich bekommt, als du einem Schulfreund deines Bruders die Zunge zeigst und er dich auf der schmalen Straße vor eurem kleinen Bauernhof mit dem Fahrrad niederfährt. Dieses Wort, das im Alter von zehn Jahren schon wieder in dein Bewusstsein dringt, als du regungslos auf der Wiese liegst, da das Seil der Schaukel gerissen ist und du gegen die Holzlatten dieser Holzhütte gekracht bist, die ihr zu Hause „Presse" nennt, weil hier zu Großvaters Zeiten Äpfel zu Apfelmost gepresst wurden.
Dieses Wort, Gehirnerschütterung, geht dir mit etwa 22 Jahren durch den Kopf, als du bei einem Konzert einer Düsseldorfer Band, die noch nie über Jägermeister gesungen hat, von der Bühne springst und dich niemand fängt. Und 32 Jahre nach der Sache mit dem Fernseher liegst du wieder im Bett, weil an deinem Arbeitsplatz der Kopf eines anderen mit voller Wucht gegen deinen gerammt wird.
Aber jetzt, im Juni 1985, ist dieses Wort Neuland für dich, bedeutet für dich Krankenhaus und das abrupte Ende eines wichtigen Lebensabschnittes, das abrupte Ende deiner Kindergartenzeit.

# Erinnerungen II

Diese Bekanntschaft mit dem Heizkörper, der Rettung[1], dem Krankenhaus, das jähe Ende deiner Kindergartenzeit ist eine wichtige Erinnerung deiner frühen Lebensjahre, aber nicht deine erste.
Das Erste, an das du dich in deinem Leben bewusst erinnerst, ist, wie du im Alter von drei Jahren in ein Matador-Rad[2] beißt, weil du glaubst, dass es ein Weihnachtskeks ist.
Du erinnerst dich aber auch an viele andere Geschehnisse und Begebenheiten aus deiner Kindheit. Manches ist verschwommen, anderes ganz klar. Das hängt davon ab, wie alt du zu diesem Zeitpunkt warst und wie lange das alles schon wieder her ist. Manchmal sind es konkrete Erlebnisse. Manchmal ist es ein Geruch, ein Geräusch, ein Gefühl.
Du erinnerst dich daran, wie du mit deinem Bruder alle Spielsachen, die ihr besitzt, auf den Gang räumst und die Eltern schimpfen. Du erinnerst dich daran, wie du mit dem Dreirad durch eben diesen Gang fährst und wie du mit demselben Dreirad am Hühnerstall vorbeirollst und du Angst vor den Hühnern hast, die da am vergitterten Fenster stehen und mit den Flügeln schlagen. Du erinnerst dich an den modrigen, dunklen Getränkekeller. Du erinnerst dich an den Holzverschlag, der an den Hühnerstall angebaut ist und den ihr damals noch Garage nennt. Du erinnerst dich an den Bautrupp, angeführt von deinem Onkel, der den Holzverschlag abreißt und die neue richtige Garage hinbaut, die da heute noch steht. Du erinnerst dich an diesen einen Hilfsarbeiter mit der Lernschwäche, den alle für „ein bisschen dumm" halten und gerne verarschen und an diesen Typen, der gerade einmal 16 Jahre alt und zehn Jahre später tot ist. Du erinnerst dich an das Plumpsklo und den modrigen Geruch im Dachgeschoß des Stallgebäudes, das abgerissen wird, als du 14 bist. Du erinnerst dich an den Bautrupp, angeführt von deinem Onkel, der mit deiner geringen Mithilfe anstelle des Stalls das neue Haus deiner Großeltern baut – das Haus, in dem dein Großvater väterlicherseits sterben wird, wenn du 16 Jahre alt bist, und in dem du später vorübergehend selbst wohnen wirst. Du erinnerst dich an das Plumpsklo auf dem Bauernhof deiner Großeltern mütterlicherseits, dort wo

1 österr. für: Rettungsdienst,
2 österreichisches Holzspielzeug

auch deine Cousins wohnen, mit denen du neben dem Klo immer gegen die Stallwand urinierst. Du erinnerst dich an Übernachtungen dort bei den Cousins in diesen Stockbetten und dass ihr das Spiel habt, dass der Erste, der schläft, „ich" rufen soll. Du erinnerst dich daran, wie du in frühesten Kindheitstagen immer bei deiner Oma in die Küche wackelst und mit stolzgeschwellter Brust behauptest, du seist der Bürgermeister und dass das alle ganz niedlich finden.
Du erinnerst dich an die sterbende Großtante, die da in einem kleinen Kämmerchen wohnt, und an das Haus in der Oststeiermark, in dem sie zuvor gelebt hat. Du erinnerst dich, dass die sterbende Großtante deiner Familie vor ihrem Auszug alte Lebensmittel schenkt, die sie nicht mehr braucht, und daran, dass du dich wunderst, dass es auch helle und nicht nur dunkle Nudeln, es auch hellen, nicht nur dunklen Reis gibt. Du erinnerst dich daran, dass ihr diese Lebensmittel dann aber doch nicht esst, da euch beim Öffnen der Packungen die Würmer in Scharen entgegenkriechen.
Du erinnerst dich an die Urlaube mit deinen Großeltern mütterlicherseits und an die Geschichten, die dein Großvater immer erzählt, von seinen Fahrten mit dem Fahrrad durch die schöne Steiermark. Du erinnerst dich nicht daran, dass er jemals erwähnt hätte, dass diese romantischen Fahrradfahrten im Krieg stattfanden und er als Soldat unterwegs war. Du erinnerst dich an die Vorfreude auf diese Urlaube und daran, dass du dir dann und nur dann Comichefte kaufen darfst – Asterix, Lucky Luke, Clever & Smart. Du erinnerst dich an das Gasthaus, wo ihr immer Pause macht, an eine schmale tunnelreiche Strecke, an einem großen See. Du erinnerst dich an den ersten Aufzug, mit dem du in deinem Leben fährst, dort in diesem ersten Hotel, das du je betreten sollst. Du erinnerst dich an jenes Hotel, in dem dein Onkel arbeitet, an den speziellen Geruch dort, an die Farbe des Zimmerfußbodens und das Kaufhaus gegenüber. Du erinnerst dich daran, dass du, als du einmal mit deinen Eltern für einige Tage da bist, in einem dieser Hotelzimmer den Papst im Fernsehen siehst.
Du erinnerst dich, wie du während desselben Kurzurlaubs tausend Tode stirbst, als ihr mit eurem kleinen grünen Polo auf engen, steilen Straßen den höchsten Berg des Landes hinaufkriecht, und dass du dich darüber wunderst, dass auf diesem Berg Menschen im Sommer Ski fahren. Du erinnerst dich daran, dass ihr am Fuße dieses Berges in ein Gasthaus einkehrt und deine Eltern dir und deinem Bruder Frankfurter Würstel[3] und Almdudler bestellen, so wie sie es nach

3 österr. für: Wiener Würstchen

euren gelegentlichen Sonntagskirchbesuchen im Dorfgasthaus auch immer tun. Du erinnerst dich daran, dass du genau dort auch die ersten Pommes frites deines Lebens essen darfst, aber trotzdem unzufrieden bist. Du erinnerst dich nicht mehr daran, was deine Eltern essen, aber daran, dass du lautstark und für alle gut hörbar sagst: „Das ist gemein, ihr dürft sowas Gutes essen und wir kriegen schon wieder nur Frankfurter."
Du erinnerst dich daran, dass du eure sonntäglichen Kirchenbesuche stinklangweilig findest, du aber trotzdem Ministrant wirst, weil dein Bruder auch einer ist.
Du erinnerst dich an deinen Großvater väterlicherseits als kleinen, buckeligen alten Mann mit Glatze, obwohl er in deiner frühen Kindheit jünger ist, als dein dir überhaupt nicht alt erscheinender eigener Vater es jetzt ist. Du erinnerst dich an den Geruch in der Bauernstube deiner Großeltern und an den Lieferwagen des Weinlieferanten. Du erinnerst dich an deine Großmutter väterlicherseits als eine alte Frau in Schürze.
Du erinnerst dich an das Verstecken im Heuboden, das Trettraktorfahren auf dem noch nicht asphaltierten Hof, an den Schotter, der deine Hosen ruiniert, wenn du mit dem Fahrrad stürzt, an das Spielen mit den Nachbarstöchtern und an das Rodeln und Skifahren drüben auf dem Hügel. Du erinnerst dich daran, dass du es komisch findest, dass du in einem Ort namens Bubendorf wohnst, es dort aber fast nur Mädchen gibt. Du erinnerst dich an den nahen kleinen Bach und dessen Mündung in den gar nicht so großen Fluss, an der du als Kind viel Zeit verbringst, erinnerst dich an diesen Bach als deinen Zufluchtsort, wenn es zu Hause wieder nervt. Du erinnerst dich daran, mit deinem BMX-Rad über einen Schotterberg zu fahren und dir an der Stallwand die Nase blutig zu schlagen. Du erinnerst dich daran, in der Sandkiste eine Playmobilfigur zu vergraben, weil du hoffst, dass daraus neue Figuren wachsen. Die Figur wirst du niemals wiederfinden.
Du erinnerst dich an den grünen Polo deiner Eltern und daran, wie zerschlagen du manchmal bist, wenn du nach langen Autofahrten zu Hause wieder aufwachst. Du erinnerst dich daran, mit deinem Vater in dieses Bergdorf zu fahren, um Ferkel zu holen, du erinnerst dich daran, mit dem Vater in diese Bergarbeiterstadt zu fahren, wo die gemästeten Schweine geschlachtet werden. Du erinnerst dich, dass es beim Bergbauernhof immer Kekse und süßen Tee gibt und beim Schlachter Wurst. Du erinnerst dich an den Geruch eines Sägewerkes,

an das Wasserkraftwerk, das du einmal besichtigst, an Kuhställe und die Schweine zu Hause. Du erinnerst dich an hängende Schweinehälften im Stall und an die Angst in den Augen der Schweine, an die Geräusche, die sie machen, wenn sie sich gegenseitig zerfleischen. Du erinnerst dich an Hunde, vor denen du Angst hast, aber nicht an den großen Bernhardiner, der sich angeblich auf dich gesetzt hat, als du zwei warst. Du erinnerst dich an eine Verfolgungsjagd quer über Wiesen und Äcker – du läufst voraus, Nachbars Hund hinter dir her. Du läufst und läufst und läufst. „Er will doch nur spielen", heißt es hinterher. Du erinnerst dich daran, dass du nach dieser Verfolgungsjagd in deiner ersten und auch einzigen Jungscharstunde[4]. Papier recycelst. Du erinnerst dich an deine Zeit als Ministrant, an all die Frühmessen, die du Sonntagfrüh um 07:00 Uhr mit deinen Cousins und deinem Bruder ministrierst. Du erinnerst dich an Trinkgelder bei Beerdigungen und Hochzeiten und daran, dass du beim Fußballmatch nach der Ministrantenstunde immer als Letzter in die Mannschaft gewählt wirst. Du erinnerst dich an Musikstunden und an Auftritte als zweite Geige im Musikschulorchester. Du erinnerst dich daran, dass dein Vater dich oft zu spät holt, weil er auf dem Hof zu tun hat, und du dann traurig bist. Du erinnerst dich daran, wie du da Woche für Woche stehst und wartest, und daran, wie du dabei einmal ein Ufo siehst.

Du erinnerst dich nicht an deinen ersten Schultag, aber an den Tag, an dem du deine erste Brille bekommst.

4 Jungschar: christliche Kinderorganisation

Ox-Fanzine #112, Februar/März 2014)

# Rapunzel, lass dein Haar herunter ...

... sagt der verkleidete Mann in seinem seltsamen Aufzug zu der verkleideten Frau mit der Langhaarperücke. Was die in einem Turm sitzende Frau erwidert, weiß ich allerdings nicht, denn ich spiele lieber mit meiner Brille.

Es ist irgendein Nachmittag an irgendeinem Wochentag des Jahres 1989. Ich bin gerade neun Jahre alt, besuche die dritte Klasse der Volksschule und sitze jetzt im Theater, im Haus der Jugend, um genau zu sein. Sechs Jahre später wird dieses Theater bereits seit einiger Zeit „Orpheum" heißen und ich vom Bassisten einer bekannten New Yorker Hardcoreband Bühnenverbot bekommen, weil ich Romeo, meinem ehemaligen Schulkollegen aus der Unterstufe, mit einem für mich typischen ungeschickten Sprung einen Halswirbel ausgerenkt habe. Das kann ich jetzt, im Jahr 1989, aber noch nicht wissen – dass der Bassist irgendwann die Band verlassen wird, um Pornostar zu werden, ebenso wenig. Romeo lerne ich auch erst eineinhalb Jahre später kennen.
Nein, ich sitze einfach nur in der letzten Reihe, finde Theater langweilig, denke mir, dass Bücher interessanter sind, was sich bis heute nicht groß geändert hat, und experimentiere mit dem unförmigen Drahtgestell, das da seit Kurzem mein Gesicht entstellt. In den nächsten Jahren werden noch einige weitere modische Unmöglichkeiten da oben über der Nase herumsitzen und die eine oder andere Nazi- oder Proletenfaust sich damit vergnügen. Jetzt aber vergnüge ich mich selbst, setze das Ding auf, setze es wieder ab, setze es wieder auf. Sehe Rapunzel scharf, sehe sie wieder unscharf, sehe sie wieder scharf, sehe sie wieder unscharf, sehe sie wieder scharf, wieder unscharf, scharf, unscharf und so weiter, bis irgendwann der Prinz doch in den Turm steigt – mal scharf, mal unscharf – und am Ende alles gut wird.
In vier Jahren werde ich Kontaktlinsen bekommen. Das ist aber noch kein Thema, als dieses neue Brillending auf der Nase mir die Zeit bis zum finalen Rapunzel- und Prinzengeküsse versüßt. Ebenso wenig allerdings auch, dass junge Menschen irgendwo in Deutschland in jenen Tagen Wichtigeres zu tun haben, als Rapunzel scharfzumachen und stattdessen ein Punkrockfanzine gründen und dieses nach ihrer Katze benennen.

Davon dass ich zehn Jahre später einem dieser jungen Menschen – er heißt Joachim Hiller und trägt auch eine Brille – einen Brief schreiben und mich um Mitarbeit in seinem Heft bemühen werde, habe ich noch keinen Tau. Ich langweile mich lieber im Haus der Jugend. Dass da die *Ramones* bereits gespielt haben und *Bad Religion* oder *NOFX* das noch tun werden, sagt mir wieder keiner. Was aber egal ist, als ich dann im Sommer 1999 eine Postkarte von besagtem Herrn Hiller bekomme und er darin schreibt, ich solle ihn einmal anrufen. Dass es weitere vierzehn Jahre dauern soll, bis ich Herrn Hiller persönlich treffe, will Rapunzel mir nicht flüstern – die knutscht lieber mit ihrem Prinzen. Dem wiederum scheißegal ist, dass ich mit den ersten beiden Ox-Mitarbeitern, denen ich persönlich über den Weg laufe, auch gleich auf Lesereise, auf meine erste richtige Tour überhaupt gehe, und ich so – dann bereits in den 30ern – doch noch den von Kindheit an geträumten Traum eines Rockstar-Daseins zumindest ein wenig leben kann. Ja, davon will Rapunzel nix wissen, sie tauscht lieber Speichel mit Prinzen aus, lacht über den Neunjährigen mit der hässlichen Brille in der letzten Reihe und ist heute wahrscheinlich Bankbeamtin oder tot.

# Schule

Du erinnerst dich nicht an deinen ersten Schultag und auch nicht an den Moment, als die Schule aufhörte, dir Spaß zu machen. Du bist kein guter Schüler und auch kein sonderlich motivierter. Du hast andere Dinge im Kopf und schreibst andere Dinge in deine Hefte. Statt zu lernen, erfindest du Bands, die *Noise Factory*, *Vergammelte Speisen* oder *Incubator* heißen, und zeichnest sie auf die Doppelseiten, die du aus deinen Schulheften herausreißt. Du zeichnest sie, wie sie posieren mit ihren wilden Frisuren und ihren Ohrringen und ihren Zigaretten. Ihren zerrissenen Hosen, ihren Chucks und den Springerstiefeln. Wie sie auf der Bühne rocken und mit dem Tourbus rumfahren. Damit beginnst du mit zwölf oder 13 Jahren und hast mit 17 noch nicht damit aufgehört. Musik ist halt wichtiger als Schule und irgendeinen Weg brauchst du schließlich, um es in der sechsten Klasse[5] auf sechs „Nicht genügend"[6] im Halbjahreszeugnis zu bringen.

Als sechsjähriger Vorschulklassenknirps ist das aber noch anders. In die echte Schule darfst du noch nicht, weil irgendein Psychologe meint, du wärst noch nicht schulreif. Vielleicht liegt es an den ganzen Gehirnerschütterungen oder an den ganzen Giftstoffen in der gülligen Landluft. Die Lehrerin hat Locken, ihr dürft mehr spielen, als ihr lernen müsst, und Gerry, der heute Heizungen baut, ist auch in der Klasse und dein bester Kumpel in jenen Tagen.
Deine Mutter, die Lehrerin von Beruf ist, ist zu Hause, weil sie ein Baby hat, das wohl deine Schwester ist. Mit deinem Nachbarn, der Milchbauer ist und politisch fragwürdige Meinungen vertritt – was du in dem Alter aber noch nicht wissen kannst – und täglich seine Milch in den größeren Ort, wo auch die Schule ist, fahren muss, weil da die Milchtransporter von der Molkerei warten, kannst du morgens mitfahren. Dein Bruder und all deine Nachbarstöchter sind auch im Auto. Wie ihr alle im Auto Platz habt, ist dir heute schleierhaft. Die drei Kilometer nach Hause geht ihr zu Fuß, ihr seid immer sehr viele, eine ganze Heerschar von Kindern. Manchmal prügeln sich die Kleinen mit den Großen, die Kleinen landen im Dreck, die Großen lachen sich ins Fäustchen. Eine ganz normale Kindheit auf dem Land halt.

---

5 in Deutschland die zehnte
6 österr. für Ungenügend

Als deine Mutter wieder arbeiten gehen darf, darfst du in die echte Schule, denn jetzt bist du wohl reif genug. Als Lehrerin bekommst du dann auch gleich deine Mutter. Zu Hause nennst du sie „Mama", in der Schule „Frau Lehrerin". Sie ist zu allen Schülern freundlich, aber streng, zu dir mehr streng als freundlich – so nimmst du es zumindest wahr. Du erinnerst dich zwar nicht an deinen ersten Schultag aber daran, wie sie einmal zu Hause sagt, du sollst dieses und jenes Heft am nächsten Tag nicht mit in die Schule nehmen. Und wie sie dich dann tags drauf in der Schule prompt tadelnd fragt, wo denn dieses und jenes Heft nun sei, und du antwortest: „Meine Mama hat gesagt, ich soll das Heft zu Hause lassen, Frau Lehrerin".
Dein bester Freund ist Albert, mit Marco verstehst du dich auch gut, mit Gerfried hast du nix zu tun, erst Jahre später seid ihr Saufkumpane. Am liebsten magst du Deutsch, Aufsätze schreiben liegt dir – Bildgeschichten, Fortsetzungsgeschichten, freies Schreiben. Lesen kannst du schon, bevor du in die Schule kommst, du liest viel und gerne und alles, was du in die Finger bekommst. Irgendwann hört das wieder auf und du liest jahrelang gar nix, bis deine spätere Freundin diesen und jenen Film nicht in der Videothek ausleihen will, weil sie ihn schon gesehen hat, und du notgedrungen das Buch zum Film kaufen und lesen musst.
Auch Mathematik geht dir zu Beginn deiner Schullaufbahn noch leicht von der Hand, was sich aber schneller, als für deine Noten gut ist, ändern soll. Turnen[7] ist nicht dein Fach, liegt dir nicht, kannst du nicht, du bist motorisch eine Null, was deiner späteren Sozialisation in einer sportorientierten Gesellschaft nicht unbedingt zugutekommt. Beim Fußball bist du immer der Letzte, der gewählt wird, und ihr spielt viel und oft Fußball. Irgendwann beginnst du, deine Sportsachen zu Hause „zu vergessen". In der Unterstufe bist du ein guter Läufer, dein Lehrer zu jener Zeit ist auch der einzige, der versteht, dass du motorische Defizite hast, und zumindest versucht, deine Stärke, das Laufen, zu fördern. Leider sehen alle späteren Sportlehrer in dir nur eine faule Sau und einen unbrauchbaren Fußballer.
Zeichnen und Werken sind auch nicht dein Ding, was dich nicht daran hindert, später alles vollzukritzeln und dein erstes Buchcover selbst zu malen. Ansonsten bist du ein guter Schüler mit Motivation und guten Noten und total verliebt in Francesca, mit der du Jahre später gemeinsam eine Jugendgruppe leitest und die heute beruflich das Gleiche macht wie du. Ja, du gehst gerne in die Schule. Noch.

7 österr. für: Sport

# Technik

Du erinnerst dich an euren Nachbarn, diesen grobschlächtigen Kerl, dessen Bauernhof auf dem kleinen Hügel gegenüber von eurem Hof steht. Jeden Tag kommt er zu euch runter, um mit deinem Vater zu reden. Um mit seiner hohen, rauen, ziemlich nervtötenden Stimme über andere Nachbarn, die Politik oder Ausländer herzuziehen. Jeden Tag steht er da und schimpft und schimpft und schimpft, aber niemals ruft er an. Das könnte er auch gar nicht, selbst wenn er wollte. Ein Telefon hat er zwar – ein Bad mit fließendem Wasser und ein an die Kanalisation angeschlossenes WC bis heute nicht – aber seine Familie teilt sich mit deiner Familie Anfang bis Mitte der 80er Jahre den Anschluss. Das heißt konkret, dass der Nachbar euch nicht anrufen kann und ihr nicht den Nachbarn und dass eure Leitung stundenlang tot ist, wenn der Nachbar einmal andere Menschen anruft, um über Ausländer und die Politik zu schimpfen. Irgendwann wird aus dem halben Anschluss ein ganzer, der Nachbar kommt aber dennoch jeden Tag vorbei. Ob er heute ein Handy hat, ist dir nicht bekannt.
Das erste Handy deines Vaters jedenfalls wird sehr groß sein und sperrig und eine längere Lebensdauer haben als jedes Smartphone von heute. Und er wird sich, fasziniert wie er davon ist, stundenlang damit beschäftigen. Auch wenn man damit außer zu telefonieren gar nix tun kann, liegt er irgendwann Ende der 90er Jahre kurz nach Weihnachten krank im Bett und drückt wie besessen auf diesem Ding herum.
Du erinnerst dich auch an diesen Samstagvormittag Mitte der 80er als deine Eltern, dein Bruder und du in die nahegelegene Glasverarbeitungsstadt fahrt, wo es so etwas ähnliches wie ein Einkaufszentrum gibt. Dort arbeitet ein anderer Nachbar und dieser ist der Meinung, dass ihr unbedingt einen Videorekorder haben solltet. Und dass dieser Videorekorder auf gar keinem Fall mit diesem VHS-System, von dem gerade alle reden, ausgestattet sein sollte. Das sei ein Irrtum und überbewerteter Müll. Das einzig wahre Videosystem, das längerfristig überleben könne, sei Video 2000. Der Nachbar ist ein seriöser, vertrauenswürdiger Mann mit Ahnung, daher gibt dein Vater ihm oben im Einkaufszentrum 12.000 Schilling bar auf die Hand und der Nachbar deinem Vater dieses klobige, schwarze Videorekorderding. Dazu gibt es jede Menge dieser doppelt bespielbaren Leerkassetten.

Es ist gut, dass ihr gleich einen Großvorrat davon mitnehmt, denn wie sich herausstellt, ist der wahre Irrtum Video 2000 und Leerkassetten sind bald so wie das Gerät selbst wieder vom Markt verschwunden. Ihr aber habt jetzt also viele Jahre lang dieses Ding im Haus stehen und könnt euch, wann immer ihr wollt, alte Pumuckl- oder ALF-Folgen ansehen. Einmal – die Eltern sind gerade irgendwo unterwegs – durchforstest du ein wenig ihre Kassettensammlung, stößt auf eine dir nicht bekannte, legst sie ein und bekommst plötzlich nackte Menschen zu sehen, die ihre Körper aneinanderreiben und dabei seltsame Geräusche von sich geben. Du verstehst zwar nicht, was du da siehst, findest aber durchaus Gefallen daran – die Kassette hingegen, als du sie ein paar Tage später wieder suchst, aber nicht mehr.
Du erinnerst dich des Weiteren an diese braune Satellitenschüssel, die dein Vater irgendwann Anfang der 90er am Stalldach befestigt, und die schwarze Box, die er „Receiver" nennt, die euch nun ermöglicht, deutsches Fernsehen zu sehen. Tele 5, RTL, Sat 1, den ganzen Kram, MTV sogar und damit auch Videos von *The Offspring* und *Nirvana*. Sie befreit euch von der monopol-bedingten Abhängigkeit von den beiden staatlichen österreichischen Sendern, FS1 und FS2[8].
Du erinnerst dich lebhaft an dieses Computergeschäft in der großen Stadt, wo ihr diesen sogenannten „286er" kauft, den ihr euch vom Verkäufer aufschwatzen lasst, obwohl auch schon der neue „486er" auf den Markt gekommen ist. Diesen Computer, beziehungsweise seine Hülle, der Rest wird über die Jahre ausgetauscht und upgegraded, sollst du noch als Erwachsener besitzen und auf ihm zwei deiner Bücher schreiben. In diesem Sommer Anfang der 90er ist er zwar schon aufregend und neu für dich, der Computer, du bist durchaus stolz darauf, so etwas jetzt auch zu besitzen, und du schießt auch gerne mit diesem völlig verpixelten Raumschiff bunte Blöcke aus dem Weltall, aber alles in allem ist der Computer für dich nichts Weltbewegendes, nichts Lebenswichtiges, nichts, ohne das du nicht weiterleben könntest – er ist jetzt halt auch da. Für deinen Bruder sieht die Sache allerdings anders aus. Dieses graue 26.000 Schilling teure Ding übt auf ihn eine enorme Faszination aus und es soll seinen weiteren Lebensweg maßgeblich beeinflussen.

8 Fernsehen 1 und Fernsehen 2

# Erinnerungen III

Du erinnerst dich an dieses große Unglück, da drüben in dem großen Land, das Sowjetunion heißt. Du erinnerst dich an die Sirenen und an die Eltern, die immerfort sagen, dass du nicht im Sand spielen, keine Pilze und keine Ribisel[9] essen darfst. Du erinnerst dich daran, wie du einmal mit dem Trettraktor bei euch im Hof herumfährst, du dieselbe Sirene wie nach dem großen Unglück hörst und Panik bekommst. Du erinnerst dich daran, dass es ein Samstagvormittag ist, deine Mutter gerade einen Kuchen bäckt und dabei den Fernseher sehr laut aufgedreht hat, du erinnerst dich daran, wie sie sagt, du sollst keine Angst haben, die Sirene sei aus dem Fernseher gekommen.

Du erinnerst dich daran, wie das große Land namens Sowjetunion plötzlich – also für dich plötzlich, für die Menschen dort und die Erwachsenen hier weniger – in einige kleinere und einige ganz große Länder zerfällt. Du erinnerst dich daran, wie in diesem Land, das wohl Rumänien heißt, der Diktator gestürzt wird, und daran, dass dieser wohl ein sehr, sehr böser Mann war. Du erinnerst dich daran, dass er wohl alle Menschen in diesem Land immer ausspionieren ließ und die Menschen dort sehr arm sind. Du erinnerst dich daran, dass dieser Mann erschossen wird und du nicht verstehst, warum seine Frau gleich mit erschossen wird.

Du erinnerst dich daran, dass du es immer irgendwie lustig findest, dass es zwei Deutschländer gibt, und du erinnerst dich auch daran, dass das dann plötzlich – also für dich plötzlich, für die Menschen dort und die Erwachsenen hier weniger – nur ein Land ist. Du erinnerst dich daran, dass die Hauptstadt von einem dieser Deutschländer Bonn heißt und dass es eine Stadt in der Nähe mit dem Namen Köln gibt. Du erinnerst dich, dass ein Mann, der in einem gelben Haus zwei Kilometer weiter wohnt, mit einem sehr lauten Kampfflugzeug namens „Draken" in der Nähe dieser Stadt namens Köln abstürzt und dabei stirbt. Du erinnerst dich daran, dass diese „Draken" immer auf dem Militärflugplatz neben dem Badesee, wo du mit deinen Eltern und Geschwistern oft badest und Schlauchboot fährst, starten und daran, wie laut die Dinger sind.

Du erinnerst dich an dieses Spaceshuttle, das explodiert, und daran, dass die eine Frau, die da mit dabei war, eigentlich Lehrerin war wie

9 österr. für: Johannisbeeren

deine Mutter. Du erinnerst dich an diesen amerikanischen Präsidenten, der Strauch heißt oder Hecke oder Busch. Du erinnerst dich an diesen Krieg im Irak, den er führt. Du erinnerst dich daran, wie dein Vater dir einige Jahre zuvor erzählt, dass es zwei Länder gibt, die Iran und Irak heißen und die gegeneinander Krieg führen. Du erinnerst dich daran, dass du das seltsam findest, weil Krieg ja so etwas ist, was früher war und wo deine Opas dabei waren, und nicht etwas, das jetzt stattfindet.
Du erinnerst dich daran, wie auf der drei Kilometer entfernten Bahnstrecke eine schwarze Dampflok vorbeifährt und dein Vater sagt, dass hinten im Waggon der Bundespräsident sitzt. Du erinnerst dich daran, wie sein Nachfolger gewählt wird und dass der nicht nach Amerika einreisen darf, weil er früher ein – wie es alle nennen – „Nazi" war.
Du erinnerst dich an deinen netten, weißhaarigen Zahnspangenarzt, der immer ein ziemliches Durcheinander in seiner völlig überlaufenen Praxis hat und dir Zähne gerne im Stehen reißt. Du erinnerst dich daran, dass er später ins Gefängnis muss, weil auch er früher so ein – wie es alle nennen – „Nazi" war. Du erinnerst dich daran, dass dein Zahnspangenarzt im Gefängnis stirbt.
Du erinnerst dich an diesen Schultag im Jahr 1989, an dem plötzlich eine Minute lang niemand etwas sagen darf. Gedenkminute nennen das die Lehrerinnen, weil 50 Jahre zuvor dieser Mann in Österreich einmarschiert ist und gesagt hat, dass es jetzt zu Deutschland gehört. Du erinnerst dich an einen Mittwochabend – Zahnspangenarzt war immer Mittwochabend – an dem dein Vater und du vom Auto in die Zahnspangenarztpraxis geht und du sagst: „Papa, ich glaube in Jugoslawien gibt es bald Krieg." Du erinnerst dich daran, wie dein Vater dir den Kopf tätschelt und, um dich zu beruhigen, sagt, dass es ganz sicher keinen Krieg in diesem doch sehr nahen Nachbarland geben werde. Du erinnerst dich daran, wie nur eine Woche später der erste Panzer einfährt und nur 50 Kilometer von deinem Heimathaus entfernt alles in Flammen steht.

# II
# Unterstufe

# Mittelschule

Welche Schule du nach der Volksschule besuchen wirst, steht außer Frage. Es gibt ja auch nur die Hauptschule und die sogenannte „Mittelschule", also das achtjährige Gymnasium, oben in der Bergarbeiterstadt, wohin du die nächsten vier Jahre pendeln wirst. Hauptschule ist keine Option, kein Thema, wird zu Hause gar nicht diskutiert. Dafür bist du zu schlau und wer was auf sich hält, muss in die Bergarbeiterstadt – so läuft das hier. Alle aus deinem Jahrgang, die einigermaßen gute Noten haben, gehen dahin. Außer Gerry. Dem heutigen Heizungsbauer, dem ist das egal, der scheißt da drauf, der ist damals mehr Punk, als er es je in seinem Leben sein wird. (Er wird nie Punk sein, weil er nicht Punk sein will. Und er will nicht in die Mittelschule gehen.) Dein Bruder besucht diese Schule, deine Cousins besuchen diese Schule, also wirst du sie natürlich auch besuchen. Die Schwester deines Vaters ist mit dem Bruder deiner Mutter verheiratet und noch dazu tragen alle den gleichen Nachnamen – es ist kompliziert. Dass du aber deinen Cousins mütterlicher- und väterlicherseits ähnlicher siehst als deinem Bruder, wird dir schnell zum Verhängnis. Dein Bruder ist ein Musterschüler und Lehrerliebling, deine Cousins sind Rabauken und künftige Schulabbrecher. Du wirst also bald ihrer Sippe zugeordnet und von manchen deiner Lehrer entsprechend behandelt – nämlich schlecht und herablassend. Egal was du tust, du kannst nicht gewinnen. Irgendwann ist dann auch dieser Moment, als die Schule aufhört, dir Spaß zu machen. Du verlierst dein Verständnis für die Mathematik. Deine Deutschlehrerin in der ersten und zweiten Klasse liebt zwar alles, was du schreibst und machst, dein Deutschlehrer in der dritten und vierten Klasse hingegen hasst dich und gibt dir keine Chance. Und das gibt er auch offen und ehrlich deinen Eltern gegenüber zu. Er kann mit dem, was du so schreibst und tust, nichts anfangen. Ein anderer Lehrer holt während des Schulskikurses, als dein Zimmer nachts extra laut ist und die Lehrer wohl beim sich Betrinken stört, dezidiert dich aus dem Zimmer und macht dich dermaßen zur Sau, dass du nicht weißt, wo hinten und vorne, wo oben und unten ist. Die Noten sacken ab und gegen Ende der vierten Klasse wird dir nahegelegt, die Schule zu verlassen, da du es ohnehin nie bis zur Matura[10] durchhalten würdest.

10 österr. für: Abitur

An deinen ersten Schultag dort kannst du dich sehr gut erinnern. An die tausend Schüler und Schülerinnen, die da stehen, und vor allem an die Kleinen, die Neuen, die Zehnjährigen, die kleinen Scheißer mit ihren stolzen Eltern, deren Name aufgerufen und einer Klasse zugeordnet wird. Du erinnerst dich an Romeo mit den roten Haaren, an Christoph mit dem Fuchsgesicht und an Mäx, die Brillenschlange mit dem Vokuhila und diesem gelben Band, das an der Brille befestigt ist. So ein Band und so einen Vokuhila – Mäx nennt das „Kickermatte" – legst du dir später auch zu. Es sieht scheiße aus, aber nicht so scheiße wie die Schwanzfrisur, die du dir ein Jahr später von deinem ehemaligen Kindergartenkollegen Achim von zwei Klassen darüber abschaust. Es ist stylisch keine gute Zeit. Und es ist auch ansonsten keine gute Zeit für dich. Du fühlst dich nie wohl in diesen kalten Gängen, von denen du noch heute ständig träumst, dieser sterilen, lieblosen Umgebung. Du bist irgendwie – auch wenn du ein Umfeld hast, deine Leute, mit denen du abhängst – in dieser Außenseiterrolle gefangen. Bist dieser strange Typ, der nicht reinpasst in dieses System, der nicht raus kann aus sich selbst, der nicht Fußball spielen kann, der irgendwie in nichts richtig gut ist. Klar, die Großen, die findest du cool, mit ihren Converse „Chucks", den geilen Frisuren und ihren Bandshirts. Dass sie dich auch immer wieder mal verprügeln, wenn du deine große Schnauze einfach nicht halten kannst, weil du dein Außenseiterdasein durch blöde Sprüche kompensieren musst, findest du weniger cool. Da ist dieser eine Typ, der es dir besonders angetan hat. Der sich die erst so geil langen Haare zur Glatze rasiert, die er unter einer Schlappermütze versteckt, der Baggypants trägt und Skateboard fährt, der raucht und mit Janine aus deiner Klasse zusammen ist. Dass er später im Jugendknast landet, weil er im Park einer Polizistengattin die Handtasche klaut, findest du weniger cool. Du erinnerst dich heute zwar kein bisschen gerne an den Unterricht, das ständige Lernenmüssen, an Latein, Mathematik, Geografie – auch wenn du Stolz bist, in der Klasse zu sein, die in jenem Fach den unverwundbaren, gestrengen Direktor bricht und ihn davon überzeugt, doch frühzeitig in Pension zu gehen.

Eine der wichtigsten Erinnerungen an jene Zeit zwischen 1990 und 1994 ist, dass in dieser Schule, in den Pausen, während der täglichen Zugfahrten, deine Liebe zur Musik entfacht wird. Was dir die Lehrer nicht geben können und auch die Kollegen und die Kolleginnen, die Mädels, in die du vielleicht verliebt bist, die aber von dir nichts wissen wollen, geben dir nun eben *Axl Rose, Angus Young* oder *Farin Urlaub*.

# Hardrock, Punk und Heavy Metal

„Alter, das musst du dir anhören! ‚Isidisi', voll geil, da war ich gestern auf dem Konzert!" Ihr steht auf dem Bahnsteig, Mäx und du. Hier an dieser kleinen, entlegenen Bahnhaltestelle, von der du heute noch oft träumst, steigt ihr täglich in euren Zug ein. Im Sommer fährst du mit dem Rad die fünf Kilometer dorthin, im Winter bringt dich dein Vater mit dem Auto. Schon damals bist du wie heute notorisch unpünktlich, eine der Eigenschaften, die du wohl von eben jenem Vater geerbt hast. „Hey, du bist doch der Typ, der am Bahnhof immer sein Rad auf den Parkplatz geschleudert hat, weil er sonst den Zug verpasst hätte", begrüßt dich Jahre später ein neuer Arbeitskollege, der aus der gleichen Ecke kommt wie du, an seinem ersten Arbeitstag. Mäx, dein Schulkollege, wohnt nur zwei Dörfer weiter, besucht mit dir gemeinsam die Mittelschule, steigt an derselben Haltestelle ein und ist nach den ersten Fahrten, die du mit deinem Bruder und den Cousins absolvierst, dein treuer Zugfahrkollege. Der, mit dem du auch gerne vor und nach der Schule durch den kleinen Park am kleinen Bahnhof der kleinen Bergarbeiterstadt und auch durch die Stadt selbst kreuzt. Später kommen noch andere dazu. Tommy, Tobias oder Samuel beispielsweise.

An diesem Septembertag des Jahres 1991 steht jedenfalls nur ihr beide da auf diesem einzigen Bahnsteig dieser kleinen unbedeutenden Dorfeinstiegsstelle irgendwo im Nirgendwo und Mäx spielt dir diese Band vor, die er gestern im großen Stadion drüben in der großen Stadt live gesehen hat. Isidisi. Oder so. Die waren so laut, dass einem Zuschauer das Trommelfell geplatzt ist. Hat Mäx gehört. Und voll geil sind sie sowie. Damit du das auch endlich kapierst, spielt er dir jetzt diese Songs vor: *„Are You Ready?"*, Mäx' Lieblingslied von „Isidisi" und *„Hells Bells"*, diesen Song mit den Glocken, die man gestern beim Konzert angeblich in der ganzen großen Stadt gehört hat. Mäx hat ältere Brüder, die nehmen ihn mit auf solche Shows. Dein Bruder nimmt dich höchstens mit zum Ringkampftraining und auch das nur einmal. Dir jedenfalls überspielt Mäx ein Tape: Vorne „Isidisi" – dass die Band eigentlich *AC/DC* heißt, kapierst du erst Monate später – hinten diese harten Typen, von denen der eine Typ, der Obermacker, seine langen Haare mit einem Stirnband zurückbindet. Der andere, der beim Gitarre Spielen immer raucht, versteckt die schwarze

Lockenpracht unter einem Zylinder. *Guns N' Roses* heißt die Band und ist das Härteste, Extremste und natürlich Verbotenste – deine Eltern dürfen nicht wissen, dass du diese Teufelsmusik hörst, deswegen tust du das mit deinen zwölf Jahren auch immer heimlich mit Kopfhörern, wenn du eigentlich lernen sollst – was dir je zu Ohren gekommen ist. Und wie wild und cool die erst sind. Lange Haare, Ohr- und Nasenringe, Zigaretten. Lederjacken, zerrissene Jeans, Westernboots. So willst du auch sein, so willst du auch aussehen, so und nicht anders. Mäx schafft es schnell, optisch dahin zu kommen, du eher nicht so. *Guns N' Roses* sind deine absolute Lieblingsband, sind das Größte für dich, zumindest bis Tommy dich eines besseren belehrt.
Durch eine Klassenumstrukturierung in der dritten stößt dieser zu eurer Zugfahrbande. Du kennst Tommy vom Sehen her schon von früher, als ihr noch in getrennten Klassen wart, diesen kleinen, etwas rundlichen Lehrersohn mit seinen ewigen *Iron Maiden*-Shirts und halblangen Haaren. Jetzt seid ihr Klassenkameraden und werdet bald beste Freunde, die Lehrer lassen euch aber nicht nebeneinandersitzen, weil er dich angeblich schlecht beeinflusst und vom Lernen abhält, was wohl auch stimmt. Im Alter von 13 Jahren entwächst er dem Heavy Metal schon wieder und macht dich mit dieser anderen, voll wilden, noch extremeren, total politischen Musik bekannt: Punk. Die Tapes, die er dir vorspielt, sind von krassen, total extremen Anarchokapellen wie *Die Toten Hosen* – deren Konzert im Dezember 1993 sehr bewegend für dich ist, da du noch nie so viele Punks auf einem Haufen gesehen hast – oder *Die Ärzte*. Von denen hast du auch schon einmal gehört, damals auf dem Ferienlager in Italien. Du hast gehört, dass die über Sex mit Schäferhunden singen und von Schwänzen, die ab müssen. *„Debil"* ist wohl auch das erste Album – Tommy überspielt es dir auf Kassette – das du als Punkalbum verstehst. Immer wenn Tommy bei dir zu Hause zu Besuch ist, zeigt dein kleiner Bruder – damals noch keine drei Jahre alt – auf ihn und sagt: „Paul, Bademeister", weil er diesen Typen und dieses Lied untrennbar miteinander verknüpft.
Die Band aber, die für dich alles verändert, die dir in musikalischer – einfach, schnell, kurz – wie auch politischer Hinsicht – Nazis sind scheiße – neue Sichtweisen eröffnet, ist eine andere, hat mit Paul dem Bademeister nix zu tun, eher schon mit dem „Buckeligen", der sie alle umbringt. Viele Jahre später wirst du vielleicht über diesen Gedanken lächeln, aber jetzt beim Schreiben dieser Zeilen wird dir bewusst, dass Tommy, als er dir ein Livetape namens *„Außer Kontrolle"*

überspielt, dich mit einer Welt bekannt macht, die später dein Umfeld, deinen Freundes- und Bekanntenkreis bestimmen wird. Die mit beeinflussen wird, wie du dich ernährst, wie du politisch tickst, welche Lokale du besuchst und wen du alles kennenlernst. Vieles von dem, was du später und auch noch heute in deinem Leben tust, vielleicht gehört auch das Schreiben dieses Buchs dazu, beginnt in dem Moment, als Tommy dir diese Band vorstellt.

Diese in der Punkszene heute von vielen belächelte, von vielen nicht ernst genommene, vielleicht gar nicht als Punk verstandene Funpunkband namens *Abstürzende Brieftauben*.

Diese Band hat es dir angetan, monatelang hörst du nichts anderes, du lässt dir all ihre Platten auf Tape überspielen und kaufst dir später, als du einen CD-Player besitzt, ihre CDs. (Deine erste selbst gekaufte CD ist übrigens eine Maxisingle von *AC/DC* ...) Die Band spielt auch immer wieder in der nur 20 Kilometer von deinem Heimatdorf entfernten großen Stadt. Das letzte Mal allerdings zwei Tage bevor du die Band kennenlernst.

Lange nach ihrer Auflösung und ziemlich genau zehn Jahre nach deinem Erstkontakt mit der Band triffst du auf einen der beiden Musiker. Er ist mit seiner aktuellen Band auf Tour und du freust dich tierisch darauf. Ihr unterhaltet euch tatsächlich. Danach siehst du vieles anders. Ernüchtert. Dass dieser abgewrackte, halbnackte – beim Gig am Vortag wurde ihm sein Gepäck geklaut oder er hat es wo liegenlassen, so genau weiß er das nicht mehr – stockbesoffene, komplett fertige und nahezu sprechunfähige Typ dein Jugendidol sein soll, kannst du nicht glauben. ‚Der war doch einmal Rockstar', denkst du dir. Große Hallen, Open Airs, Jugendzeitschriften. Der Ruhm war wohl nicht gut für ihn. Auch Rockstars sind nur Menschen. Wenige Jahre später ist er tot.

(Ox-Fanzine #119, April/Mai 2015

# Punks - Skins - United

Schläge ins Gesicht, Tritte zwischen die Beine. Ich werde mehrfach am Jackenkragen gepackt und gegen die Wand geschleudert. Der Zugwaggon ist voll, keiner hilft mir, keiner. Meine „Freunde" verlangen Eintrittsgeld.

Frühjahr 1994, wir sind vierzehn, gehen zur selben Schule, fahren mit demselben Zug, haben uns vor kurzem erst über „unsere" Musik politisch orientiert. Sind rechte Skins, linke Punks, hören *Onkelz* und *Störkraft*, *Brieftauben* und *Ärzte*. Ich gehöre zu Zweiteren. Während die Skins alle aussehen, wie 14-jährige Naziskins halt aussehen, Bomberjacke, weiße Schuhbänder, Haare, so kurz wie's die Mama halt erlaubt, sehe ich gleich bescheuert aus wie immer. Weil wir „Punks" nur zu zweit und reichlich naiv sind, hängen wir trotzdem mit den Nazis ab. Wir weisen sie zurecht, wenn sie Schwarze beleidigen, streichen ihre Hakenkreuze durch, die sie überall hinmalen, ansonsten sind wir weiterhin „Freunde".
Dass das ziemlich dämlich ist, soll ich spätestens an jenem Frühlingsnachmittag 1994 bitter zu spüren kriegen. Wir sitzen im Zug, ganz hinten wie immer, reden die gleiche pubertäre Scheiße wie immer. Bis Schleimi das Hitlerbild aus seiner Geldbörse holt. „Hey Schleimi, ich wusste ja gar nicht, dass du auf Männer stehst", sage ich. Der erste Schlag sitzt gut. Es ist nicht das erste und auch nicht das letzte Mal, dass mich ein Kurzhaarschnitt vermöbelt, doch dermaßen heftig geschieht es nie wieder. Wochen später habe ich noch Striemen am Rücken. Dass meine Mutter in der Schule anruft und Schleimi anschwärzt, macht die Sache nicht besser. Dass kein Mensch auch nur irgendwie einschreitet und sogenannte „Freunde" ihren Spaß daran haben, wie ich zu Brei geschlagen werde, schon gar nicht. Im Zug sitze ich ab sofort alleine. Die anderen lassen sich wenig später wieder Haare wachsen und nennen ihre Nazizeit „Jugenddoofheit". Bis auf Schleimi, der landet knietief im Nazisumpf und später im Knast.

(Ox-Fanzine #109, August/September 2013)

# Es ist alles nur geklaut

„Hans-Christian, kommst du bitte ans Telefon?", ruft meine Mutter mit zittriger Stimme. Ich kann sie kaum hören, eine meiner ersten Punkrockplatten, „Abstürzende Brieftauben", plärrt aus den Kopfhörern. „Die Polizei", sagt sie, rotgeweinte Augen im bleichen Gesicht, als ich vor ihr stehe.

„Die sagen, sie haben dich beim Stehlen erwischt", sagt sie, als ich bei dem klobigen weißen Gerät auf dem klobigen braunen Beistelltisch ankomme. Ein Handy gibt's im Frühjahr 1994 in diesem Haushalt noch nicht.
„Ja, bitte?", frage ich vorsichtig in die Sprechmuschel.
„Wir haben Sie beim Stehlen erwischt", sagt die Stimme im Hörer. Die mir bekannte Stimme. „Hahaha", fügen zwei andere Stimmen hinzu.
„Mutter", sage ich. „Das ist nicht die Polizei, das ist der Marlon und der Torben und ja, der Tobias ist wohl auch dabei." Mutter atmet auf, das Gesicht bekommt wieder Farbe, letzte Tränen verkrusten einsam an den Lidern. „Ein Scherz", sage ich, „es ist alles nur ein Scherz."
Kein Scherz ist aber, dass der Marlon und der Torben und ja, auch der Tobias, wirklich gerade von der Polizei kommen, weil sie wirklich gerade beim Klauen erwischt worden sind. Und ich wohl Glück gehabt habe, weil ich krank zu Hause und nicht mit im Schreibwarenladen gewesen bin. Denn im Schreibwarenladen gibt es auch CDs, und diese CDs stecken sich der Marlon, der Torben und ja, auch der Tobias, gerne in die Hosen. Ich stecke mir zwar gar nix irgendwohin, stehe aber manchmal Schmiere und außerdem auf der Kundenliste vom Marlon und vom Torben und ja, sogar vom Tobias. Der hat mir übrigens gerade erst die *„Alles nur geklaut"*-Single von den *Prinzen* verkauft, was wir alle sehr lustig finden.
Dass die Polizei sich nicht direkt bei mir beziehungsweise meiner Mutter meldet, liegt einzig an der Tatsache, dass der Tobias, ja tatsächlich der Tobias – mit dem war ich nie sonderlich warm – darauf beharrt, dass keine echten Namen ausgeplaudert werden. Und daher liegt nun irgendwo in Österreich eine Polizeiakte rum, in der ein gewisser „Schwanz" als Komplize angeführt ist. Denn Schwanz ist mein unschmeichelhafter Spitzname, den ich einer etwas unvorteilhaften Frisur, die ich früher einmal hatte, zu verdanken habe.

(Ox-Fanzine #121, August/September 2015)

# Muttertag

Juni 2015. Ein Donnerstagabend in Berlin. Der Pilot hat mich gut am Flughafen Tegel abgesetzt und der Taxifahrer vor der Z-Bar. Ich eile auf die Bühne und lese dem erwachsenen Publikum aus meinem Kinderbuch „Krokodil mit Schwimmflügeln" vor. Es scheint den Leuten zu gefallen, auch der blonde Typ mit der Brille, der mir so verdammt bekannt vorkommt, dürfte sich amüsieren.

Später in der Pause – ich will mir gerade das erste Bier des Abends holen, da vorher noch keine Zeit war – steht er plötzlich da.
„Hey, kennst du mich noch?“, fragt er mich mit einem fetten Grinsen im Gesicht.
Und, scheiße ja: „Mäx, alter Metalhead“, rufe ich erfreut, „lange nicht gesehen!“
Wir umarmen uns schnell, aber herzlich, dann muss ich zurück auf die Bühne, während er sich wieder an seinen Platz setzt. Später trinken wir ein weiteres Bier und unterhalten uns über „damals“, die wilde Zeit in der Unterstufe, die Zugfahrten, die unterschiedlichen katholischen Schulen, in die wir von unseren Eltern aus ähnlichen Gründen gesteckt wurden. Und dann sind wir thematisch auch schon bei *Cemetary*, Mäx' Band, und ihrem legendären Abschlusskonzert im Jugendkulturzentrum *Explosiv*, wo unter Feuerwehraufsicht das Schlagzeug komplett abgefackelt wurde, so wie Mäx es schon lange vor der eigentlichen Bandgründung geplant hatte, und er zu Beginn der Show blutspukend aus einem Sarg stieg. Schön war das.
Schön war auch dieses Konzert im Schilcherhof bei Ligist, diesem Landgasthof drüben auf dem Hügel. Hans Söllner spielt da manchmal, weil er den Wirt kennt. *Cemetary* spielen dort ebenso, weil Mäx' Vater den Wirt wohl auch kennt. An jenem Abend soll auch Mäx' zweite Band auftreten, ein Projekt mit Leuten aus Mäx' neuer Schule, die meisten von denen habe ich auf einem Konzert der *Toten Hosen* im Jahr 1993 bereits kennengelernt. Harte Typen sind das. Es kennt also jeder jeden und alle wollen hier dabei sein. Daher wird an einem Samstagabend im Frühjahr 1996 jeder verfügbare Grazer Jungmetaller aufs Land gekarrt und Tommy, der alte Punkerboy, bringt – damit der Laden voller wird und weil ja sonst nie was los ist – gleich alle

Punks aus dem Park am Grazer Hauptbahnhof mit. Entsprechend exzessiv wird der Gig und weil die alle auch irgendwo schlafen müssen, erlaubt mein Vater ihnen, auf seinem nicht allzu weit vom Landgasthaus entfernten Acker zu campieren. Es wird laut, es wird wild und mein Jörg-Haider-getreuer Nachbar kommt auf Stippvisite, weil ihm wohl wieder niemand etwas erzählt hat. Nachdem ich ihm erkläre, dass mein Vater Bescheid weiß, zieht er beleidigt, weil er nun doch nicht die Polizei rufen darf, wieder ab. Die ganzen Flaschen, Rauchutensilien und aufgestellten Irokesenschnitte mancher Campinggäste sieht er nicht.
Und dann kommt er auch schon, der Regen, und meine Mutter lädt die ganze Bande einfach so spontan zum Frühstück ein. Semmeln, Kaffee, Wurstaufschnitt – der Vegantrend im Punkrock kommt erst später.
„Mutter", sage ich. „Wirklich, am Muttertag?", frage ich.
„Natürlich", sagt sie sanft und streichelt meinen Iro, „dafür sind Mütter ja da."

# Cemetary

„Alter, das musst du dir anhören! ‚Männawoar', voll geil!" Mäx strahlt über das ganze Gesicht. Dave, der den zweiten Kopfhörer ins Ohr gestopft bekommt, noch nicht so. Der muss das alles erst einordnen. Dave ist neu hier. Neu in der Klasse und neu in eurer Ecke, die ihr hier ganz hinten im Zug für euch reserviert habt. Dave trägt einen Vokuhila, wie ihr ihn alle irgendwann auch einmal getragen habt. Dave ist leicht zu beeinflussen, wie ihr anderen es auch einmal gewesen seid. Dave will dazugehören, wie ihr alle es auch einmal gewollt habt. Wie du selbst eben. Im Gegensatz zu dir gefällt ihm das Gitarrengedudel und Machogebretter mit seinem Eunuchengesang und den viel zu engen Lederhosen der Kings of Metal, die in Wahrheit *Manowar* heißen, wirklich. Während sich für dich wenig früher bei den schlecht produzierten drei Akkorden dieser beiden Hannoveraner Funpunks alles verändert hat, ist es für Dave dieser eine Moment im Zug, diese eine Platte, diese eine Band, die sein Leben verändert, alles neu regelt, alles völlig auf den Kopf stellt. Er lässt sich die Haare nun auch vorne wachsen, kauft seine Kleidung ab sofort ausschließlich bei Deutschlands größtem Metalmerchandisemailorder und nicht mehr in der Kinderabteilung und lernt obendrein Schlagzeug spielen. Denn ja, er, Mäx und zwei Kumpels aus Mäx' Dorf gründen eine Band. Lange bevor der erste Akkord gespielt wird, ist klar, dass beim Abschlussgig die Bühne in Brand gesetzt und der Drummer abgefackelt wird. Dave ist dagegen. Alle anderen – inklusive dir – sind Feuer und Flamme für diese Idee.

Ihren ersten Gig spielen die Jungs unter dem Namen *Thünderhead* bei einer Musikschulvorspielstunde in eurer Bezirkshaupt-, ähm, na ja, Stadt. Sie covern *AC/DC – „Are You Ready?"*, was sonst? Danach benennen sie sich in *Thünderdead* um, beginnen, eigene Songs zu schreiben, und orientieren sich vom Hardrock weg in Richtung Thrashmetal. Erst später – als Dave, Mäx und du zwar immer noch ab und zu gemeinsam im Zug sitzt, aber längst andere Schulen besucht – findet die Band mit leicht verändertem Line-Up und stark verbesserten Spielfähigkeiten ihren finalen Namen: *Cemetary* – das „T" in der Mitte wird als verkehrtes Kreuz in den Schriftzug eingearbeitet. „Black Metal" nennen sie ihre Musik. Düsterer, rasend schneller Metal mit satanischen Texten halt. Du besuchst die meisten ihrer Shows, in den

unterschiedlichsten Locations, die es im Umkreis von 40 Kilometern eben so gibt, und lernst so einige deiner späteren Wirkungsstätten kennen. Das spätere Jugendkulturzentrum deines Vertrauens, in dem du deine halbe Adoleszenz Konzerte besuchend, trinkend, selbst auftretend, selbst veranstaltend oder auch arbeitend verbringst – erst als Ordner, später als Barmann. Das kleine, feine, etwas abgelegene Jugendzentrum in der großen Stadt, wo du ebenso selbst einige Konzerte veranstalten wirst, beispielsweise mit den oststeirischen Melodypunkern *Carport*, der amerikanischen Hardcoreband *Fly Farm* oder der Wiener Deutschpunkband *Radikalsturm*. Der verranzte, dunkle, verwinkelte Kellerclub, in dem in deinen 20ern so mancher feuchtfröhliche Abend in die Nacht, in den Morgen mündet. *Cemetary* zeigen dir schon als Teenager, wo du später landen, wo du deine Zeit verbringen und verschwenden, wo du versumpfen wirst.
Ihr letztes Konzert, zeitgleich die CD-Präsentation ihres ersten und einzigen Releases, findet im späteren Jugendkulturzentrum deines Vertrauens statt. Was heute eine große Halle im Bahnhofsviertel ist, war damals ein wohnzimmergroßer Raum über einer kommunistischen Druckerei. Dave lässt sich schlussendlich zwar leider doch nicht anzünden, aber die Bühne ist voller Kerzen und nach der letzten Nummer wird tatsächlich das Drumkit abgefackelt. Ein freiwilliger Feuerwehrmann aus Mäx' Dorf richtet sein wachsames Auge darauf. Legendärer aber ist der Beginn der Show. Die Band formiert sich auf der winzigen Bühne. In der Mitte steht ein Sarg. Das Intro erklingt, der Sarg öffnet sich. Mäx – mit schwarzweißer Schminke im Gesicht und Nieten an den Armbändern so lang wie eine Stricknadel – steigt langsam aus dem Sarg, spuckt Blut und zerreißt sein weißes, blutgetränktes Shirt. Im Alter zwölf Jahren ist er großer Hulk-Hogan-Fan, du radelst oft zu ihm, um Wrestling zu schauen, da ihr selbst noch kein Satelliten-TV besitzt. Alles spektakulär, alles ganz schön evil. Alles Metal, alles satanisch. Würde Mäx bloß nicht dieser gigantische Lachkrampf übermannen. Er lacht und lacht und lacht, dass das Kunstblut nur so durch den Raum fliegt.
Noch nie war Sterben so lustig wie in diesem Moment.

(Ox-Fanzine #106, Februar/März 2013)

# Der Messerstecher von Köflach

Blut. Da ist Blut. Viel Blut. Dein Blut. Ich starre fassungslos auf den roten Saft, der da unentwegt von der silbernen Klinge auf den weißen Boden tropft. Ängstlich hebe ich meinen Blick und schaue dir geradewegs in die starren Augen. „Du hast mir gerade in die Hand gestochen!"

Frühjahr 1994, weststeirische Bergbaustadt. Wir sind vierzehn, gehen hier zur Schule, sitzen nebeneinander in der ersten Reihe. Du, weil du willst, ich, weil mein Kumpel Tommy mich auf meinem alten Platz ganz hinten angeblich schlecht beeinflusst und mich mit Punkrock und linker Propaganda vom Lernen abhält.
Ein Test steht an. Überraschungstest. Der Staat muss sparen, deshalb bringt der Lehrer keine Vordrucke mit, sondern möchte die Fragen diktieren. Wir Schüler – besser gesagt unsere Bauern- und Bergarbeitereltern – haben Geld, deshalb sollen wir aus unseren Heften Bögen ausreißen und sie mit unseren Sitznachbarn teilen. Der Staat muss sparen, deshalb hat der Lehrer auch nur drei Scheren dabei.
Aber wir, die Streber aus der ersten Reihe, wir können es kaum erwarten, endlich diesen Test zu schreiben, sind schon ganz nervös deswegen, haben aber leider keine Schere. Aber die Trude, die hat ein Messer. Die Trude ist schon 15, weiß alles, kann alles. Handlesen zum Beispiel und mir wegen meiner kurzen Lebenslinie den frühen Tod voraussagen. Und mir – der ich ab jetzt der Meinung bin, wie der gerade erst dahingeschiedene Kurt Cobain mit spätestens 27 abzukratzen – damit das Leben versauen. Danke Trude.
Aber momentan ist das kein Thema, momentan hat sie ein Messer, die Trude. Und borgt es uns, damit wir unser Blatt zerteilen können. Danke Trude.
„Ich halte es in die Höhe", sagst du. „Und du stichst in der Mitte durch." Gesagt, getan.
„Ich schlitz dich auf du Sau!", brülle ich wie von Sinnen und ramme dir das Messer geradewegs in deinen Handballen. Und wundere mich noch über den Widerstand, den ich da plötzlich spüre.
Der Test fällt aus, die Rettung kommt und ich muss später der Polizei erklären, dass ich mit „du Sau" das Blatt Papier und nicht dich gemeint habe.

Hauptthema am nächsten Tag in der Schule und auch schon im Zug: Der irre Typ, der mit dem Messer seinen Mitschüler krankenhausreif gestochen hat. Der Messerstecher von Köflach. Dass das dieser Loser mit der komischen Frisur und dem Karohemd war – also ich, nicht Kurt Cobain – weiß niemand, würde auch niemand glauben.
Das ist aber auch egal, denn ich bin der Messerstecher von Köflach. Ich bin hart, ich bin verwegen und werde Jahre später an irgendeiner schmierigen Bar mit den Worten „Hey, du hast doch meinem Bruder damals die Hand aufgeschlitzt" von dem süßesten Mädchen der ganzen Bergarbeiterstadt angequatscht. Cool. Kein Sex, keine Ehe, noch nicht einmal ein Kuss. Aber hey, sie hat sich an mich erinnert: den Messerstecher von Köflach.

(Poetry-Slam-Text, Februar 2012)

# Trude

Meine Hand in der deinen. Sanft ruhend. Sich wohlfühlend.

Deine Hand, die meine aufnehmend. Ihr vorübergehend Heimat, ihr vorübergehend Unterschlupf gewährend. Gastfreundlich, wie es einst ungastliche Gastwirte in Bethlehem nicht gewesen waren. Diese Schweine, zu den Kühen wurde man geschickt und den Eseln. Deine Augen so groß, so treu. Die Kuh in Bethlehem gar nix dagegen. Dein Blick so warm, so heimelig. Wohlfühlgarantie. Jede Wellnessoase ein Scheißdreck dagegen.

Meine Hand immer noch in der deinen. Dein Blick, sie musternd. Dein Mund, so sinnlich, so wundervoll. Worte aussprechend. Klare Worte. Harte Worte. Worte, die ich nicht hören will.
„Du wirst sterben", sagt er, der Mund, dein Mund, „bald sterben."
„Hmpf", sagt der meine. Mein Mund.

„Da schau", sagt er, der Mund, dein Mund. Ein Finger, dein Finger fährt über meine Hand, du liest sie gerade. „Kurze Lebenslinie, dick zwar, aber kurz", sagt er, der Mund, dein Mund.

Du siehst mir in die Augen.
Mein Blick entgleist.
Mein Verstand entgleist.
Meine Hoffnung auf ein schönes langes Leben schwindet.

Das Bild von mir mit langen weißen Dreadlocks und langem weißen Bart im Schaukelstuhl sitzend verschwindet. Das Bild von mir, wie ich den Enkeln Geschichten von früher, Schwänke aus der Jugend, der längst verblassten Jugend erzähle – wie ich dem Typen damals die Hand aufgeschlitzt habe etwa – verschwindet.
Verschwindet aus meiner Vorstellung, verschwindet aus meinem Kopf, verschwindet aus meinem Leben, das da bald vorbei sein wird. Jetzt schon vorbei ist.

Wegen dir. Denn ich glaube dir. Glaube dir alles. Du bist doch schon 15. Erwachsene 15. Reife 15.

Ich erst 14. Unschuldige 14. Naive 14. Mir kann man doch alles erzählen. Mit mir kann man doch alles machen. Du beispielsweise hast mir gerade meine Zukunft verbaut. Mir mein Leben versaut, Trude.

Trude, du hast mir mein Leben versaut.
Trude, du hast meine Zukunft verbaut.
Trude, du hast meinen Geist verwirrt.
Trude, du hast mein Gemüt irritiert.

Trude, wegen dir plane ich meine Zukunft nicht, weil ich ja eh keine habe.
Trude, wegen dir hab ich keine Rentenversicherung abgeschlossen, weil ja eh nie Rente beziehen werde.
Trude, wegen dir nehme ich keinen Kredit mit 30 Jahren Laufzeit auf, weil ich ja sowieso nur 20 Jahre lang zahlen darf.
Trude, wegen dir geb ich meine Jugend nicht auf, weil ich ja eh nie alt sein werde.

Trude, wegen dir trink ich nie mehr als drei Bier, wenn ich mit dem Auto fahre. Ich könnte ja mit 1,8 Promille in einen Betonpfeiler rasen.
Trude, wegen dir lauf ich wegen jedem Pickel am Arsch zum Arzt. Könnte ja Krebs sein.
Trude, wegen dir rauche ich nicht und esse keine schimmeligen Tomaten mehr. Könnte ich ja Krebs von kriegen.
Trude, wegen dir renn ich vorm Schlafengehen 17-mal in die Küche und schau nach, ob der Herd eh aus ist. Könnte ja abbrennen, die Bude, und ich gleich mit.

Trude, wegen dir warte ich seit 18 Jahren darauf, in 15 Jahren zu sterben.
Trude, wegen dir steh' i in da Költn und wort auf'n Tod und er kummt net, kummt net, kummt net.[11]
Trude, du hast mir trotzdem mein Leben versaut.
Die Zukunft verbaut.
Trude, die Gute. Trude, die Pute. Trude, die Stute.
Trude, bald wird er kommen, der Tod. Sehr bald. Zu mir. Hierher.
Das Ende wird nahen.

---

11 österr. für: Trude, deinetwegen stehe ich in der Kälte und warte auf den Tod und er kommt nicht, kommt nicht, kommt nicht. (frei nach einem Hit der Band *DöF)*

# Tod

Dein Verhältnis zum Tod ist kein gutes. War es nie, wird es niemals sein. Trudes Handleserei damals war auch wenig hilfreich diesbezüglich. Ihr unbekümmerter Spruch: „Mach dir nichts daraus, dann hast du halt 50 schöne Jahre", macht es auch nicht besser.
Der Gedanke daran, dass es irgendwann aus sein wird, vorbei sein wird, kann dich quälen, kann dir zu schaffen machen, kann dir den Tag, ja das Leben versauen. Du willst nicht sterben. Natürlich nicht. Die wenigsten wollen das. Dass du sterben musst, ist klar. Wer muss das schließlich nicht? Aber es macht dich wahnsinnig, nicht zu wissen wann. Nicht zu wissen wie, wo und warum. Nicht zu wissen, wie viel Zeit dir noch bleibt.
Es macht dich auch wahnsinnig zu wissen, wie vielfältig die Möglichkeiten des Todes sind. Dass ein Gerinnsel in deinem Kopf einfach so aufplatzen und alles beenden kann – jetzt, in dem Moment, wo du diese Zeilen tippst. Dass dein Herz einfach so und völlig ohne Grund zu schlagen aufhören kann, immer und jederzeit, ob du auf dem Klo sitzt oder im Auto. Dass sich irgendwo in dir völlig unbemerkt Metastasen bilden können, die dich binnen weniger Tage auffressen können. Verkehrsunfälle, Terroranschläge, Raubüberfälle. Es kann schnell gehen und auf so unglaublich viele Arten passieren. Kabelbrand, Reifenplatzer, Boilerexplosion. Lungenembolie, Pilzvergiftung, Knochenkrebs.
Natürlich, deine Großeltern sind nach langer Bettlägerigkeit zu Hause im Kreise der Familie verstorben – die Frauen älter, die Männer weniger. Bei allen Vieren war es absehbar, nicht überraschend. Für niemanden. Nicht für die Ärzte, nicht für die Familie. Und alle haben länger durchgehalten, sich das Leben härter und zäher erkämpft, als viele es für möglich gehalten hätten. Wenn du schon sterben musst, dann am liebsten so. Mit 90 Jahren, in irgendeinem Bett – je weniger du noch vom Leben mitkriegst, umso besser. „Und bis dahin koste es aus, das Leben, lebe das Leben und verfalle bloß nicht Panik, weil du irgendwann sterben musst", sagst du dir selbst. Du hast jetzt Familie, du hast Kinder, du hast so vieles, das dir das Leben versüßt. Also scheiß dem Tod auf seinen knochigen Schädel den größten Haufen, den du zustande bringst, und lebe, verdammt noch mal. Wenn es so weit ist, wird alles bis dahin gut gewesen sein.

(Poetry-Slam-Text, Dezember 2011)

# Ich, der Sensenmann, das Loch

Ich sitze hier. Ganz alleine. Ich habe Angst, ich bin einsam, mir ist kalt. Ich denke nach, über mich, über mein Leben. Mein kleines, verkorkstes, verkommenes Kackleben.

Niemand da, nur die traurige Musik aus der Stereoanlage. Ein junger Mann mit Kleidung noch runtergerockter als die meine, noch schlechter frisiert als ich, singt melancholische Lieder über das Sterben, über den Tod, über das Irgendwann-Nicht-Mehr-Existieren.

Da wird es mir bewusst, schlagartig fährt es mir ins Bewusstsein, schießt es mir in den Kopf, meinen kleinen, verkorksten Kackkopf:
Ich werde sterben. Abkratzen. Über den Jordan gehen. Den Löffel abgeben. Ins Gras beißen. Der Sensenmann wird kommen. Der große schwarze Vogel mich holen.

Vielleicht nicht heute, vielleicht nicht morgen, nicht nächsten Dienstag. Vielleicht in zehn, vielleicht in 30, vielleicht in 50 Jahren. Aber er wird nach mir greifen, nach mir fassen, nach mir hacken, der Tod, der alte Sensenbruder.

Ich will das aber nicht. Ich will nicht sterben, nicht geholt, nicht von der Sense zerhackt werden. Ich will leben, will dableiben.
Deswegen werde ich aufbegehren, werde ich mich wehren.

Deswegen gehe ich in den Keller und hole die Schaufel. Gehe hinaus in den Garten und schaufele und schaufele und schaufele. Mir mein Grab. Natürlich nicht. Das hättet ihr doch gerne! Ihr wollt mich doch da drinnen liegen sehen. Ihr seid doch verbündet mit diesem Tod, diesem Sensenmann. Ihr steckt doch alle unter einer Decke.
Aber nicht mit mir. Nicht mit mir. Ich schaufele und schaufele, das tiefste Loch der Welt. Runter bis nach Neuseeland – fast.
Und er, er wird daherstapfen mit seiner Sense und seinem Umhang und seinen knochigen Händen. Siegessicher, in seiner überheblichen „Ich bin der Tod, mir kann keiner was"-Art. Und dann, dann wird er reinfallen in das Loch und sich alle Knochen brechen. Und ich, ich werde ihn bewerfen, mit Fleischbrocken. Meine Nachbarn grillen

gern, die geben mir sicher was ab. Und dann, dann kommen sie, die großen, starken Deutschen Schäferhunde. Denn eine FPÖ-Politikerin wohnt in meinem Viertel, da sind große, starke Deutsche Schäferhunde nicht weit. Und die, die werden sich auf ihn stürzen. Mit Gebell. Und nach ihm beißen.
Und er, er wird flüchten, das Weite suchen, sich vom Acker machen, den Job an den Nagel, den rostigen Sargnagel hängen. Und sich was Neues suchen.
Bei der städtischen Grünraumpflege vielleicht – mit seiner Sense. Oder in Hollywood, als der neue Batman mit seinem Cape. Oder er lässt sich umschulen beim Arbeitsamt, zum Altenpfleger oder so, ist eh berufsnah.

Und ich, ich werde dann der neue Tod. Und dann hole ich euch alle. So denke ich und schaufele ich. Und schaufele ich und denke ich. Eifrig, manisch, völlig durchgedreht, die Augen verdreht. Und schaufele und schaufele und schaufele. Und das Loch wird immer tiefer. Und ich, ich hab keine Leiter mit. Und ich, ich komme gar nicht mehr raus aus dem Loch. Und ich schreie und schreie und schreie. Und keiner hört mich, keiner.

Und jetzt, jetzt sitze ich hier.
Ganz alleine. Ich habe Angst, ich bin einsam, mir ist kalt.

(Ox-Fanzine #127, August/September 2016)

# Dreimal knapp

Ein Flugzeug stürzt ab und es meldet sich jemand, der in letzter Sekunde umgebucht und nur deswegen überlebt hat. Der gehetzte Fahrgast verpasst knapp den Zug, der wenig später verunglückt. Das alles ist mir so noch nie passiert, aber dreimal sehr ähnlich.

## I

Dezember 2009, gegen 09:30 Uhr. Ich hatte Nachtdienst in dem Dorf, in dem ich arbeite, bin unterwegs in Richtung Graz. Alles unauffällig auf der Straße, alles wie immer. Den Tanklaster auf der Gegenfahrbahn nehme ich gar nicht wahr. Kurz nachdem sich unsere Wege gekreuzt haben, explodiert er und legt für den Rest des Tages die gesamte Autobahn lahm.

## II

Oktober 2006, gegen 08:40 Uhr. Ich muss zur Arbeit, Teambesprechung, bin wie immer spät dran. Zuvor haste ich noch ins Postamt, da dieser Brief dringend aufgegeben werden muss. Den Mann, der reingeht, kaum dass ich draußen bin, nehme ich gar nicht wahr. Kurz nachdem sich unsere Wege gekreuzt haben, bedroht er die beiden Schalterbeamten und fünf Kunden mit einer Waffe. Als ich schon längst im Auto Richtung Arbeitsdorf sitze, leistet er sich ein Feuergefecht mit zwei Polizisten und erschießt auf der Flucht einen Radfahrer.

## III

Dezember 1999, gegen 22:00 Uhr. Air & Style Festival, Innsbruck. 40.000 Menschen wollen ein Stadion verlassen, nachdem sie allerhand coole Typen auf ihren Boards eine Rampe haben runterspringen sehen, zu *Cypress Hill* getanzt und diverse Rauschmittel konsumiert haben. Ich bin einer davon. Dass es an einem anderen Ausgang zu einer Massenpanik kommt, im Zuge derer fünf Menschen sterben und fünf weitere zu Pflegefällen werden, merke ich anfangs gar nicht. Natürlich wundere ich mich über das Aufgebot an Polizei und Rettung. Was tatsächlich passiert ist, erfahre ich aber erst später am Bahnhof. Zwei meiner Kumpels, mit denen ich dort bin, halten es nämlich für eine gute Idee, sich einen vereisten Hang hinabzurollen, knallen gegen eine Betonwand und müssen ins Krankenhaus. Dort erfahren sie, was passiert ist, bekommen alles hautnah mit. Weinende Eltern, die ihre Kinder verloren haben. Verstörte Jugendliche, die ihre Freunde suchen. Als die beiden bei uns am Bahnhofsvorplatz aufschlagen, erzählen sie alles. Vieles davon war vorher schon aus den Gesprächen der Festivalbesucher auf dem Platz herauszuhören. Der Schock sitzt tief und ich reihe mich in die Schlange vor der Telefonzelle ein, um zu früher Morgenstunde meine Eltern anzurufen. Und dann sage ich das, was ich in der Form bislang nur aus dem Fernsehen kannte: „Mama, Papa, es geht mir gut."

(Ox-Fanzine #125, April/Mai 2016)

## Pfefferspray

Die Welt steht still. Ich kann nicht atmen, kann nicht denken, kann nicht sprechen. Das Zeug ist überall. In meinen Augen, in der Nase, in der Lunge. Es ist einer der seltenen Momente in meinem Leben, in denen ich mir wünsche, tot zu sein.

Frühjahr 1994, Klassenzimmer in der weststeirischen Bergarbeiterstadt. Schon wieder. Der Lehrer will einen Test schreiben. Schon wieder. Und schon wieder will er die Fragen diktieren. Nachdem ich das letzte Mal beim Versuch, ein Blatt zu zerteilen, mit dem Messer von der Trude meinen Sitznachbarn krankenhausreif gestochen habe, hat der Lehrer dieses Mal selbst Papier mitgebracht. Allerdings liegt dieses noch im Lehrerzimmer.
„Ich hol das schnell, tut euch nicht weh", sagt er zu allen und sieht dabei nur mich an.
„Hey, ich hab Pfefferspray mit", sagt hingegen die Trude, kaum dass er aus dem Raum ist.
Und alle anderen sagen: „Boah, wow, geil, darf ich auch mal?"
Denn klar, wir sind ja alle erst vierzehn, von Pfefferspray haben wir keine Ahnung. Die Trude hingegen ist schon 15, weiß alles, kann alles und wird ihre Gründe haben, das Ding mit sich zu tragen. Sie könnte

ja im Park die Jungs von zwei Klassen drüber treffen, wilde Typen mit weiten Hosen, Kinnbärten und Schlappermützen. Und so kriminell sie sind, so blöd sind sie auch und erwischen bei ihrem ersten und einzigen Versuch, eine Handtasche zu klauen, ausgerechnet die Gattin eines Polizisten.
Das tut aber nix zur Sache, als die Trude der Meike die Spraydose reicht. Weil ich der Meinung bin, in die Meike unsterblich verliebt und noch dazu ein unfassbar lustiger Bursche zu sein, der mit dämlichen Sprüchen ihr Herz gewinnen kann, sage ich: „Hey Meike, mach mich scharf."
„Gern", sagt sie und schießt mir eine Fuhre Pfeffer ins Gesicht.
Ja, ich mag scharf – Tabasco und Sambal Oelek sind stete Gefährten am Mittagstisch – doch Trudes Pfefferspray gibt mir alles, setzt mich für den restlichen Tag außer Gefecht. Tränen in den Augen, Zitteranfälle, Schwindel. Ringen nach Luft. Fenster werden geöffnet.
Hände klopfen mir aufmunternd auf die Schulter. Meike hält sich ihre entsetzt vor den Mund, weil sie das so nicht hat kommen sehen und sie ja nur so tun wollte als ob. Irgendwann kommt der Lehrer zurück und muss schnell erkennen, dass ich ihm auch diesen Test vereitelt habe. Und wer ist schuld? Die Trude natürlich.

## Verliebt

Seit du denken kannst, bist du in irgendjemanden verliebt. Meist unsterblich. Im Kindergarten ist es Elsbeth, in der Volksschule Francesca, in der Unterstufe meist Meike. Irgendwer ist es immer.
Meistens wissen es die Angebeteten nicht und wenn sie es wissen, dann ist es ihnen scheißegal. Dich macht das natürlich traurig, dann musst du wieder weinen und dich selbst bemitleiden und hörst zu Hause im stillen Kämmerchen deinen liebsten Liebeskummersong *„Kamelralley"* von den *Ärzten*:
Warum kommst du nicht?
Du weißt, ich liebe dich.
Du schreibst Namen von Mädchen irgendwohin und wünschst dir, mit ihnen zusammen zu sein. Ihnen das auch zu sagen kommt dir

nicht in den Sinn. Deine erste richtige Freundin – wenn man bei fünf Tagen Beziehung von „richtiger Freundin" sprechen kann – hast du auf einem Ferienlager. Deinen ersten Zungenkuss auch. Die zweite und die dritte Freundin haben in diesen drei Wochen auch noch Platz, was sich leicht ausgeht[12], weil die zweite Beziehung deines Lebens ja auch nur eine Stunde dauert. Im Schuljahr darauf knutschst du drei Wochen lang nach der Schule täglich am Bahnsteig mit Kirsten rum. Dann ist auch schon wieder Zeit für das nächste Ferienlager und die nächsten kurzweiligen Knutschbeziehungen, die du für die große Liebe hältst. Dann passiert eine Weile nix mehr, Sendepause im Liebesleben, unterbrochen nur von der dreiwöchigen Sache mit Mandy. Als das in die Hose geht, nimmst du 20 Kilo zu und verlierst extrem an Selbstvertrauen, weshalb erneut erst einmal eine Weile Funkstille herrscht in deinem persönlichen Liebeshimmel.
Elf Jahre nach deinem ersten Kuss bist du nach einem Konzert mit Freunden in deinem Stammlokal. Dieses Mädchen, das dir so gut gefällt, ist auch da. Weil dein Kumpel Albin aber lieber nach Hause ins Bett will, anstatt sich verliebtes, schüchternes Betrunkenengequatsche anzuhören, verpasst er dir einen Stoß und zwingt dich hinzugehen. Der Rest ist Geschichte und gehört nicht hierher

## Ferienlager

Deine Eltern haben einen Bauernhof. Da gibt es Tiere, die gefüttert und geschlachtet werden müssen, Wiesen, die gemäht werden wollen, und Ställe, die ausgemistet gehören. Außerdem liegt dein Opa im Sterben, jeden Moment könnte es so weit sein. Jahrelang ist das so. Die Schweine hungern, der Opa stirbt.
Daher fahren deine Eltern nicht mit dir in den Urlaub. Als du das erste Mal ans Meer fährst, sind deine Begleiter weder deine Eltern noch deine Geschwister, sondern dein bester Volksschulfreund Alfons, 50 andere Kinder und eine Menge nerviger Betreuer. Später wirst du selbst einmal so ein nerviger Betreuer sein und jahrelang Kindern ihre Zigaretten wegnehmen und sie um 22:00 Uhr ins Bett schicken.

12 österr. für: es reicht/es passt

Du nimmst als Kind nur an vier solcher Lager teil. Dieses eine am Meer. Das Surf- und Tenniscamp am Plattensee, das für einen unsportlichen Sack wie dich genau das richtige ist. Jenes in dem südsteirischen Kloster, in dem du für die Matheprüfung im Herbst lernen sollst. Und dieses im weststeirischen Schloss, wo du später selbst noch jahrelang für viel zu wenig Geld, mit noch weniger Ausbildung und am allerwenigsten Kompetenz zu viele Kinder auf ihren Sommerferien begleiten wirst.

Es gibt viele Erlebnisse, Geschehnisse, die dir so durch den Kopf gehen, wenn du an diese Lager denkst. Wegbegleiter, Mitstreiter, einstige Verbündete, die heute nicht mehr als eine Episode, eine flüchtige Erinnerung sind. So wie der Lange. Der Lange heißt so, weil er sehr hoch gewachsen ist. Und weil er für seine 15 Jahre ein sehr beeindruckendes Geschlechtsteil besitzt. Als unreifer 14-Jähriger beeindruckt dich sowas ernsthaft. Außerdem kann der Lange jederzeit und überall onanieren und dabei auch zu seinem verdienten Ende kommen und findet es auch kein bisschen unangebracht, das jederzeit und überall vor versammelter Mannschaft zu tun. Und wenn er einmal kein Taschentuch zur Hand hat, was macht das schon? Hat er doch schließlich vorhin im Ort diese Chipspackung gekauft, in die er sich erleichtern kann. Und wenn dann, weil ihr nach Nachtruhe zu laut seid und ein Betreuer ins Zimmer kracht und dem Langen die Chipspackung abnimmt, macht das noch viel weniger etwas.

Jahre später, als du selbst Betreuer bist, fragst du deinen Kollegen, der auch damals schon als Betreuer tätig war, ob er sich an den Langen erinnern kann. „Klar", sagt der. „Wie sollte man den Langen vergessen?", fragt er. Ob er sich auch noch an die Packung Chips erinnern kann, die sein Betreuerteam ihm damals abgenommen hat, fragst du auch. „Ja", meint er, „die haben verdammt komisch geschmeckt." Als du ihm erklärst warum, muss er würgen.

# III
# Oberstufe

(Ox-Fanzine #100 – Jubiläumskolumne, Februar/März 2012)

# Ox sei Dank

Ich schreibe. Seit es kann, weil ich es kann. Weil ich glaube, es zu können. Erste Bücher habe ich in der Volksschule verfasst, nach dem Motto „verleugne deine Kindheit" in einer jugendverschwendenden Lebensphase aber wieder entsorgt.

Die Lehrerin, die mir einst im zarten Alter von sechs Jahren das Schreiben beigebracht hat, ist hellauf begeistert von meinen Künsten, aber nebenbei auch meine Mutter, also nicht objektiv. Später im Gymnasium ist die schwarz gekleidete, halsbekreuzte, gar nicht junge Dame, die mir neben Anstand und Moral auch die deutsche Sprache näherbringen soll, von diesem langhaarigen Verlierertypen mit den zerrissenen Hosen, den sie in mir sieht, alles andere als begeistert. Im Einklang mit ihrem Ehemann – Jesus – ist sie wohl der Meinung, dass ich meinen Weg schon gehen werde. Als Bahnhofsstricher oder Stadtparkjunkie. Das sagt sie mir zwar nicht in diesen Worten, durchaus aber gibt sie mir mit auf meinen Lebensweg, dass aus mir nie etwas werden wird.
Und dann, dann schaffe ich, nachdem ich einige Male gerade noch die Kurve gekratzt habe, endlich das, was ohnehin alle von mir erwarten: Ich bekomme ein Nichtgenügend nach dem anderen und darf das Jahr gleich noch einmal machen. In meinem zweiten Anlauf der siebten Klasse[13] bekomme ich im Deutschunterricht eine Lehrerin vor die Nase gesetzt, der das wirre Zeug, das ich in meine Schulhefte kritzele, tatsächlich gefällt. ‚Endlich mal einer in dieser verfluchten Klosterschule, der zwei gerade Sätze hintereinander schafft', denkt sie sich – vielleicht nicht in diesen Worten, aber wahrscheinlich in sehr ähnlichen. Daher legt sie mir auch dringendst nahe, das Schreiben zu meinem Beruf zu machen. Wenn schon nicht als hauptberuflicher Autor – was die Chancen diesbezüglich betrifft, bleibt sie realistisch – durchaus aber als Journalist.
Das habe ich auch vor, irgendwie, ziehe es in Erwägung, diesen Weg zu gehen, scheitere aber schlussendlich an den Möglichkeiten, die mir Graz sowie die väterliche Unterstützung diesbezüglich zu bieten haben. Stattdessen fange ich halt was mit Behinderten an. Das

13 In Deutschland wäre es die elfte Klasse.

gefällt mir auch, das mache ich gerne und heute immer noch. Die Deutschlehrerin hingegen ist enttäuscht, als ich ihr ein paar Jahre nach bestandener Reifeprüfung auf dem Maturaball meiner Schwester erzähle, was ich denn nun so treibe in meinem Leben.
„Ach, ich dachte du wirst einmal Journalist", sagt sie und lässt vor Enttäuschung fast ihr Sektglas fallen.
„Bin ich doch", sage ich, „bin ich doch." Dann nippe ich am Bier. „Immerhin schreibe ich ja bereits seit 1999 für diese deutsche Musikzeitschrift, dieses Fanzine, dieses Ox."
Und das tut er jetzt nach bald 13 – mittlerweile sind es 20 – Jahren und um die 60 Ausgaben – mittlerweile sind es bald 150 – immer noch, der langhaarige Bub, der vom Schreiben eigentlich keine Ahnung hat und zum Glück nicht davon leben muss. Denn das kann durchaus hart sein, wie man so hört. Ein Verlag will gefunden werden, Veranstalter von Lesungen. Tantiemen und Gagen wären auch schön. Aber trotz aller Widrigkeiten klappt das mittlerweile ganz gut mit dem Schreiben. Bücher sind veröffentlicht, das Booking läuft so weit okay, die zweimonatliche Ox-Kolumne geht sich auch aus. Und Jesus' Gattin hat unlängst irgendwo meiner Mutter erzählt, dass sie immer schon gewusst hat, das einmal was wird aus dem (langhaarigen Stricher-) Buben.
„Ox sei Dank", sagt der, hebt den Bierkrug und trinkt mit euch aufs Jubiläum.

# Klosterschule

Ja, du warst auf einer Klosterschule. Dass du in der Mittelschule dort oben in der Bergarbeiterstadt keine Zukunft hast, steht schnell fest. Zu miserabel die Noten, zu schlecht dein Ruf, den du dir mittlerweile unabhängig von irgendwelchen Verwandtschaftsverhältnissen selbst erarbeitet hast, zu schlecht das Verhältnis zu den Lehrern und Lehrerinnen.

Daher steht für dich fest: Die nächste Schule wird drüben in der großen Stadt, der Landeshauptstadt sein. Wie auch die Bergarbeiterstadt ist diese 20 Kilometer und 30 Zugminuten entfernt. Der Zug, in dem im Großen und Ganzen wieder dieselben Leute sitzen wie im alten, fährt jetzt halt in die andere Richtung. Und fast alle deiner ehemaligen Reisegefährten fahren nun eben auch wieder mit, weil sie alle aus ähnlichen Gründen in neue Schulen verfrachtet wurden. Ein paar neue schlechte Einflüsse sind natürlich auch dabei. Nach und nach werden es aber weniger Leute, da kaum jemand ernsthaftes Interesse zeigt, die Schule fertig zu machen, beziehungsweise auch, weil du dich mehr und mehr zum Eigenbrötler entwickelst und es vorziehst, alleine zu fahren.

Du hast ziemlich genaue Vorstellungen, auf welche Schule du willst. Deine Mutter sieht das anders.

„Dort, wo du hinwillst, nehmen alle Drogen, hören laute, radikale Musik und üben schon einmal für ihre Kleinverbrecherlaufbahn", sagt sie.

Aber du für deinen Teil sollst doch weg von all den Nazischlägern, Handtaschenräubern, Zigarettenrauchern und Metalmusikhörern. Deswegen landest du in dieser Klosterschule.

An deinen ersten Tag in den alten, antiquierten Klostermauern kannst du dich gut erinnern. Aus Platzmangel – es wimmelt nur so von schlecht beeinflussten Jugendlichen, die es zu schützen gilt – ist deine Klasse, die Musikklasse, passenderweise im Musikraum untergebracht. Die Nonne, die der Klasse vorsteht, Schwester Hanna, ist in deinen Augen steinalt. Objektiv und nachträglich betrachtet, ist sie wohl nicht älter als 40. Sie mag dich nicht, das steht schnell fest. Du sie auch nicht – und das wird sich auch nicht ändern.

Alfons, dein bester Freund aus Kindheitstagen, ist zwar auch auf der Schule gelandet, aber im naturwissenschaftlichen Zweig. Wenige

Wochen zuvor im Ferienlager warst du noch ein angesagter Typ, bei den Mädels beliebt und eine ziemlich coole Sau. Jetzt und hier am ersten Schultag in der Klosterschule bist du extrem schüchtern und introvertiert, stehst orientierungslos im Raum herum. Der Jörn und der Rolfi kennen sich schon und dann sitzt da noch Marvin, der alte Klassenwiederholer. Dass der eine äußerst unbrauchbare Weltsicht hat und später der FPÖ beitreten wird, weißt du zu dem Zeitpunkt noch nicht. Also setzt du dich eben hin, als er mit einem schlichten „Da ist frei" auf den Platz neben sich zeigt.
Du bist immer noch schüchtern und weißt immer noch nichts mit dir anzufangen. Für Jugendliche gibt es eigentlich nur drei Möglichkeiten damit umzugehen:

1. Stillschweigend untergehen.
2. Sich anpassen und Teil der Masse werden.
3. Negativ auffallen und anecken.

Du entscheidest dich für den dritten Weg und besiegelst somit auch schon das Scheitern deiner Schulkarriere.

(Ox-Fanzine #113, April/Mai 2014)

# Die Nonne im Blümchennachthemd oder Geschlechtsverkehr auf Klassenfahrt

Ja, ich war auf einer Klosterschule. Nonnen, Morgengebet, das volle Programm. Warum? Na, wegen dem Mäx und dem Tommy und dem Tobias und dem ganzen anderen Pack, das mich in der alten Schule immer schlecht beeinflusst hat.

Mai 1995. Wir sitzen im Zug. Nicht nach Nirgendwo, sondern nach Innsbruck, was in meinen Augen zu jener Zeit so ziemlich dasselbe ist. Dementsprechend gelangweilt bin ich dort auch von goldenen Dächern, alpinen Zoos und neuzeitlichen Kirchen. Dass das eigentlich eine ziemlich beeindruckende, fast surreal anmutende Stadt ist, soll ich erst einige Jahre später entdecken.

Egal, jetzt sitzen wir ohnehin erst einmal im Zug, all die schlecht Beeinflussten und Schlechtbeeinflussenden: der Jörn, der Rolfi und Marvin, der alte Mopedfahrer. Wir haben Schnaps in kleinen Fläschchen dabei – Wodka, Baileys und Jägermeister, den wir von den Begleitnonnen unbemerkt im Klo in unsere pubertierenden Mäuler leeren.
Später in der Stadt wird jede nonnenaufsichtsfreie Minute für ein schnelles Bierchen genutzt, abends haben wir Ausgang bis zehn, trinken weitere schnelle Bierchen an der Bar des Jugendgästehauses. Ausweise will niemand sehen, die Nonnen beten irgendwo.
Ich bin 15. Dementsprechend wenig Alkohol vertrage, dementsprechend viel erbreche ich später in die Jugendgästehausklomuschel. Dementsprechend oft muss ich das Zimmer verlassen und an Schwester Hanna vorbeiwanken, dementsprechend oft mustert diese mich skeptisch, während sie überwacht, dass ja keine Buben in Mädchenzimmer gehen.
Irgendwann liege ich leergekotzt und sternhagelvoll im Bett und fliege Hubschrauber. Irgendwann mache ich meine Augen auf und schaue in jene von der Kathrin. Die Kathrin kommt gerade aus dem Bett vom Marvin, dem alten Schwerenöter. Sie findet ihn zwar hässlich und blöd – aber hey, er ist doch schon 16 und hat ein Moped.
Jetzt steht Kathrin aber auf der Leiter zu meinem Stockbett und fragt, ob's mir schon besser geht. Und dann steht sie da, die Nonne im Blümchennachthemd.
„Hab ich's doch gewusst", kreischt sie, „hab ich euch erwischt!"
Auf der Heimreise holt Schwester Hanna uns alle zu sich ins Abteil. Wenige Tage später holt sie meine Mutter zu sich in die Sprechstunde und erzählt ihr, wie ich sie genauestens ausspioniert und immer wieder vorgetäuscht hätte, aufs Klo zu müssen, und dann, kaum wäre sie schlafen gegangen, Unzucht mit der Kathrin getrieben hätte. Sie droht an, mich von der Schule zu werfen, und Mutter fährt mich direkt zum Frisör, wo ich meine schönen langen Haare lassen muss. Von der Schule fliege ich aber nicht. Schwester Hanna ist der Grund dafür zu peinlich: Geschlechtsverkehr auf Klassenfahrt.
Dass 15-Jährige sich unter ihrer Obhut problemlos betrinken können, ist kein Thema – Hauptsache niemand hat Sex.

(Ox-Fanzine #114, Juni/Juli 2014)

# How I Met Your Mother I

Kinder, ich war auf einer Klosterschule. Nonnen, Morgengebet, das volle Programm. Zweimal wollten sie mich rauswerfen, zweimal war ich selbst kurz davor zu gehen. Geblieben bin ich dann aber doch, wegen einem Mädchen.

Um das es im Folgenden aber kein bisschen gehen wird. Viel mehr darum, dass ich, wenn ich da schon nicht gerne hingehe in diese Klosterschule, ja auch nicht unbedingt immer hingehen muss. Zum Ganztagsschwänzen bin ich dann allerdings doch zu feige und zu gut erzogen, später kommen und früher gehen lässt sich aber hie und da einrichten. Denn so ein morgendlicher Schülerzug hat doch schnell Verspätung und Bildnerische Erziehung[14] nachmittags bei Schwester Gudrun muss doch nicht zwingend sein. Sie kann zwar perfekt mit Zirkeln nach Schülern werfen, pädagogisch wie menschlich ist sie aber durchaus verzichtbar. Da gehe ich doch lieber zu eurem Onkel Tommy – ihr wisst schon, das ist der mit dem Iro – in den Park am Bahnhof, da lässt sich die Zeit bis zum Zug nach Hause um 17:00 Uhr besser rumkriegen.

Mit Billigwein aus Zweiliterflaschen, Bier und der ganzen Punkerbande, mit der Tommy immer so rumhängt. Alle sind sie am Start, sogar der Tobias, der alte Ladendieb. Der ist jetzt auch Punk und schmust mit einem Bomberjackenmädchen rum. Die Stimmung im Park ist am Dampfen und das Mädchen da drüben aber so richtig süß. Schwarze Locken, dunkle Augen, schwarzer Strickpulli. Wir kennen uns noch nicht, verstehen uns aber ganz gut. Und der Wein in den Zweiliterflaschen schmeckt so gut, so süß. Da ist ja auch reichlich Kräuterlimonade drinnen, damit die trinkfreudigen, ihre Jugend verschwendenden Jugendlichen es besser runter bekommen, das ekelhafte Billigzeug. Und weil ich das im Gegensatz zu den anderen Anwesenden dann halt doch nicht so oft mache, vertrage ich entsprechend wenig.

Daher ist sie dann erst einmal dahin, die gute alte Erinnerung, und kommt nur in vagen Fetzen retour: Ich, mit Handschellen an das Pullovermädchen gekettet. Ich, wie ich versuche, ihr unter den Pullover zu fassen. Ich, wie ich mich in einer Zugtoilette übergebe. Ich, wie ich

14 österr. für: Kunstunterricht

mich an meiner Mutter vorbeischleiche: „Mir geht es nicht gut, ich will gleich ins Bett."
Das Pullovermädchen sehe ich einige Wochen später wieder, dieses Mal völlig nüchtern auf dem Weg zum Zug in einer Einkaufspassage. Ich sehe sie an, sie mich, sie lächelt, kommt auf mich zu und beginnt freudig, etwas zu sagen. Und ich, ich gehe einfach weiter. Gehe einfach weiter, lasse sie in meiner jugendlich schüchternen Überforderung, die sich jetzt so ganz ohne Alkohol in mir breitmacht, einfach stehen und fahre nach Hause. Und sehe sie nie wieder und werde auch niemals erfahren, was wir im gefesselten Zustand noch so angestellt haben. Und wessen bescheuerte Idee das alles schon wieder war.
Tja Kinder, so habe ich eure Mutter jedenfalls nicht kennengelernt.

# Friebi

Halblange Haare, braune Strickjacke, viel zu großes Kurt-Cobain-Shirt. Und immer dieser Blick, dieser abschätzige, leicht überhebliche Blick. Sportunterricht habt ihr mit allen anderen Klassen deines Jahrgangs gemeinsam, schließlich ist in der Klosterschule der Mädchenanteil sehr hoch. Ihr seid nur fünf Jungs in eurer Klasse: Rolfi, Jörn, Marvin, der alte Bierdosenzerdrücker, du und Daniel, der im Geburtshaus dieses steirischen Schauspielers lebt, der später einmal hochrangiger Politiker drüben in Kalifornien werden soll, und enorm stolz darauf ist. Da man zu fünft nicht Fußball spielen kann – etwas anderes werdet ihr in den nächsten fünf Jahren, die du hier an dieser Schule verbringen wirst, verbringen musst, kaum machen – werden eben alle Klassen zusammengelegt.

Und in eine dieser anderen beiden Klassen geht eben Friebi. Friebi ist zwar bei Schwester Gudrun im bildnerischen Zweig, nimmt aber dennoch als Wahlfach an Schwester Andreas Gitarrenunterricht teil. Du musst da auch hin, weil du ja im musischen Zweig bist, und hast nicht die geringste Lust darauf, irgendwelche Kinderlieder, Fingerübungen und Etüden zu spielen. Daher übst du nie und wirst dieses Instrument niemals so richtig beherrschen. Dass du das später sehr bereuen wirst, kannst du jugendlicher Allesverweigerer, der du nun einmal bist, zu dieser Zeit noch nicht wissen.

Friebi ist da anders. Er hat Bock, hat Feuer. Hat Bock auf das Instrument, lebt für die Musik, brennt dafür, etwas zu erreichen. Du weißt es noch nicht, aber Friebi ist jemand, der es ernst meint mit der Musik, der durchzieht, was er sich vorgenommen hat, ähnlich wie Mäx.

Während du nach fünf Jahren Gitarre bei Schwester Andrea immer noch nix kannst, reicht Friebi ein einziges Schuljahr, um die Grundkenntnisse zu erreichen, die er dazu benötigt, eine Band zu gründen. Von Bands wie *Nirvana*, *NOFX* und *Bad Religion* – deren Shirts zu tragen in der Klosterschule eine sehr mutige Angelegenheit ist – inspiriert, gründet er mit drei Freunden, die nicht an unserer Schule sind, die Band *Bad Influenced By The Red Flashing Lights Of An American Schoolbus* – der Bassist ist aber der Cousin von Marvin, dem alten *Onkelz*-Fan. Eine Band, die anfangs wie eine Mischung aus den drei oben genannten Bands klingt, aber alles daran setzt, das zu ändern und ihr eigenes Ding durchziehen. In jeder Pause kommt Friebi, der

in dir schnell einen Gleichgesinnten entdeckt hat, einen Bruder im Geiste, zumindest was den Musikgeschmack betrifft, und spielt dir seine Songs vor. Immer wenn *Bad Influenced By The Red Flashing Lights Of An American Schoolbus* wieder einen Song fertig haben, gehörst du zu den ersten, die diesen zu hören bekommen. Kurz vor deinem 17ten Geburtstag siehst du dir das erste Mal eine Show der Jungs an. Es soll abgesehen von all den *Cemetary*-Gigs, die du schon gesehen hast, das erste kleine, jenseits großer Hallen und des Mainstreams passierende Konzert sein, das du siehst. *Bad Influenced By The Red Flashing Lights Of An American Schoolbus* sind Vorband von *Pistol Fodder*, der Band vom 50er Max, der damals mit seinen selbst gerade erst 17 Jahren schon eine kleine Legende in der hiesigen Punkrockszene ist. Dieser Typ, der eine Band, eine Anlage und einen Bus hat, aber noch keinen Führerschein besitzt, da er ja erst 17 ist. Der in seinem Leben nie geraucht oder getrunken hat. *Bad Influenced By The Red Flashing Lights Of An American Schoolbus* präsentieren an diesem Abend im September 1996 ihr erstes offizielles Demotape, *Pistol Fodder* ihre erste und einzige CD. Das Tape ziehst du dir am nächsten Tag mit deinem Walkman am Flughafen rein, bevor du mit deiner Klasse nach Irland fliegst. Du wirst noch viele solche kleinen Bands sehen und erkennen, dass es fernab der großen Labels und Bookingagenturen eine fruchtbare Szene gibt. Friebi wird einige Jahre später derjenige sein, der dich als aktives Mitglied in eben diese Szene holt. Damals Mitte der 90er Jahre findest du das alles aufregend und geil. Heute, mit Abstand betrachtet, klingt das, was Friebi und Co. hier auf Band bannten, halt wie jede andere Band auch, die von 17-Jährigen, die gerne amerikanischen Punk der 90er Jahre hörten, betrieben wurde. Der Unterschied ist aber, dass es die meisten irgendwann nach zwei, drei, fünf Jahren wieder bleibenlassen. Diese Jungs hier sind aber motiviert und erreichen so ziemlich alles, was sie sich als 16-jährige Melodypunker mit nagelneuen Gitarren und viel zu weiten Hosen erträumt haben. Plattenvertrag in Übersee, Touren mit den Großen, eine Fanbase, die sich sehen lassen kann, Bekanntheit weit über die Landesgrenzen hinaus.
Und warum? Weil Friebi sich im Gegensatz zu dir geduldig angehört hat, was Schwester Andrea ihm über das Gitarrespielen erzählt hat.

# Irland

Dein erster Flug. Die Aufregung ist groß. Der Kopf dröhnt noch ein bisschen, weil du bei dem Konzert gestern zwei oder drei Biere getrunken hast. Einige Tage zuvor hast du mit deinen Eltern zu Hause gesessen, dir irgendeine Serie oder Fernsehshow oder einen Film oder was auch immer angesehen, als plötzlich diese Sondermeldung reingekommen ist: Außerirdische Fluggeräte haben soeben die Erdumlaufbahn erreicht. Man hoffe, sie kämen in friedlicher Absicht. Kurz danach fliegen Ufos durch das Bild und schießen auf die Freiheitsstatue. Dein erster Gedanke zu dem Thema ist: ‚Hoffentlich kriegen die das Alienproblem in den Griff, bevor ich übermorgen dieses blöde Kackflugzeug besteigen muss.'
Es stellt sich jedoch bald heraus, dass die Erde gar nicht wirklich von außerirdischen Lebensformen angegriffen wird, sondern es sich lediglich um einen aufwendig inszenierten Promotionsgag für einen alienthematischen Blockbuster, der soeben in die Kinos gekommen ist, handelt.
Du kannst also getrost mit deinen Schulkollegen und Schulkolleginnen dieses Flugzeug besteigen und nach Irland fliegen. Du kannst dich noch gut an den ersten Flugzeugstart deines Lebens erinnern. Daran, wie es dich im Sitz nach hinten drückt und wie dir die Ohren schmerzen. Du erinnerst dich an die gigantischen Ausmaße dieses riesigen Flughafens in Deutschland, an dem ihr umsteigen müsst, und an die gigantischen Ausmaße des riesigen Flugzeuges, mit dem ihr weiterfliegt. Du erinnerst dich daran, dass der Pilot ankündigt, dass unter euch nun das typische London zu sehen sei und da nichts ist außer Nebel. Du erinnerst dich an grüne Felder in Wales und das Blau der Irischen See. Du erinnerst dich, dass deine Gasteltern in Dublin nette Leute sind, deren komisches Englisch du aber nicht verstehst. Und daran, dass die Sandwiches, die sie dir jeden Tag zum Lunch mitgeben, wie Plastik schmecken. Du erinnerst dich daran, dass das Essen in Irland ohnehin nicht dein Fall ist. Und daran, dass ihr, wenn ihr abends in den Pub geht, immer Marvin, den alten Bierchecker, vorschickt, weil der schon 18 ist. Du erinnerst dich daran, dass das Bier nach Wasser schmeckt. Und du erinnerst dich auch daran, dass ihr nach einer Woche Dublin in eine andere Stadt an der Westküste fahrt, wo ihr am ersten Abend keinen Pub findet und du

daher an deinem 17ten Geburtstag in einem Park alkoholfreies Radler mit deinen Schulkollegen und Schulkolleginnen trinkst.
Du erinnerst dich an den Park, an den Englischunterricht und an die Stadtbesichtigungen in Dublin. Du erinnerst die an die St. Patrick's Cathedral und an das Trinity College und an die große Straße, an deren Namen du dich nicht mehr erinnerst. Du erinnerst dich an das Biertrinken am Hafen und das Pinkeln gegen den Wind. Du erinnerst dich an Lasertagduelle und an den Indoorwasserpark.
Du erinnerst dich daran, an deinem 17ten Geburtstag den ganzen Tag in einem viel zu kleinen Bus über viel zu holprige Straßen an einen viel zu weit entfernten Ort zu fahren. Du erinnerst dich daran, dass es sehr windig ist und du unterwegs immer wieder aufs Klo musst. Du erinnerst dich an Klippen und Burgen und an die extrem unsympathischen, herrischen wie gestrengen Gasteltern zu denen Jörn, Marvin, der alte Störenfried, und du von euren Begleitnonnen zwangsverfrachtet werdet, damit ihr euch vernünftig benehmt. Du erinnerst dich daran, dass das, was die klapprige alte Schachtel, die euch als Gastmutter vorgesetzt wird, euch ihrerseits an Essen vorsetzt, jenseits von gut und böse ist. Du erinnerst dich daran, dass Jörn, Marvin, der alte Essensverweigerer, und du euch die ganze Woche über an der nahegelegenen Tankstelle verköstigt.
Du erinnerst dich an die überaus große Freude darüber, die letzte Nacht in Irland noch einmal bei der so viel netteren Dubliner Gastmutter zu verbringen. Und daran, dass Lampino, der alte Dylan-Fan, diese Nacht auch bei dir unterkommt, da seine Gasteltern anderweitig ausgebucht sind. Du erinnerst dich daran, dass ihr beide den ganzen Abend lang mit der Gastmutter Wodka trinkt, weil euch Whiskey nicht schmeckt. Du erinnerst dich daran, dass du am nächsten Tag im Flugzeug um ein Haar die dort ausliegenden Kotztüten in Anspruch nehmen musst.
Du erinnerst dich daran, dass du ein paar schlechte, aber viele gute Erinnerungen an die Zeit in Irland hast. Und daran, dass du es ablehnst, mit der deiner neuen Klasse, in die du nach dem Vermasseln der letzten kommst, mit nach Bristol zu fliegen – was du heute bereust – weil du deinen 18ten Geburtstag nicht mit lauter dir fremden neuen Mitschülern schon wieder irgendwo in einem neuen dir fremden Land verbringen willst.

(Ox-Fanzine #126, Juni/Juli 2016)

# Happy Birthday

Der Inhalt meiner Bücher ist im Gegensatz zu meinen Ox-Kolumnen stets frei erfunden. So auch in meinem Episodenroman „Genpoolparty - Und das Becken voller Tränen". Meistens zumindest. Denn als sich eine der Protagonistinnen an ihrem 16ten Geburtstag in einen Raveclub erbricht, ist der autobiografische Hintergrund leider nicht zu leugnen.

September 1995, Geburtstag. 16. Endlich 16. Reife, erwachsene 16. Endlich Mopedfahren, endlich legal statt heimlich trinken. Wir starten die Feierlichkeiten in einem Innenstadtlokal, wo wir auch sonst gerne einmal unser Bierchen schlürfen. Alle sind da: der Jörn, der Rolfi, Marvin, der alte Schnapstrinker, sogar Friebi gibt sich die Ehre. Als die Kellnerin zu uns an den Tisch im Obergeschoß kommt und meint, die Polizei wäre gerade unten reingekommen und alle unter 16 sollen gefälligst ihre Biergläser verstecken, lasse ich meines stolz stehen. Später geht es weiter in einen angesagten Kellerclub, der „gelber Skorpion" oder so ähnlich heißt, dorthin eben, wo die coolen People mit ihren weiten Hosen und den angesagten Schlappermützen abhängen. Der Laden ist gut gefüllt, ich auch. Drei, vier Biere werden es schon gewesen sein. Aber hey, es ist doch Geburtstag. Ich bin jetzt 16. 16, 16, 16. Also rein mit dem gelben Zeug. Rein, rein, rein. Auch wenn es längst nicht mehr schmeckt und mir das Trinken keine Freude mehr bereitet. Und dann kommt es auch schon, dieses Übelkeitsgefühl. Ich muss aufs Klo – und zwar schnell. Der Weg ist zwar kein weiter, aber eben reichlich mit Partypeoplen verstopft. Irgendwann, ich habe es fast geschafft, es sind nur noch wenige Meter zur hart ersehnten Schüssel, schafft mich der Alkohol, alle Dämme brechen und ich breche alles raus. Ich schaue nicht nach links, blicke nicht nach rechts, achte nicht darauf, wen es getroffen hat, wen ich erwischt habe. Ich haste auf die Toilette und entleere mich fertig, bringe am richtigen Ort zu Ende, was am falschen begonnen hat. Als ich die Türe öffne, höre ich bereits eine aufgebrachte Stimme rufen: „Da ist er ja, der Arsch, der meine Freundin angekotzt hat!" Bevor seine Faust meine Nase trifft, öffnet sich eine der WC-Kabinentüren, zwei Typen von zwei Klassen über mir, die Marvin, den alten

Bodybuilder, etwas besser kennen und heute zu meinem Glück oben die Tür machen, torkeln heraus. Sie wischen sich erst einmal die eigenen Nasen sauber und begleiten mich danach zum Ausgang, wo schon der Chef auf mich wartet. Er gratuliert mir nicht zum Geburtstag, sondern meint, ich solle mich schnellstens aus dem Staub machen und niemals wiederkommen. Das habe ich aber auch gar nicht vor, lieber suche ich mir die nächste Telefonzelle, um erst einmal Papa anrufen, damit er mich abholen kommt. Ich nehme mir vor, ihm auf dem Heimweg bloß nicht ins Auto zu kotzen.

(Ox-Fanzine #118, Februar/März)

# Mandy

„Ich muss mit dir reden", sagst du und trinkst dir erst einmal Mut an. „Wir passen nicht zusammen", fährst du fort und gehst mit diesem Satz aus meinem Leben. „Jetzt ist sie weg", rappen im Hintergrund die Fantastischen Vier einen Song, zu dem wir vor wenigen Tagen noch bei ihrem, unserem ersten und auch letzten zusammen besuchten Konzert rumgeknutscht haben, Mandy.

„Mandy, oh Mandy", singt wiederum wenige Tage später auf einer Silvesterparty bei uns im Dorf irgend so ein Musiker. Bald haben wir 1996 und ich bin wieder allein, allein. Der Song dürfte irgendjemandem hier besonders gut gefallen, denn er läuft immer und immer wieder. Und ich – weil ich erst 16 und der Meinung bin, mich im Liebeskummer suhlen zu müssen – denke immer und immer wieder nur an dich, Mandy. Und das nehme ich zum Anlass, mich hier und heute aber so richtig zu besaufen. Obwohl unsere Beziehung nur drei Wochen gedauert hat und nicht einmal wirklich gut war.
Es gibt Bier, es gibt Bowle, es gibt Blaue Sau, also einen blau gefärbten, zu dieser Zeit in Österreich enorm angesagten, aber nichtsdestotrotz ekelhaften Energydrink. Und immer wenn dieses eine Lied läuft, trinke und trinke und trinke ich. Und irgendwann kotze und kotze und kotze ich in die Badewanne und mein Cousin putzt und putzt und putzt verantwortungsbewusst alles auf und reicht mir den

Kübel, damit ich ihn im Klo entsorge. Ich verstehe nur „Entsorgen" und schütte die Sauce zurück in die Badewanne. Richtig gut sieht sie aus, diese blaue Suppe, in der Fruchtstücke schwimmen. Schade, dass es noch keine Smartphones gibt, ich würde dir ein Foto schicken, Mandy.

Irgendwann sehe ich hauptsächlich schwarz, mich ab und zu an einem Bier nippen, mich hie und da zu diesem Scheißsong wippen. Irgendwann sehe ich mich knietief durch Schnee waten und sage mir, dass das alles nur ein böser Traum ist.

Ist es aber nicht und die Hose dementsprechend komplett nass, als ich am nächsten Tag komplett bekleidet aufwache. Über meine blaue Fruchtkotze redet das ganze Dorf noch Jahre später. Und das alles nur wegen dir, Mandy.

# 18

An deinem 18ten Geburtstag gehst du nicht in die Schule. Es ist eine spontane Entscheidung. Marvin, der alte Sitzenbleiber, der wie du die Klasse wiederholen muss und ebenso nicht mit nach England fährt, überredet dich dazu. Eigentlich solltet ihr diese zwei Wochen in einer anderen Klasse verbringen, blöderweise ist es die, in die auch Mandy geht. Du gehst bis auf jenen Geburtstag im Gegensatz zu Marvin, dem alten Schulschwänzer, dennoch täglich brav hin, denn du wirst jetzt ein vorbildlicher guter Schüler. Das nimmst du dir zumindest vor. Und du ziehst es auch durch. Die nächsten zwei Jahre bis zur Matura lernst du gewissenhaft und kapierst, dass die Lehrer durchaus nicht immer Blödsinn erzählen. Gut, die Mathematik verstehst du nach wie vor genauso wenig wie die Physik, du hast kein Gespür dafür, die Logik dahinter will sich dir einfach nicht erschließen. In Chemie hingegen wirst du zum Erstaunen deiner Lehrerin, die dich am Ende der achten Klasse[15] fragt, was denn bloß mit dir, dem ewigen Nichtgenügend-Schüler, passiert sei – Klassenbester. Du glänzt in Geschichte und triumphierst in Deutsch. Die Vorbehalte, die deine Lehrer gegen dich hatten, da dein schlechter Ruf dir leider vorauseilt,

15 In Deutschland also die zwölfte Klasse

lösen sich in Luft auf. Aber nur nahezu. Denn Frau Professor P., deine Englischlehrerin, hat es nach wie vor auf dich abgesehen. Dazu steht sie offen, da macht sie kein Geheimnis draus und gibt es deiner Mutter gegenüber am Elternsprechtag auch offen zu. Den Höhepunkt erreichen die Erniedrigungen gleich zu Beginn des Schuljahres. Du sollst einen Text über einen „Postman" vorlesen. Da du aber aufgrund eines minimalen Sprachfehlers „Bs" und „Ps" sowie „Ds" und „Ts" identisch aussprichst, sagst du eben: „Bostman". Das passt Frau Professor P. aber gar nicht. Du sollst ein Blatt Papier nehmen, es vor den Mund halten und so lange „Postman" sagen, bis sich das Blatt bewegt. Denn nur dann ist, so behauptet sie zumindest, bewiesen, dass die Aussprache nun passt. Du hast aber kein Blatt Papier zur Hand, daher sollst du eben dein 150 Seiten starkes Englischbuch nehmen. Bis sich das bewegt, kann man allerdings ganz schön oft „Postman" sagen. Ein großer Spaß für alle Beteiligten – für dich, der du neu bist in der Klasse und noch niemanden kennst, eher weniger.

In deiner späteren Stammkneipe gibt es einen Kellner, den du aus unerfindlichen Gründen auf den Tod nicht ausstehen kannst. Als du irgendwann erfährst, dass er der Sohn von Frau Professor P. ist, weißt du endlich warum.

Dein Geburtstag jedenfalls ist auch kein Spaß für dich. Was du gemacht hast, anstatt in die Schule zu gehen, weißt du nicht mehr. Du weißt nur, dass du keine große Lust hast zu feiern, weil alles so deprimierend ist. Du musst die Klasse wiederholen, deine Englischlehrerin schikaniert dich, du musst mit Mandy in einer Klasse sitzen bis deine eigene, in der du niemanden kennst, wiederkommt und durch die Führerscheinprüfung bist du auch schon wieder gefallen. So macht es doch keinen Spaß 18, endlich 18 zu werden.

(Ox-Fanzine #122, Oktober/November 2015)

# Fahrschulenblues

Ich bin jetzt 39 Jahre alt, fahre also bereits mehr als die Hälfte meines Lebens Auto. Der Weg zum Führerschein aber war ein steiniger.

Juli 1997, ich besuche einen zweiwöchigen Führerscheinintensivkurs in der Landwirtschaftsschule, in der mein Vater einst seinen Abschluss gemacht hat. Das Fahren selbst ist kein Thema. Der Lehrer ist nett, hat Humor, stellt nicht viele Anforderungen und meint, er wäre nur Fahrlehrer in Österreich geworden, um nicht zu Hause im längst zerfallenen Jugoslawien serbischer Kriegsteilnehmer werden zu müssen. Besagte Landwirtschaftsschule liegt mit all ihren Schweineställen und deren Ausdünstungen – die ich heute noch in der Nase habe, wenn ich an meine Motorradfahrstunden denke – eingebettet in dichte Waldlandschaften am Rande eines kleinen Dorfes namens Thal in der Nähe der großen Stadt Graz. Am Rande jenes Dorfes eben, dessen einstiger Polizeihauptkommandant einen Sohn hatte, der erst Fußballer, dann Bodybuilder, dann Schauspieler, dann Gouverneur von Kalifornien und dann wieder Schauspieler war. Genau dort zwischen all den Güllelachen hat einst wohl auch der Terminator das Autofahren gelernt.
Mein Fahrlehrer und ich jedenfalls, wir kurven durch schöne Hügellandschaften, am malerischen See vorbei, an dem sich der Gouverneur, wie es die Legende sagt, einst mit Kennedys Nichte verlobte, vorbei an dem Haus, in dem der spätere Gouverneur als Polizistensohn seine Kindheit verbrachte.
Der Theorievortragende aber ist ein Arschloch, mag mich nicht und macht auch kein Geheimnis daraus. Vielleicht liegt's an den langen Haaren, vielleicht am Ohrring. Warum ich nicht zumindest ein bisschen wie sein alter Schulfreund, mein Vater, sein könnte, fragt er mich täglich. Der Motorradtyp hingegen ist eine coole Sau mit langen Haaren und Ohrring. Lässig steht er da an sein Fahrzeug gelehnt und erklärt, dass die sieben von ihm persönlich kopierten und handgetackerten Zettel für die Prüfung reichen würden und niemand das Kursbuch zu kaufen bräuchte. Blöd nur, dass später bei der Prüfung – die ist zu diesem Zeitpunkt noch mündlich, Computerprüfungen werden erst ein halbes Jahr später eingeführt – nur Fragen vom Kursbuch

und nix von den Zetteln drankommt, ich also leider gar nix weiß und durch die Prüfung falle.
Zwei Wochen und einen Buchkauf später klappt zwar die Theorie, dafür schmeiße ich beim Fahren alle Hütchen um. Der Lehrer, der Prüfer und ich wissen, dass ich niemals wieder in meinem Leben freiwillig ein Motorrad besteigen werde, daher werden alle verfügbaren Augen zugedrückt und meine Prüfung als bestanden anerkannt. Die Autotheorie hingegen schaffe ich mühelos, verpatze aber den Praxisteil beim Einparken. Ich schiebe den Fahrschulgolf einigermaßen brauchbar zwischen die Stangen, sehe dann aber den Fahrlehrer – der freundliche Serbe wurde mittlerweile gegen einen völlig unsympathischen Schnauzbartträger aus der Steiermark ausgetauscht, der nur freundlich zu dir ist, wenn du blond bist und einen Minirock trägst – hinten Zeichen geben.
„Bleib stehen, passt so, du Vollidiot!", will er mir sagen.
Ich deute es als: „Noch ein bisschen nach rechts, du Depp!" Und fahre die Stange rechts hinten nieder.
„Wäre das ein Mensch, wäre er jetzt tot", meint der Prüfer. Und ich werde führerscheinlos 18.

# Autofahren

Du fährst nicht gerne Auto. Also nicht so gerne wie andere. Es stresst dich nicht, du fährst schon, wenn du fahren musst, gerne auch einmal ziellos in der Gegend herum. Wenn du aber statt acht Stunden lang im Auto zu sitzen und dich konzentrieren zu müssen, zwölf Stunden im Zug lesen, Musik hören, an diesem Buch hier arbeiten oder schlafen kannst, nimmst du gerne die zweite Option.

Es ist aber schon eine feine Sache, bereits in der Schulzeit fahren zu dürfen. Bereits zuvor hast du die dir immer lästiger werdenden täglichen Bahnfahrten gegen vereinzelte Schulfahrten mit dem Moped getauscht, einfach weil es dich unabhängiger macht, weil du nicht täglich so lange warten musst. Jetzt kannst du also mit dem Auto fahren. Nicht immer, weil du selbst noch keines besitzt und dir halt nicht täglich eines zur Verfügung steht. Aber von Zeit zu Zeit kannst du den blauen Mazda 121 – viele nennen ihn einen violetten Ford Fiesta – der erst deiner Mutter, später dir gehört, nehmen, um die 20 Kilometer Schulweg zurückzulegen. Und wenn du schon kaum jemanden in deiner Klasse kennst und Frau Professor P. dich mit irgendwelchen Postmännern schikaniert, so kommst du jetzt wenigstens selbstischer fünf Minuten zu spät in den Unterricht und sagst lapidar: „Entschuldigen Sie bitte, war kein Parkplatz frei."

Am Ende der siebten Klasse hilft dir der Führerschein besonders. Ihr macht einen zweitägigen Ausflug in ein etwa 70 Kilometer entferntes Thermalbad. Dort übernachtet ihr in Zelten und weil ihr ja überaus sportliche Menschen seid, fahrt ihr mit dem Rad dorthin. Na ja, du bist eine überaus faule Sau und machst deiner Klassenlehrerin einen Vorschlag, den sie dir nicht ausschlagen kann.

„Ich freu mich ja auch auf den Ausflug, Frau Professor", sagst du, „aber sagen Sie einmal, wie sollen wir denn die Zelte, die Schlafsäcke und das ganze Gepäck dort hinkriegen, wenn wir alle mit dem Rad fahren?"

Noch bevor sie antworten kann, bietest du – selbstlos, wie du nun einmal bist – als einziger Führerscheinbesitzer der Klasse an, das Gepäck mit dem Auto deiner Mutter auf den Campingplatz zu bringen.

Deine Klassenlehrerin ist begeistert von dem Vorschlag, du auch, und so fährst du am Abfahrtstag um 08:00 Uhr morgens zur Schule, packst den ganzen Kram in den Mazda und fährst zurück nach Hause, um dich noch einmal ins Bett zu legen. Acht Stunden später fährst du wieder los, bist schließlich der erste vor Ort und nimmst ausgeruht und in dir ruhend die verschwitzten und von Blasen an allen möglichen und unmöglichen Körperstellen geplagten Fahrradfreaks in Empfang.

(Ox-Fanzine ...[16])

## Erich

Dezember 1997, morgens. Ich sitze im gleichen Zug wie immer. Wie immer wird der Tag von Drill und Regeln bestimmt sein, wie sonst auch tragen die, die das Sagen haben, hässliche Uniformen und sind hochgradig unsympathisch. Allerdings steige ich zwei Stationen früher als gewohnt aus dem Zug aus und fahre nicht wie üblich mit der Straßenbahn in die Klosterschule, sondern gehe zu Fuß in die Kaserne.

Denn heute ist der Tag der Tage. Der Tag, vor dem sich alle 18-Jährigen fürchten, von dem sie alle – vorher wie nachher – sprechen. Der Tag, dem viele Horrorgeschichten vorausgehen, die sich leider ausnahmslos alle als wahr erweisen sollen. Als ich eintreffe, sitzen schon viele junge Männer meines Jahrgangs und meiner Gegend mit hängenden Schultern und müden, traurigen Augen im großen Warteraum. Die meisten von ihnen kenne ich. So auch Erich. Erich aus dem Nachbardorf. Erich, der bei seiner Großmutter aufgewachsen ist, weil das Jugendamt seine Mutter als erziehungsuntauglich erachtet hat. Erich, der missverstandene Störenfried in meiner Volksschulklasse. Erich, der eine lange Jugendheimlaufbahn hinter sich hat. Erich trägt jetzt lange Haare und ein *Iron Maiden*-Shirt und wird von mir zum persönlichen Musterungskumpan auserkoren. Gemeinsam ist man schließlich stärker, wenn einen kaum ältere Grundwehrdiener[17] beim Duschen schikanieren, wenn in die Jahre gekommene

16 Ausgabe wurde bei der Musterung für untauglich befunden.

17 österr. für: Wehrdienstleistende

Heeresärztinnen die Hoden ausgiebig untersuchen, wenn man beim Harntest nicht pinkeln kann, weil man zu wenig Wasser getrunken hat, und wegen des stattdessen konsumierten Kaffees der Blutdruck zu hoch ist. Gemeinsam müssen wir zum Psychologen – ich, weil ich angegeben habe, dass ich Autoritäten nicht anerkenne, Erwin, weil er im psychologischen Fragebogen den Satz „Mein Vater ist ..." mit „... ein Arschloch" ergänzt.
Zur Zivildiener[18]-Informationsveranstaltung kommt Erich aber nicht mit, trotz all der Schikanen hier geht die Aussicht auf neun Monate Bundesheer für ihn anscheinend in Ordnung. Er verpasst es daher auch, von Oberst Asslinger angeschrien, als Weichei und Vaterlandsverräter beschimpft zu werden.
„Aus dreien meiner vier Söhne ist was geworden", sagt er. „Der andere machte Zivildienst und ist jetzt schwul", sagt er auch, der Oberst Asslinger, der homophobe Depp.
Oberst Asslinger ruft schließlich alle in sein Kämmerchen, um uns zu erzählen, ob wir nun tauglich sind oder nicht. Die meisten kommen mit nach unten hängenden Mundwinkeln aus dem Raum, da sie wohl für tauglich befunden wurden. Einer weint, weil er untauglich ist – wegen Rücken – und so gerne bei den Pionieren Brücken gebaut hätte. Erich ist es nicht, Erich ist tauglich. Ich zu meiner Verwunderung auch.
„Ja, Herr Roth", sagt Oberst Asslinger. „Kurzsichtig sind Sie, das macht aber nix, Sie haben ja Kontaktlinsen. Eine Katzenhaarallergie haben Sie, macht aber nix, Sie machen ja Zivildienst, da gibt es keine Katzen. Die Wirbelsäule ist schief, macht aber auch nix, beim Zivildienst gibt es eh nix zu heben."
Dass ich wenige Monate später gleich am ersten Tag in der Lebenshilfe einen Türstock[19] durch die Gegend trage, während die Katze fröhlich miaut, ahnt er nicht, als er mir die Hand schüttelt und mir ernsthaft wünscht, ich möge doch bitte zur Vernunft kommen und doch noch staatstreuer Uniformsklave werden.

18 österr. für: Zivildienstleistende
19 österr. für: Türrahmen

(Ox-Fanzine #111, Dezember/Jänner[20] 2013/2014)

# Wenn alle von der Brücke springen ...

... springst du dann auch?
Selbstverständlich.

Juli 1998, letzter Schultag. Klassenziel erreicht – endlich erreicht – das muss gefeiert werden. Also Bier und Schlafsack in den Kofferraum gepackt und ab an den schönen Wörthersee. Genauer gesagt in den Klagenfurter Vorort Viktring, wo der Vater eines Schulkollegen ein Grundstück besitzt, auf das besagter Kollege nun seine zehn besten Freunde und ja, auch mich zu einigen Tagen Partyurlaub einlädt. Kaum angekommen wird erst einmal ein Bier aufgemacht. Nüchtern bleiben werde ich schließlich die nächsten Wochen im Krankenhaus, auch wenn ich das jetzt noch nicht weiß. Zelt muss ich keines aufbauen, weil ich keines besitze und auch nie eines besitzen werde, also kann ich erst einmal entspannt trinken. Als dann alle Zelte stehen, muss das natürlich gefeiert werden, ich kann also kollektiv weiter trinken.

Irgendwann ist Mitternacht, trinken können wir später auch noch, jetzt wird gemütlich im Bach geschwommen. Das Wasser der Sadnitz ist eiskalt, Wodka zum Warmtrinken haben wir nicht dabei, es hilft also nur, von der Brücke zu springen. Ich will eigentlich nicht springen, habe doch etwas Respekt vor dem Bach und ein ziemlich ungutes Gefühl bei der Sache. Aber hey, es springen doch alle, da werde ich wohl keinen Rückzieher machen.

„Zieh die Knie ein!", schreien sie noch.

‚Ich spinn' doch nicht, Alter', denke ich mir. ‚Dann zertrümmere ich mir ja die Kniescheiben', denke ich auch und rattere kerzengerade ins Bachbett. Ich spüre, dass da irgendetwas passiert ist mit einem Stein und meinem Fuß und verletzter Haut und blutendem Fleisch, aber das Wasser ist ja so herrlich warm jetzt. Also heißt es erst einmal schwimmen. Schwimmen, schwimmen, schwimmen. Der Anblick danach ist weniger herrlich: Da ist Blut, Blut, Blut, nichts als Blut. Schon wieder. Die Fußsohle komplett aufgerissen.

Ins Krankenhaus will mich keiner fahren, auch nicht Philipp, der als

20 österr. für: Januar

einziger von uns keinen Alkohol trinkt, aber die Sorge hat, ich könne ihm sein schönes Auto einsauen mit meinem ganzen Blut.
„Alles halb so schlimm", sagen alle.
Und Philipp hat ja einen Verbandskasten im Auto. Da die anderen Suffköppe aber schnell merken, dass die Fleischwunde an meiner Fußsohle mit einem Pflaster alleine nicht verarztet werden kann, wird im benachbarten Dorfgasthaus eine Rolle Klopapier besorgt und fachmännisch um meinen Fuß gewickelt. Die Schmerzen nehmen zu, der nüchterne Philipp fährt mich schließlich doch. Im Unfallkrankenhaus Klagenfurt haben die Ärzte ihren Spaß mit dem Besoffenen, der in die „Sodniiitz gehuupft" ist. Ich bekomme drei Nähte, eine Spritze und launige Ratschläge mit auf den Weg. Die Nacht im Zelt ist die Hölle, der folgende Tag bei den Viktringer Siebenten-Tags-Adventisten-Freunden meiner Eltern auch. Die haben gerade Sektentreffen und feiern auf ihre nüchtern-steife Sektenart, dass sie ab heute keine Sekte mehr, sondern eine Religionsgemeinschaft sind. Sie nehmen mich aber auf, bis meine Eltern, die noch zu Hause an den Heuarbeiten sind – was auch viel wichtiger ist, als den schwerverletzten Sohn im fernen Kärnten abzuholen – mich schließlich doch noch holen kommen. Ich bekomme Fieber, mehr und mehr, die Schmerzen nehmen auch zu. Schließlich komme ich in ein Krankenhaus, in dem man die Witze bleibenlässt und stattdessen den Tatsachen ins Auge blickt: Megaentzündung, Fuß voller Eiter, 42 Grad Fieber, Not-OP. Zwei weitere Operationen folgen, ein Fuß voller Narben. Ein Monat Krankenhaus, drei Monate Krücken. Von den zehn Zeltfreunden kommt mich immerhin einer besuchen. Meine größte Sorge ist aber ohnehin, dass ich nächste Woche nicht auf dieses Festival an der slowenischen Grenze fahren kann und *Pistol Fodder* und *Sick Of Bourbon* verpassen werde. Dass der Fuß um ein Haar ab muss und kurzzeitig Lebensgefahr besteht, erzählt man mir erst bei der Entlassung.
Zwei Monate später poge ich bei der „Vans Warped Tour" betrunken und mit Krücken zu *Bad Religion*. Es ist also alles gut gegangen und ich gehe heute immer noch auf zwei Beinen.

(Ox-Fanzine #115, August/September 2014)

# How I met your Mother II

Kinder, mit 18 sprang ich betrunken von einer Brücke. Vier Wochen Krankenhaus, drei Operationen, das ganze Programm. Schmerzen zum Verrücktwerden, Langeweile ohne Ende.

Ja, er ist langweilig, dieser Sommer 1997, der nun mehr als 20 Jahre, mehr als ein halbes Leben lang her ist. Liegen, essen, sich vor dem Ketchup-Senf-Gemisch auf dem Teller ekeln, das dem Eiter-Blut-Gemisch auf dem Verband optisch sehr nahe kommt. Besuch von den Eltern kriegen, Fiebermessen, gewaschen werden. Zweimal täglich Visite haben, dreimal täglich grauenhaftes Essen serviert bekommen. Aufstehen darf ich nur für WC-Besuche, was mit Todesqualen verbunden ist, also selten vorkommt. Der Fuß ist hochgelegt, der Walkman spielt täglich dieselben zwei Kassetten.
Abwechslung bringt lediglich die 17-jährige Krankenschwesterschülerin, die reinschaut, so oft es ihr möglich ist. Denn ja, auch ihr ist langweilig. Denn ja, auch sie darf nicht wirklich etwas tun in diesem Krankenhaus. Und ja, auch sie war nicht im Zweiten Weltkrieg und kann bei all den Gesprächen meiner Zimmerkollegen über Schützengräben, Panzer und Feldlazarette nicht wirklich mitreden. Deswegen kommt sie eben zu mir und wir unterhalten uns über dieses und jenes – vielleicht nicht gerade über Gott, schon aber über die Welt und über Krankenhäuser und über die Langeweile in solchen. Bald wissen auch die richtigen Schwestern – die, die etwas zu sagen haben und richtig etwas tun dürfen in diesem Krankenhaus – wo sie zu finden ist, wenn sie denn einmal gesucht wird, weil eben doch etwas zu tun ist – Kaffeekochen oder die Zeitung reinholen beispielsweise. Bei mir nämlich. Und wir wissen beide, dass wir uns gegenseitig schon sympathisch, aber nicht sonderlich anziehend finden und das bloß eine Zweckallianz gegen die ewige Tristesse des täglich grüßenden Murmeltier-Krankenhauslebens ist.
Anziehender finde ich da schon eher die süße blonde Arztpraktikantin, die alles andere als trist ist und jeden Tag mit zur Visite kommt, mich brückenspringenden Loser aber mit Nichtbeachtung straft. Bis zum Tag meiner dritten und letzten Operation zumindest. Nach Operationen neige ich nämlich dazu, im postnarkotischen Delirium allerhand wirres Zeug von mir zu geben. Nach meiner Blinddarm-OP

referiere ich etwa – so sagt es zumindest die Legende – über die nackten Frauen in der Kronenzeitung. Was es dieses Mal ist, was ich so im benommenen Halbschlaf von mir gebe, weiß ich nicht, aber es wird wohl mit der süßen blonden Arztpraktikantin zu tun haben. Denn ab dem nächsten Tag lächelt sie mich auffällig häufig an, mit diesem Lächeln das zwischen „Eigentlich doch ganz süß, der Kleine", „Hey Alter, du bist mein Mann" und „Boah ey, bist du peinlich, du brückenspringender Loser" alles bedeuten kann. Ob ich sie denn angesprochen hätte nach der OP, frage ich einen meiner jüngeren Zimmerkollegen.
„Oh ja, das hast du", sagt dieser und lacht und lacht und lacht, spart aber mit Details und wird dann auch gleich verlegt, wegen der Sache mit der Thrombose, der Lebensgefahr und all dem anderen langweiligen Krankenhauskram.
‚Dann muss ich halt mutig sein', denke ich mir und frage sie selbst, die süße blonde Arztpraktikantin. Und bringe dann nach einigen Tagen des Zitterns und Mit-mir-Ringens endlich die Courage auf, sie wirklich einfach anzusprechen, ganz ohne Narkose, im völlig wachen, nüchternen Zustand. Augen zu und durch, Mund auf und ansprechen quasi und halt fragen, was Sache ist. So nehme ich mir das zumindest vor, kann es aber schließlich doch nicht in die Tat umsetzen. Denn sie kommt nicht mehr, kommt niemals wieder, wegen der doofen Sache mit dem Praktikumsende. Einen Abschiedsbrief hinterlässt sie mir nicht.
Tja, Kinder, so habe ich eure Mutter jedenfalls auch nicht kennengelernt.

# Krankenhaus

Viermal musstest du in deinem bisherigen Leben bereits stationär in ein Krankenhaus. Das erste Mal mit fünf Jahren, weil du gegen einen Heizkörper geschleudert wirst, wegen der Sache mit dem Fernseher. Das zweite Mal mit elf, weil dir der Blinddarm entfernt wird, wegen der Sache mit dem Beinahedurchbruch. Das dritte Mal mit 14, weil die Mandeln eitern. Das vierte Mal mit 18, weil du betrunken von einer Brücke springst und es nun dein linker Fuß ist, der eitert.
Die Sache mit dem Blinddarm geht sehr knapp für dich aus und geschieht eher zufällig. Dein Bruder ist krank und euer Hausarzt besucht euch zu Hause. Jener Hausarzt, der deinem Bruder einmal eine sehr tiefe Schnittwunde mit einer Zigarette im Mund näht und sich viele Jahre später mit einer Pistole im selben Mund das Leben nimmt. Du hättest seit Tagen diese Bauchschmerzen, meint deine Mutter, ob er sich das, wenn er denn schon da wäre, nicht auch einmal ansehen könne. Kann er – ob er dabei raucht, weißt du heute nicht mehr.
„Hm, könnte der Blinddarm sein", brummt dieser Mann, der dir immer schon alt erscheint, ob du fünf Jahre alt bist oder 25, mit seiner tiefen, verrauchten Arzt-mit-Zigarette-Stimme. Am nächsten Tag schickt er dich in das Krankenhaus, in dem sein Vater, über dessen Rauchgewohnheiten du nicht Bescheid weißt, früher einmal der Chefarzt war. „Hm, könnte der Blinddarm sein, ganz sicher bin ich mir aber nicht", meint der neue Chefarzt – der Vater deines Arztes ist schon gestorben, Lungenkrebs vielleicht – und lässt dich sicherheitshalber und weil du schon einmal da bist operieren. Am nächsten Tag, dem Tag der OP, liegst du also in deinem Bett und spielst unbekümmert und kein bisschen daran denkend, dass dir gleich der Bauch aufgeschnitten werden soll, mit deinem Gameboy. Der wird dir zwei Jahre später gestohlen, als in der Bundeshauptstadt auf dem Parkplatz eines renommierten Museums die hintere Scheibe eures Familienautos eingeschlagen wird. Du wirst zur OP geholt, denkst dir nichts dabei, es ist ein wahrscheinlich unnötiger Routineeingriff, niemand denkt sich irgendetwas dabei. Später meint die Krankenschwester dir gegenüber, es wäre äußerst seltsam, dass du vor der OP noch völlig unbeeindruckt und seelenruhig Gameboy gespielt hättest, denn dein eitriger Blinddarm stand knapp vor dem Durchbruch und du könntest

von Glück sprechen, noch heute operiert worden zu sein. Ach ja, und du müsstest daher etwas länger im Krankenhaus bleiben als üblich, zwei Wochen halt, aber die werden schon vorbeigehen und essen darfst du vorerst auch nichts. ‚Sehr gut', denkst du dir, dann kannst du schon einmal üben für diese Sache mit 18, wenn du dann betrunken von der Brücke springen und gleich noch einmal zwei Wochen länger bleiben wirst. Und zwar essen dürfen, aber nicht alleine auf die Toilette gehen und dich waschen können wirst.

## Freunde

Andy Sumpf. Auf der Wiese seines Vaters übernachtest du, bevor du in den Bach springst. Mit ihm fährst du Interrail, gemeinsam seid ihr auf diesem Snowboardfestival. Zweimal fahrt ihr dorthin, einmal als ihr noch Schüler seid, das zweite Mal ein Jahr später, als du bereits in Zivil dienst und er mit Waffe dem Staat. Er ist einer deiner Vertrauten, eigentlich dein einziger Kumpel in der neuen Klasse. Mit den anderen beiden Jungs hast du nicht viel zu schaffen, der eine ist Sportler, der andere Musiker, das sind beides nicht wirklich die Bereiche, in denen du gut bist. Da hängst du doch noch lieber mit Doris und Irina ab, die mit dir hinten in der letzten Reihe sitzen. Ihr passt zwar im Unterricht immer brav auf, schließlich bist du jetzt nicht mehr der Störenfried und Bildungsverweigerer vergangener Tage, sondern selbst einer dieser dir eigentlich verhassten Streber. Du hast nicht vor, noch einmal eine Klasse zu wiederholen, aber in den Pausen macht ihr allerlei Quatsch und gründet fiktive Bands. Ihr interessiert euch für Friebis Demokassetten und fahrt mit deinem Auto auf dessen Konzerte. Einmal sprichst du kurz mit diesem Ringo von den *Muffins* und bist stolz darauf, weil du einen echten Rockstar getroffen hast, obwohl der maximal zwei Jahre älter ist als du und seine heute zugegeben durchaus erfolgreiche Band zu dem Zeitpunkt auch nur in Insiderkreisen bekannt ist. Außerdem spielen die beiden dir ständig irgendwelche Hiphopbands vor und zerren dich auf Veranstaltungen, wo Typen mit weiten Hosen und Schlappermützen auf dem Kopf zu den Geräuschen von den auf irgendwelchen Turntables hin- und hergedrehten Vinylschallplatten ihre Texte sprechen – anstatt sie begleitet von wildem Gitarrengebolze ins Mikrofon zu brüllen, wie du das sonst kennst. Gut, mit Mandy warst du bei den *Fantastischen Vier*, aber da habt ihr ohnehin nur geknutscht und gefummelt und nicht wirklich zugehört, was die Stuttgarter Knallköpfe zu berichten wussten. Die beiden zeigen dir hingegen, dass es auch einen Rap-Underground gibt, was du durchaus interessant findest, aber nicht spannend genug, um dich längerfristig damit auseinanderzusetzen. Rolfi und Jörn aus deiner alten Klasse sind mittlerweile ja auch Hiphopper. Als ihr noch Klassenkollegen wart, waren sie Punkrocker. *NOFX*, *Lagwagon*, *Pennywise*, *Millencolin* oder *No Fun At All* wurden rauf- und runtergehört und dazu die richtigen Shirts und mit Bandlogos bestickten Wollmützen getragen. Wichtiger ist den beiden aber ohnehin das Skateboardfahren und das ist mit beiden Musikrichtungen kompatibel. Auch ihr besucht gemeinsam ein paar Konzerte, *Biohazard* zum Beispiel – bei dieser Show springst du Romeo aus der Mittelschule auf den Kopf und renkst ihm einen Halswirbel aus – oder *Fear Factory*. Mit Friebi fährst du auf dein erstes Festival im weit entfernten Oberösterreich. Du fährst nicht selbst, sondern lässt deinen Vater dich, Friebi und zwei seiner Freunde dort hinbringen. Während ihr zu Metalbands Bier trinkt, sieht dein Vater sich in der Umgebung Schlösser und Museen an. Mandy ist auch auf dem Festival und du gibst ihr, restverliebt und strohdumm wie du bist, bei strömenden Regen deinen Regenmantel, weil sie wieder keinen mitgenommen hat. Auch Sarah aus deiner alten Klasse ist da, die bald die Schule verlässt und schon mit 15 immer nur am Saufen ist und dann auch gleich schwanger wird. Jahre später triffst du sie wieder, eure Kinder besuchen den gleichen Kindergarten und sie wohnt nur zwei Straßen weiter. Auch Mäx ist auf diesem Festival unterwegs, ihr habt euch zwar aus den Augen verloren, du triffst ihn von Zeit zu Zeit aber noch auf Konzerten und seine besuchst du sowieso.

Und dann ist da natürlich Tommy. Tommy, der Bahnhofspunker. Tommy mit dem Iro. Tommy, der alles hinschmeißt: Ausbildung, Familie, Spießerleben. Tommy, der in der Punkszene nur als „Schulwart"[21] bekannt ist. Tommy, der mit allen Polizisten im Bahnhofsviertel per Du ist. Tommy ist zwar nicht auf diesem Festival, aber nachdem ihr ein, zwei Jahre lang kaum Kontakt habt, trefft ihr euch wieder und besucht gemeinsam Undergroundkonzerte in Graz. Bis dahin wusstest du gar nicht, dass Bands abseits von sauberen Hallen und großen

---

21 österr. für: Hausmeister einer Schule

Bühnen Konzerte spielen. Natürlich, die paar Läden, wo du *Cemetary* gesehen hast, die kennst du. Aber dass auch international tourende Bands mit durchaus bekannten Namen im kleinen Rahmen agieren, dass es eine sich selbst verwaltende Veranstalterszene gibt, das weißt du nicht. Tommy ist es schließlich, der dich in die Welt der dreckigen Kellerclubs und dunklen, engen Schimmelräume einführt. Diese irgendwie surreale Parallelwelt, die nur über dunkle enge Treppenhäuser erreichbar ist und so anders ist als alles, was du bislang kennengelernt hast. Diese Welt, die du so schnell nicht mehr verlassen wirst und auch gar nicht verlassen willst, weil du dich dort vor der echten, dir nicht immer wohlgesinnten Welt verstecken kannst. So wie alle anderen in dieser Welt halt auch.

(Ox-Fanzine ...[22])

## H. C. & die Bullen

Sarrazin ist in der Stadt. Strache auch und er lässt sich von ihm grinsend ein Buch signieren. Natürlich sind zu diesem Anlass Demos und Aktionen angesagt, natürlich wird am Schauplatz dieser Orgie der Hirnlosigkeit ein mordsmäßiges Polizeiaufgebot aufgefahren.

Zur Gegenveranstaltung, dem „Interkulturellen Volxfest", am Grazer Hauptplatz sind hingegen nur zwei nette Menschen in Staatstracht abgestellt, alle anderen müssen ja den deutschen Bestsellerautor und Ängsteschürer beschützen. Und da stehen sie nun in strammer Körperhaltung vor der Bühne – die Hand immer schön knüppelnah – und müssen sich anhören, wie ein abgefuckter Filzhaartyp im *Slime*-Pulli auf seine Gitarre eindrischt und über alles herzieht, was ihnen heilig ist. Wie schade, dass der Typ – ich – nix tut, sagt oder singt, was illegal genug ist, um ihn – also mich – von der Bühne zu zerren und ihn in den Kerker zu stecken, in den er gehört. Vielleicht fühlen sie sich aber auch gar nicht wirklich angesprochen, die politischen Botschaften, die ich zu vermitteln versuche, gehen ihnen am Arsch vorbei und sie lachen später beim Bier ausgelassen über den linken Spinner mit der Gitarre.

22 Ausgabe wurde leider konfisziert.

Das erinnert mich auch an die nette Geschichte, wie ich vor ein paar Jahren auf eben jenem Hauptplatz ein illegales Konzert gespielt habe und von der Polizei aufgefordert wurde, die Gitarre einzupacken und abzuhauen. Radikalpunk, der ich bin, habe ich das natürlich nicht getan und die Nacht entsprechend im Knast verbracht. Das ist eine wirklich feine Geschichte, die sich die jungen Menschen in Graz so erzählen, auch wenn das Ganze niemals passiert ist. Es ist doch schön, seine eigenen kleinen Legenden zu haben.
In Wahrheit bin ich aber gar nicht so der arge Radikalpunk. Ich habe noch nie ein Haus besetzt, beschimpfe Politiker nur in meinen Liedern und nicht persönlich, nehme keine Drogen und baue auch keine Bomben. Ich sehe einigermaßen gesittet aus, bin eigentlich ein lieber Junge und fast alle meiner Polizeierlebnisse haben irgendwas mit Autofahren zu tun. So zum Beispiel dieses: Frühjahr 1999, wir haben uns gerade in diesem modrigen Keller von allerlei tschechischen und polnischen Bands die Ohren vollknüppeln und ins Gesicht schreien lassen und rollen nun in Vaters altem Mazda zufrieden zurück in unsere Dörfer, als ich plötzlich rotes Licht in einer behandschuhten Polizistenhand entdecke. Die Sache ist klar, die haben von weitem schon den Iro meines Kumpels gesehen, diese Nazis, und winken uns deshalb ran. Meint Tommy. Tommy, mein Kumpel mit dem Iro. Ich meine: Zum Glück ist der Konsum der einen Dose Radler schon sechs Stunden her. Wie sich herausstellt, geht es gar nicht um den Iro, den Tommy trägt, und auch nicht um das Radler, das ich Stunden zuvor getrunken, sondern um das Licht, das ich nicht angemacht habe.
„Ich komme vom Land", sage ich zum Herrn Wachtmeister und hoffe, dass der gerade eingeworfene Kaugummi die letzten Radlerspuren verwischt. „Und auf dem Land da ist es immer dunkel, da schalte ich automatisch das Licht ein", fahre ich fort. „Und hier in der großen Stadt ist alles hell und das ist verwirrend und da habe ich das ganz vergessen, das Licht", beende ich mein Plädoyer.
Da über soviel Blödheit sogar der humorloseste Polizist lachen muss, hat mich auch damals niemand eingesperrt. Schade eigentlich, das wäre doch einmal eine wirklich erzählenswerte Geschichte.

(Ox-Fanzine #75, Juni/Juli 2009)

# A. C. A. B.

Freitagnacht, 01:30 Uhr, das Konzert hat länger gedauert als erwartet, ein wenig Müdigkeit macht sich in mir breit.

Ich wohne jetzt am Stadtrand, die Zentren subkultureller Treibens sind also nicht mehr zu Fuß erreichbar, weshalb wir mit dem Auto unterwegs sind. Beinahe zu Hause angekommen, erspähe ich rotes Licht. *Muff Potter*s Sänger Nagel zeigt sich zwar jedes Mal wieder beeindruckt, wie viele Bordelle es in dieser Stadt gebe, dennoch handelt es sich hierbei nicht um die Laterne eines Lusttempels, sondern vielmehr um eine Aufforderung zum Rechtsranfahren.
„Verkehrskontrolle", nennt die alte Dame in Uniform dies.
„Kein Problem", sage ich zu mir selbst, „du warst nicht zu schnell, das Licht ist an, schließlich wohnst du jetzt schon länger nicht mehr auf dem Land, angegurtet bist du auch, hast keinen Tropfen getrunken, in einer Minute ist alles überstanden."
Bester Dinge greife ich also auf den Rücksitz, krame meine Geldbörse aus meiner Tasche, nehme aus dieser meinen zugegeben ziemlich ramponierten, zerknüllten Führerschein und reiche ihn der netten Polizistendame. Während ich im Handschuhfach nach dem Zulassungsschein suche, faselt diese draußen vor sich hin, dass man da nix lesen könnte vor lauter Falten und der Führerschein ja zerreißen würde, wenn man versuche, diese zu beseitigen. Warum der so aussehe, will die Dame wissen.
‚Weil er zehn Jahre alt ist und ich schon öfter darauf gesessen habe, als du Geschlechtsverkehr hattest und in der Waschmaschine war er auch schon', denke ich.
„Hab ich wohl nicht gut genug aufgepasst, wahrscheinlich", sage ich und finde endlich die Zulassungspapiere, nigelnagelneu und faltenfrei – die verlassen ja nie das Auto und landen nie in meiner Hose.
Gerade will ich sie der Dame in die Hand drücken, da brüllt sie mich an: „Sie sollen das glattmachen und mir wiedergeben!"
Ich schrecke zusammen, tue wie mir geheißen, und hoffe innigst, es wäre alles bald vorbei.
„Steigen Sie aus", sagt die Dame forsch, eingeschüchtert verlasse ich den Wagen. „Pannendreieck, Verbandskasten, Warnweste", herrscht sie mich an.

Ich öffne den Kofferraum, krame den Kasten und die Weste heraus, frage mich, wo das Drecksdreieck ist.
„Ah, da ist ja auch das Pannendreieck", meldet sich der bislang schweigsame ältere Kollege zu Wort, anscheinend der gute Bulle.
„Wo kommen Sie eigentlich her?", fragt mich die Dame, offensichtlich der böse Bulle. ‚Das muss ich dir nicht sagen!', denke ich.
„Lendplatz, Konzert", stammle ich.
„Haben sie etwas getrunken?", fragt sie.
Ich bin beruhigt, dass ich nicht lügen muss, als ich verneine. Der Kollege leuchtet mir in die Augen.
‚Nein, Drogen habe ich auch keine genommen', lauten meine Gedanken.
„Tragen Sie Ihre Kontaktlinsen?" – die nächste Frage.
‚Ja, verdammt, sonst könnte ich nichts sehen!', würde ich so gerne sagen, würde ich so gerne schreien, nicke aber nur artig und resigniert und warte auf die Pointe dieses bösen Witzes hier.
„Sie wirken müde", meint die Dame so ernst, als müsste sie mir Krebs diagnostizieren, „gehen Sie schlafen."
„Das hatte ich vor, auch ohne Polizeikontrolle", sage ich und gehe einen Schritt zurück.
‚Hättest du mich nicht aufgehalten, wäre ich längst im Bett', denke ich, die Reaktion auf meine rebellische Antwort abwartend.
„Steigen Sie ein und fahren Sie nach Hause", befiehlt die Dame. „Und denken Sie daran, auch Müdigkeit kann ein Grund sein, den Führerschein zu verlieren."
Ich weiß nicht, was ich sagen soll, gähne, steige ein, achte darauf, beim Wegfahren keine Gesetze zu brechen, und fahre die letzten 200 Meter nach Hause.
Ich fühle mich wie ein Schwerverbrecher, frage mich, wie das ausgegangen wäre, hätte ich ein, zwei Biere getrunken oder hätte hier vor drei Jahren gestanden, mit Dreadlocks auf dem Kopf, Löchern in der Hose und Totenköpfen auf dem T-Shirt.
‚Warum behandelt man andere Menschen derart respektlos? Andere Menschen, die einfach nur heimwollen?', frage ich mich weiter. ‚Wie wird man so?'
Doch plötzlich werden alle Fragen und Gedanken von dem Bedürfnis, in voller Lautstärke *Slime* zu hören, aus meinem Bewusstsein verdrängt. Tatsächlich sind nämlich alle Cops Bastarde, Bullenschweine will ich auch keine. Vor allem dann, wenn ein zerknüllter Führerschein als Legitimation ausreicht, jemanden wie Dreck zu behandeln.

(Ox-Fanzine #110, Oktober/November 2013)

# H. C. & die Bullen - schon wieder

Ich wurde noch nie auf einer Demo verprügelt, noch nie geknebelt und gefesselt in ein Abschiebungsflugzeug gezerrt und ja, der weiße Lieferwagen, der seit Wochen vor meinem Haus parkt, scheint tatsächlich die Geschwindigkeit der vorbeifahrenden Autos zu messen, anstatt mich zu beschatten und abzuhören.

Dennoch gilt für mich seit jeher: Polizist = Feind. Natürlich spielt da exzessiver *Slime*-Konsum in der persönlichkeitsprägenden Entwicklungsphase meines Lebens eine Rolle. Aber auch so manche eigene Erfahrung: Die lustigen Witze über mein Führerscheinfoto, der – wie ich ihn in Gedanken nenne – „Arschlochbulle", der mich wegen Fahrerflucht drankriegen will, weil ich ein Moped angefahren habe und mich im Zuge des Verhörs (!) wie einen Aussätzigen behandelt. Dann gibt es natürlich noch die Kollegen, denen es offensichtlich besonders großen Spaß macht, um Punkt 22:00 Uhr Punkshows abzubrechen, die dir 20 Euro abknöpfen, weil du wieder im Park gegen einen Baum uriniert hast oder dir den Führerschein wegnehmen wollen, weil du rote Augen hast und müde aussiehst.
Aber diese „Bullenparanoia", manchmal sogar vielleicht dieser „Bullenhass", der da in mir schlummert, hat auch andere Gründe. Schließlich kenne ich doch einige Menschen, die tatsächlich auf Demos verprügelt wurden, die in Griechenland in den Knast wanderten. Menschen, die wirklich grundlos monatelang überwacht, abgehört und eingesperrt, Menschen, die leibhaftig abgeschoben wurden. Menschen, die im Gegensatz zu mir selbst einen guten Grund dafür haben, Bullenparanoia zu schieben, sie zu hassen.
Dazu diese kleine Geschichte hier: August 2012, Autobahnparkplatz irgendwo in Niederösterreich. Die Sonne scheint, ich komme gerade vom WC, da fährt auch schon der Einsatzwagen der hiesigen Autobahnpolizei vor. Darin: grimmige Blicke, Schnauzbärte, Stiernacken. Die beiden Männer steigen aus, mustern skeptisch – Paranoia! – mich und meine vermeintliche Kifferfrisur, observieren den Parkplatz und steuern auch schon zielstrebig auf einen bunten VW-Bus zu. Frankreich, sagt das Nummernschild – die Insassen sagen erst einmal gar nichts, stehen draußen, rauchen. Selbstgedrehte Zigaretten,

verfilzte Frisuren, bunte Kleidung. Dollarzeichen in Polizistenaugen. Ich schaffe es kaum, bis drei zu zählen, da will der Herr Polizist Nummer eins auch schon Fahrzeugpapiere und Reisepässe sehen, da lässt der Herr Polizist Nummer zwei auch schon den kompletten Businhalt ausräumen, da überprüfen sie schon gemeinsam Reifen, Motor und Karosserie. Nicht ohne fortwährend „Das wird teuer, das wird teuer" zu rufen. Die Businsassen verstehen kein Wort, schauen irritiert, lassen mit sich machen und werden sich ihren weiteren Urlaub wahrscheinlich nicht mehr leisten können. Warum das Ganze? Warum dieses Schikanieren harmloser Reisender? Na, der Bus steht doch auf dem Behindertenparkplatz, was als Legitimierung, jungen Menschen ihren Urlaub zu versauen, doch reichen muss. „Bullenschweine" halt.

(Poetry-Slam-Text, Herbst 2013)

# Autobahn

Autobahn. Parkplatz.
August. Oder so.
Niederösterreich. Irgendwo.
Sommer. Sonne. Urlaubsfeeling.

PKWs. LKWs. Motorräder.
Mein Skoda. Euer Bus.
Kleinbus.
Großer, weißer, alter Kleinbus.

Junge Menschen. Frankreich. Irgendwo.
Fünf an der Zahl. Oder so.
Lustige Frisuren. Bunte Kleidung.
Selbstgedrehte Zigaretten.

Rauchen, Pinkeln, Schmusen.
Behindertenparkplatz.
Polizei. Polizisten. Zwei.
Tatütata. Tatütata

Bierbauch. Rotzbremse. Gnackmattn[23].
Schlimme Kindheit. Oder so.
Keller. Irgendwo.
Staatliches Ego: Uniform.

Behindertenparkplatz. Bezahlen.
Alter Bus. Fahrzeugpapiere.
Lustige Frisuren. Ausweiskontrolle.
Selbstgedrehte Zigaretten. Businspektion.

Behindertenparkplatz. Bezahlen.
Alter Bus. Bezahlen.
Lustige Frisuren. Bezahlen.
Selbstgedrehte Zigaretten. Bezahlen.

23 österr. für: Schnurbart und Vokuhila

Bezahlen. Bezahlen. Bezahlen.

Fünf Franzosen auf der Autobahn
wollen ganz gemütlich in den Urlaub fahren.
Da kommt die Polizei und nimmt sie ordentlich ran,
fünf Franzosen auf der Autobahn.

Zwei sind grade Rauchen und drei sind am WC.
Der Bus steht auf dem Parkplatz für Behinderte.
Das darf man nicht machen, da müsst' ordentlich pecken[24].
Und weil der Bus so alt ist, werd'n wir Personalien checken.

Und ihr mit euren Dreadlocks, ihr schaut's verdächtig aus.
Wir haben doch alle Zeit, den Bus, den räumen wir jetzt aus.
Jetzt lassen wir euch bluten, jetzt kriegen wir euch dran,
euch scheiß fünf Franzosen, auf unserer Autobahn.

Fünf Franzosen auf der Autobahn
wollen ganz gemütlich in den Urlaub fahren.
Da kommt die Polizei und nimmt sie ordentlich ran
und sie können nie wieder in den Urlaub fahren.

Fünf Franzosen auf der Autobahn
wollen ganz gemütlich in den Urlaub fahren.
Da kommt die Polizei, ja was ist denn dann?
Fünf Franzosen auf der Autobahn.

Fünf Franzosen auf der Autobahn
wollen ganz gemütlich in den Urlaub fahren.
Da kommt die Polizei, ja was ist denn dann?
Fünf Franzosen auf der Autobahn.

Dieser guten, österreichischen, von Zwangs- und Gastarbeitern errichteten Autobahn.

---

24 österr. für: zahlen

# Urlaub

Sommer 1998. Der Sommer der Krücken. Der Sommer nach dem großen Sprung. Der Sommer nach dem Krankenhaus. Eigentlich hast du in diesem Sommer ganz andere Pläne. Mit Andy Sumpf an den See fahren, mit Doris und Irina zu diesem Punkrockfestival an der slowenischen Grenze und mit Alfons nach Kroatien. Oder Italien. Ihr habt euch noch nicht so recht entschieden. Hauptsache ans Meer. Hauptsache weg von den Eltern. Hauptsache Bier. Hauptsache Party. Alfons, dein Kumpel aus der Volksschule, dein bester Freund in frühen Jugendjahren, ein immer noch treuer Gefährte in der beginnenden Adoleszenz.
Wann genau der Kontakt zwischen euch abbrach, weißt du nicht mehr so genau, warum schon. Ihr habt euch auseinanderentwickelt, lebt in anderen Welten, glaubt an unterschiedliche Dinge, seht die Welt anders, wählt gänzlich unterschiedliche Parteien. Damals, im Sommer 1997, ist das noch nicht so, da seid ihr noch dicke. Ihr wart zweimal gemeinsam auf Ferienlager, einmal im oberitalienischen Lignano – da siehst du das erste Mal das Meer – und einmal in diesem Schloss in der Weststeiermark. Einmal hast du ihn am Wörthersee besucht, als er da ein Hotelpraktikum machte, in seinem Angestelltenzimmer genächtigt, Alkohol konsumiert und peinliche Postkarten an längst vergessene Jugendlieben geschrieben. In diesem Skigebiet in der Obersteiermark, wo Alfons' Kumpel aus der Hotelfachschule wohnt, seid ihr auch gewesen. Ski seid ihr gefahren – du eher Snowboard – und wieder habt ihr Alkohol getrunken und der Kumpel aus der Hotelfachschule hat nachts immer gefurzt. Ja, und jetzt soll also dieser große gemeinsame Urlaub anstehen. Ihr habt beide den Führerschein, Autos stehen auch zur Verfügung, die Welt euch also offen. Oder eben nicht.
Denn tatsächlich hattest du ja diesen Unfall, diese Sache mit der Brücke und dem Bach und dem Bein, das du fast verloren hast, und den Krücken, die du nun eben brauchst. Du kannst dich kaum bewegen, geschweige denn Auto fahren und deshalb findet dieser Urlaub mit Alfons eben nicht statt und du tust das, was du fast 19 Jahre lang nicht gemacht hast: Du fährst mit deinen Eltern und deinen drei Geschwistern in den Urlaub. Nach Kroatien. Ans Meer. Fährst zum ersten und auch zum letzten Mal mit den Eltern ans Meer. Die jüngeren

Geschwister sollen solche Urlaube noch öfter machen, du bist dann aber nicht mehr dabei, bist nicht mehr am Start.
Dein Vater stößt in der Zeitung auf dieses Inserat: Ein gebürtiger Slowene, der schon lange drei Dörfer weiter wohnt, kauft sich im Krieg günstig ein Grundstück an der kroatischen Küste, schüttet einen künstlichen Kiesstrand auf und baut dort ein Haus hin. In diesem vermietet er große Appartements zum kleinen Preis. Zwei davon gehören diesen Sommer für eine Woche deinen Eltern – ein gutes Angebot hat dein Vater noch nie ausgeschlagen – und ja, auch dir und deinen drei Geschwistern. Du erinnerst dich an die Freude im Gesicht deines kleinen Bruders, als er in Rijeka zum ersten Mal in seinem Leben das Meer sieht. Du erinnerst dich an den gequälten Gesichtsausdruck deines Bruders, als ihr 200 Kilometer Küstenstraße später immer noch nicht in diesem Dörfchen zehn Kilometer nördlich von Zadar seid. Du erinnerst dich an deinen eigenen gequälten Gesichtsausdruck, als du zuvor auf Krücken und mit kaputtem Fuß durch die größte Tropfsteinhöhle Europas gejagt wirst, und an die solidarischen Blicke der anderen Krückenträgerin, die ebenfalls – von wem auch immer – durch die verwinkelten Tropfsteinhöhlengänge gejagt wird. Du erinnerst dich daran, dass du aus diesem Grund an diesen Wasserfällen verweigerst, die Runde mitzugehen, und wie du in der Altstadt von Zadar deine ersten Schritte ohne Gehhilfe seit Monaten wagst. Du erinnerst dich an das kroatische Bier, an all die Koteletts, die du damals noch isst, an das Meer, in dem du nicht baden willst, weil du nach deinem Brückensprung eine Zeit lang Gewässer jeder Art meidest. Du erinnerst dich an die faszinierende karstige Landschaft und daran, dass ihr bei der Heimfahrt über Bosnien fahren wollt, dein Vater aber nicht bereit ist, die 2.000 Schilling zu zahlen, die die bosnischen Grenzer ihm abknöpfen wollen, um euch ins Land zu lassen – was sie „Maut" und „Green Card" nennen, in Wahrheit aber wohl nichts anderes als Schmiergeld ist.
Prägend, wirklich prägend ist für dich aber dieser kleine, harmlose Ausflug auf dem Rückweg vom südlich gelegenen Sibenik, dieser Stadt, wo dein Vater ungeniert unter den bösen Blicken der Einheimischen gegen Einbahnen[25] fährt und Kinder auf der Straße Fußball spielen.
Ihr habt euch verfahren, fernab der großen Straßen, fernab der sicheren, schön wieder aufgebauten Küstendörfer. Die Straßen sind holprig, die Ortschaften verlassen. Viele Häuser haben keine Dächer,

25 österr. für: Einbahnstraße

Wände sind eingeschossen, zerbombt, andere einigermaßen intakt. Gartenmöbel und Kinderfahrräder stehen noch im Garten. Denn ja, vor wenigen Jahren herrschte hier Krieg.
Was ihr dort, nur wenige Autostunden von zu Hause, vorfindet, ist jenseits des Vorstellbaren. Ethnische Säuberung, Völkermord, Gemetzel. Und so wie hier sieht es zu dieser Zeit an vielen Orten im ehemaligen Jugoslawien aus, in Serbien, Kroatien und Bosnien. Da, wo Menschen andere Menschen in ihren Häusern erschossen haben, weil sie einer anderen Volksgruppe angehörten, einen anderen Gott anbeteten, eine andere Sprache sprachen. Du bist platt. Verstört. Du wusstest natürlich, dass du in einem Land bist, in dem vor wenigen Jahren noch Krieg war, du weißt auch, dass dieser Krieg in anderen Teilen des ehemaligen Jugoslawiens in diesem Sommer 1997 längst noch nicht ausgestanden ist. Aber irgendwie schaffst du es, dieses Wissen zu verdrängen, während du da deine Koteletts isst und dein Bier trinkst – schaffst es, dieses Wissen ganz weit weg von dir in einem tiefen Loch zu vergraben. Damit, dass du nun in diesem harmlosen, kleinen Familienurlaub so knallhart mit diesem Krieg, dem Tod und dem sinnlosen Hass und Morden konfrontiert wirst, rechnest du nicht. Das trifft dich völlig unerwartet. Denn das Schlimmste, was dir bislang passiert ist, ist ein Fuß, den du fast verloren hast. Hier starben Menschen, weil sie die falsche Sprache sprachen.

# Matura

Du schaffst es tatsächlich, zur Matura zugelassen zu werden. Niemand hätte das wenige Jahre zuvor gedacht – du am allerwenigsten. Die letzte Klasse deiner Gymnasialzeit, die achte, ist natürlich noch eine Hürde, die es zu bewältigen gilt. Vor allem die Mathematik, du verstehst sie einfach nicht. Das will alles nicht rein in deinen Kopf. Das ist alles so weit weg von dir, interessiert dich nicht, tangiert dich nicht. Du erreichst in keiner einzigen Schularbeit die ausreichende Punktzahl. Die entscheidende Prüfung vermasselst du auch, bekommst von deiner Lehrerin aber das Bestehen geschenkt und den Tipp mit auf den Weg, für die verpflichtende schriftliche Mathematikklausur ordentlich zu lernen, da du einer fünften mündlichen Prüfung, die du anderenfalls bewältigen musst, ihrer Meinung nach nicht gewachsen wärst. Und damit hat sie Recht. Also lernst du und lernst du und lernst du. Du versuchst es wirklich, das alles zu verstehen, auf die richtige Weise zu denken und die Zahlen da hinzuschreiben, die deiner Meinung nach die richtigen sind. Du versuchst drei Stunden lang, die du da mit rauchendem Schädel sitzt, alles zu geben, und du gehst mit durchaus gutem Gefühl nach Hause.
„Du hast es geschafft", sagt die Lehrerin zwei Tage später. „Knapp", sagt sie auch, „äußerst knapp."
„Reicht doch nicht", sagt sie einen weiteren Tag später. „Ich hab noch einen Fehler gefunden", sagt sie auch.
Die anderen Fächer sind easy, sind alle kein Thema für dich als Streber, der du jetzt bist. Vor allem Geschichte. Du schreibst eine Arbeit über den Balkankrieg, weil die Bilder des letzten Urlaubs dich nicht mehr loslassen, weil dieser Krieg dich so beschäftigt. Du schreibst diese Arbeit, beantwortest Fragen dazu und noch einige zur Zwischenkriegszeit in Österreich. In Deutsch schreibst du schriftlich eine einwandfreie Problemarbeit über das vor der Tür stehende dritte Jahrtausend mit leider viel zu vielen Fehlern und weigerst dich im mündlichen Teil, ein Rilke-Gedicht zu interpretieren, weil du das ebenso zur Auswahl stehende Schiller-Drama besser drauf hast. Deine Deutschlehrerin ist noch Jahre später sauer deswegen, weil du der einzige aus der Klasse bist, dem sie die Gedichtinterpretation wirklich zugetraut hätte und sie mit ihrem einzigen herzeigbaren Schüler glänzen wollte.

Englisch und Psychologie klappen ebenso. Und dann ist da eben doch noch die Mathematik.
Du hast fünf mündliche Prüfungen an einem Tag – üblich sind drei, maximal vier. Alle anderen müssen nur einen Halbtag lang ran – du darfst den ganzen Tag einplanen. Irgendwie bestehst du alle Prüfungen. Wie, das weißt du selbst nicht. Als du sicher bist, dass du es geschafft hast, rufst du deine Eltern an. Dein Vater geht ran.
„Und, wie viele Prüfungen musst du im Herbst noch einmal machen?“, fragt er, der Vater.
„Ich habe alles bestanden“, sagst du.
„Hahaha, guter Witz. Und wie viele sind es wirklich?“, fragt dein Vater.
„Gib mir doch bitte die Mama“, sagst du.
Was danach passiert, weißt du nicht mehr so genau. Alkohol ist wohl im Spiel. Dein Vater kündigt im Vorfeld an, eine mehrtägige Fußwallfahrt zu machen, wenn du die Matura auf Anhieb schaffst. Der Vater deines Unterstufenkollegen Romeo verspricht diesem dasselbe, wie Romeo dir Jahre später bei einem Wiedersehen in der Schweiz erzählt. Sein Vater hält dieses Versprechen ein, deiner nicht.

# Gewalt

Die Matura ist bestanden. Bis zum Zivildienst im Oktober ist nix mehr zu tun. Im Juli fährst du mit Andy Sumpf und einem seiner zehn Zeltplatzfreunde einige Wochen lang mit dem Zug quer durch Westeuropa – ansonsten trinkst du hauptsächlich irgendwo mit irgendjemanden Alkohol in diesem Sommer 1999. In dieser Disco zum Beispiel. In dieser Bergarbeiterstadt. Bei dieser Sangriaparty. Du bist mit Alfons und seinen Kumpels dort. Es ist nicht deine Welt, du gehörst hier nicht hin. Heute aber hast du Spaß, heute bist du gut drauf, schließlich hast du ja gerade die Matura geschafft. Du betrinkst dich, schüttest Sangria aus Kübeln in dich, freust dich, kommst mit diesem kurzhaarigen Typen im weißen Hemd ins Gespräch. Du erzählst ihm von deiner bestandenen Matura.
„Glückwunsch", sagt er. „Und was machst du jetzt?", fragt er.
„Zivildienst", sagst du.
„Vaterlandsverräter!", brüllt er und schlägt dir mit der rechten Faust ins Gesicht.
Ein paar Jahre später verlässt du deine Stammkneipe in der Stadt, in der du jetzt lebst, dieses schimmelige, dunkle Kellerloch. Du öffnest die Tür und bekommst eine Faust ins Gesicht.
„Warum habt ihr das denn getan?", fragst du die beiden Typen, die da stehen und dich anglotzen.
„Wir wollten der nächsten linken Zecke, die rauskommt, eine aufs Maul hauen", sagen sie und laufen, bevor du irgendwie darauf reagieren kannst, davon.
Aufs Maul bekommst du in deiner Jugend immer wieder. Weil du es eben nicht halten kannst, dieses Maul. Großmaulig wie du nun einmal bist. Von Schleimi und anderen Nazis, die du – zurecht – beschimpfst. Von diesem Typen im Bus, über dessen Frisur du dich lustig machst, die du wenig später aber nachahmen sollst, weil du sie doch cool findest, diese Schwanzfrisur.
Jahre später bist du auf einer Party. Die Leute aus deiner Band sind auch da. Lauter gute Leute, die du kennst, die du magst. Du kommst mit diesen beiden Typen ins Gespräch. Ihr sprecht über Gewalt. Du erzählst, dass du früher öfter verprügelt wurdest und dich nie gewehrt hast. Es wird viel getrunken. Die Stimmung ist aufgeheizt. Plötzlich beginnen sie, auf dich einzuprügeln. Einfach so. Nicht

einmal zum Spaß. Weil wohl irgendetwas raus muss und du eben gerade da bist. Sie prügeln und prügeln und prügeln. Sie sind keine Nazis. Sie sind irgendwelche betrunkenen Freunde deiner Freunde. Hemmungslos schlagen sie auf dich ein. Du kannst dich nicht wehren. Tränen fließen. Sie schlagen weiter. Tränen fließen. Blut nicht. Noch nicht. Vorher verlässt du die Party. Nimmst ein Taxi. Rufst heulend deine Freundin an. Du weißt nicht, was hier gerade passiert ist. Und warum. Du bist 25 Jahre alt. Du bist in einer festen Beziehung mit fixem Job, eigener Wohnung, du spielst in einer Band. Du bist erwachsen. Du führst ein Leben. Und wurdest eben einfach so verprügelt. Von erwachsenen Männern mit Freundin, Wohnung, Job, Band eventuell. Einfach so. Ohne ersichtlichen Grund. Und wer hilft dir? Keiner hilft dir. Keiner. Schon wieder.

(Ox-Fanzine #135, Dezember/Jänner 2017/2018)

# Graz - Stuttgart - Paris

Ja, ich fahre gerne lange Zug. Diese Fahrten, diese ungewohnte freie und nur für mich allein verfügbare Zeit nutze ich, dauergestresst wie ich nun mal bin, dann gerne, um in aller Ruhe zu lesen, zu schlafen, an Texten wie diesem zu arbeiten, mit guter Musik in den Ohren die Landschaft an mir vorbei ziehen zu lassen. Früher war das anders. Da ging es während solcher Bahnreisen hauptsächlich darum, so viele Biere wie möglich zu trinken.

Juli 1999, die Schulzeit ist Geschichte, das Maturazeugnis in der Tasche, das Interrailticket in der Hand. Erste Station der dreiwöchigen Reise durch Frankreich, Benelux und Deutschland ist Paris. Mein Schulkollege und Sommerzeltkumpan Andy Sumpf hat dort im Rahmen eines Schüleraustauschs vor einiger Zeit zwei Monate verbracht und kennt sich aus in der Stadt. Die nächsten Tage soll er sein Wissen mit uns teilen, uns die Sehenswürdigkeiten und wichtigen Ecken zeigen und vor allem, wo man am besten ungestört Bier trinken kann. Bier trinken ist ohnehin das vorrangige Ziel dieser Reise und auch die 15 Stunden Zugfahrt von Graz direkt nach Paris sollen genau dafür genutzt werden. Wir sind zu dritt, haben 20 Dosen dabei – das sollte reichen, glauben wir. Kurz vor Stuttgart kommt hingegen die bittere Erkenntnis: Wir haben nur noch eine Dose pro Person. Ein Glück, dass der Zug 15 Minuten Aufenthalt hat. Einer, Andy Sumpf, bleibt da und beschützt das Abteil vor eventuellen lästigen Mitreisenden und langfingrigen Rucksackdieben, wir beiden anderen machen uns auf die Suche nach dem lauwarmen Nass. Bier ist schnell gefunden, gekauft und in Plastiktüten gepackt, der Zug hingegen nicht. Wir waren hier noch nie, haben uns natürlich nicht gemerkt, wo dieser steht, und zudem ja auch schon gut getankt. Nun irren wir orientierungslos über unbekannte Bahnsteige. Als der Zug zur baldigen Abfahrt aufgerufen wird, laufen wir los. Plötzlich reißt der Gummibund meiner coolen, neuen *Lagwagon*-Shorts, die ohnehin schon weite Hose rutscht, einen Gürtel habe ich nicht. Da laufe ich nun also, in der einen Hand einen Sack voll Bier, in der anderen Hand die Hose. Die gute Nachricht: Wir erwischen den Zug in letzter Sekunde. Die schlechte: Ich habe nur eine Hose mitgenommen.

(Ox-Fanzine ...[26])

# Bierreisen

Juli 1999, Hamburg Hauptbahnhof, Sonntagfrüh, so gegen 09:00 Uhr. Wir kommen gerade aus Dortmund, da war gestern Skateboard-WM, in Berlin hingegen tobte der Technomob. Dementsprechend ist hier alles voll mit gar nicht friedlich wirkenden Loveparadeheimkehrern. Wir sitzen auf dem Bahnsteig und sind genervt. In der Hand ein Jever.

Noch heute frage ich mich, was die schlimmere Entscheidung war: Nach dem Frühstück bei Dreck-Donald's nach nur zwei Stunden Bahnhofsaufenthalt Hamburg auf der Flucht vor aggressiven Ravehippies wieder zu verlassen und so darauf zu verzichten, eine wirklich sehr, sehr sehenswerte Stadt kennenzulernen, oder doch die Bierwahl? Zumindest sehen wir aus dem Zugfenster kurz den Hafen und ja, ich mag Häfen. Und ja – aus damaliger Sicht – ganz klar: die Bierwahl. Denn natürlich hätte ich gerne Hamburg gesehen, Hamburg erlebt. Aber Jever? Da kann ich doch gleich an Opas Nachttopf nippen.
Ohnehin geht es auf dieser Interrailreise mehr darum, Biertrinkerfahrungen zu sammeln, als um Sightseeing und Kultur. Andere Länder, andere Sitten – uns doch egal, Hauptsache, das Bier ist kalt. Der Eiffelturm ist schon beeindruckend, aber Finger weg vom französischen Hopfensaft, vor allem von dem Abwaschwasser in den Zweiliterplastikflaschen. Dort trinken wir lieber Heineken – dass das ein eigentlich wenig unterstützenswerter Großkonzern ist, der über kurz oder lang weltweit alle Brauereien aufkauft, ist uns zu diesem Zeitpunkt noch nicht bewusst. Auch in Brüssel würden wir gerne Heineken trinken, würden wir es dort bekommen. Das angeblich hervorragende belgische Bier: reinstes Wasser, das kein bisschen dazu geeignet ist, sich die hässlichste Stadt Europas schönzutrinken. Mehr Flair hat es da schon, in Amsterdam an der Gracht zu sitzen. Das Bier gut gekühlt. Die Sonne im Gesicht. Ja, das ist Urlaub, das ist Leben. Aber wir fahren ja nicht nach Holland, um Bier zu trinken, sondern müssen uns übermütig im Coffeeshop austoben und sicherlich je drei Züge von dem einen Joint nehmen, den wir uns zu dritt teilen. Gewohnt sind wir das alle nicht und das Zeug dort stärker als erwartet.

26 Ausgabe hat der Autor im Suff vergessen

So bekomme ich zumindest einmal in meinem Leben einen vagen Einblick in Sachen drogenbedingte Wahnvorstellungen und beschimpfe in meiner ausgewachsenen Drei-Züge-Haschisch-Paranoia den netten Amerikaner, der lediglich seine Gitarre in meinem Spind unterstellen möchte, wie er mir am nächsten Tag freundlich erklärt. Was ich denke, was er von mir will, weiß ich nicht mehr. Er findet das allerdings lustig und meint, er sei schon oft da gewesen und Mitteleuropäer, die das Amsterdamer Hasch nicht vertragen, kenne er zur Genüge. Auch die Klofrau bei Dreck-Donald's hat ihren Spaß mit uns und unseren Kämpfen gegen, ja gegen was eigentlich? Fakt ist, als wir nach dem mühsamen Bezwingen der engen und steilen Amsterdamer Hosteltreppe unter den neugierigen Blicken der hosteleigenen Ratten die Zähne putzen und in unsere ungewaschene Hostelbettwäsche fallen, sind wir fertig mit der Welt. Wir fallen unbeeindruckt von den Sex- und Drogenorgien, die neben uns toben, in einen tiefen, traumlosen Schlaf. Seither gilt: Flasche, Dose, Bierglas: Ja, gerne. Tüte, Wasserpfeife, was auch immer: Nein, danke.
Spaß mit uns hat am Tag nach unserer Hamburgflucht, einige Tage nach der Sache in Amsterdam, auch der Klomann im Münchener Hofbräuhaus. Das Bier dort schmeckt einmal mehr nach Wasser, dafür lässt es sich trinken wie Saft. Im Hofbräuhaus geht es ja ohnehin weniger um Qualität und Geschmack als ums Dagewesensein. Und für mich um die nächsten schlechten Entscheidungen: Leberkäse aus Pferd essen und Weißbier trinken. Auch das sind wir nicht gewohnt und die beiden Tage in München oft beim Klomann zu Besuch.

# IV
# Zivildienst

# Zivildienst

Jetzt ist sie also vorbei, die Schulzeit. Ein neues Leben beginnt. Eine neue Ära. Der Zivildienst.
Du überlegst ernsthaft, aber nur sehr kurz, ob du dich doch nachmustern lässt und aufgrund deiner bachsprungbedingten Fußverletzung untauglich schreiben lässt. Damit sind andere schon aus nichtigeren Gründen durchgekommen. Du hast vier verkrüppelte Zehen, von denen du drei nicht mehr bewegen kannst – das muss dem Staat doch dafür reichen, dass er dich nicht mehr haben will. Aber da du hoffst, in der Behindertenbetreuungseinrichtung eingesetzt zu werden, die nah an deinem Elternhaus, wo du ja noch wohnst, gelegenen ist, und du dir diesen Arbeitsbereich durchaus für eine spätere berufliche Laufbahn vorstellen kannst, lässt du es schließlich bleiben.
Wenige Tage nach deinem 20sten Geburtstag gehst du brav zu diesem ersten Termin in der nahen großen Stadt, bei dem den angehenden Zivildienern ihre künftigen Arbeitsplätze zugewiesen werden.
Wie sich herausstellt, haben sich bis auf dich und zwei andere alle bereits um ihre Stelle gekümmert – so richtig mit Bewerbungsgespräch und Vorstellen und Vorherfrisieren und Blablabla. Dir hat aber wieder keiner gesagt, dass du das tun sollst – beziehungsweise wurde es dir schon gesagt, von deinem Cousin nämlich, der in derselben Einrichtung seinen Zivildienst absolviert hat. Aber dafür warst du halt wieder zu bequem. So gibt es also noch exakt drei Plätze, einer eben in jener Einrichtung, die drei Kilometer von deinem Elternhaus entfernt ist, zwei in den tiefsten obersteirischen Alpen irgendwo zwischen Kuhweide und Gebirgsbach. In den Alpen stellen sie keinerlei Anforderungen an die künftigen Zivildienstleistenden, bei dir ums Eck suchen sie jemanden mit eigenem Auto und/oder guten Computerkenntnissen. Die anderen beiden haben Computerkenntnisse, du ein Auto. Das Auto zählt mehr, die Stelle ist deine.
Du freust dich. Du hast es nicht weit zur Arbeit, kannst weiter gratis bei Mama wohnen, wirst täglich bekocht, kriegst ganz gutes Geld – bis halt nach wenigen Monaten die FPÖ an die Regierung kommt und alles wieder wegrationiert. Die Autoanreise von fünf Minuten empfindest du nach neunjährigem Pendeln mit dem Zug, 30 Minuten Fahrt und all den Wartezeiten als Luxus.
Als du dann schließlich deine ersten Dienste machst, relativiert sich

die Freude schnell. Du kommst in den Wohnbereich, also jenen Bereich, in dem die Menschen mit Behinderung wohnen, was ein feiner Arbeitsplatz ist und noch heute der Bereich ist, in dem du selbst arbeitest. Die Arbeitszeiten – Wochenende, nachmittags und abends – sind auch okay für dich. Einer der negativen Punkte ist aber: Die ersten sechs Wochen musst du vormittags in die Küche. In die Großküche. In die Küche, in der für 200 Menschen, inklusive Essen auf Rädern, gekocht wird. Wo du Kartoffeln schälen und Töpfe abwaschen musst, in denen vorher Spätzle und anderes klebriges Zeug gekocht wurden. Du arbeitest mit Menschen mit Behinderung zusammen, was dir Spaß macht. Das gemeinsame Essen ist anfangs gewöhnungsbedürftig, da halt nicht alle Menschen dieselben Essgewohnheiten und Tischmanieren haben, was sich aber bald legt. Du musst den Tisch decken und den Speisesaal kehren, was nicht so schlimm wäre, wenn du vorher schon einmal irgendetwas gekehrt oder einen Tisch gedeckt hättest. Und wenn eine der beiden Köchinnen nicht so furchtbar herrisch und unsympathisch wäre.
„Bei dir daheim hat immer die Mama gekehrt, hä?", fragt sie.
„Ja, natürlich", sagst du.
Diese sechs Wochen sollen die Hölle werden und jedes vierte Wochenende danach auch, weil du dann wieder in die Küche musst. Nachmittags verrichtest du deinen Dienst in einem der drei Wohnhäuser. In Haus drei ist es gemütlich, die Kolleginnen und Kollegen sympathisch, die Arbeiten machbar, die dienstälteren Zivis hängen auch immer da ab. Haus zwei ist auch okay, nicht ganz so gemütlich, aber es ist aushaltbar. In Haus eins ist der Wohnhauschef ein Arschloch und Sklaventreiber. Gleich an deinem ersten Arbeitstag musst du einen im Stiegenhaus stehenden Türstock abmontieren und in den Keller räumen. Die erste Frage ist nicht, wie du heißt oder wo du herkommst, sondern ob du einen Schraubenzieher halten kannst. Es finden sich weitere Arbeiten dieser Art und wenn einmal früh morgens ein Bewohner auf die Treppe – nicht nur auf eine Stufe, sondern auf jede – kotet, kann man das gerne liegenlassen, kurz desinfizieren eventuell, der am Nachmittag kommende Zivi – also du – erledigt dann gerne den Rest.
Dass die Oberchefin dich auch auf dem Kieker hat und einige Jahre später deine Anstellung in eben jener Behinderteneinrichtung vereitelt, ist eine andere Geschichte.

# Grundlehrgang

Dass du die ersten sechs Wochen deiner Zivildienstzeit in der lauten, feuchten Küche verbringen musst, stimmt nur zu Hälfte. Genau genommen musst du die ersten drei Wochen in die Küche und dann Woche sieben bis neun wieder. Die drei Wochen dazwischen wohnst du mit 40 anderen Vaterlandsverweigerern, also Zivildienern – allesamt langhaarige, Baggypants tragende, wüste Gesellen, Punkrocker, Metalhörer, Underground-Hiphop-DJs und anderes wildes Volk – in einem Jugendgästehaus am größten Binnensee Österreichs. Dort unten im Süden Österreichs, wo auch Roy Black immer gerne seine Lieder gesungen hat. Das, was ihr dort treibt, nennt sich „Zivildienstgrundlehrgang". Dort sollt ihr, theoretisch zumindest, politisch gebildet, in erster Hilfe geschult und über eure Rechte und Pflichten informiert werden. Herr Prinz, der Vortragende für politische Bildung, findet politische Bildung – wie er selbst sagt – langweilig und uninteressant. Deshalb erzählt er euch lieber, wie er einmal mit all seinen Richter-, Arzt-, Lehrer- und Anwaltsfreunden beim Kiffen erwischt wurde und nix passiert ist, weil sie ja alle Lehrer, Richter und Anwälte waren. Er meint, da ihr alle politische Bildung so langweilig und uninteressant finden würdet wie er, könntet ihr euch selbst aussuchen, was er euch in diesen gemeinsamen drei Wochen beibringt und erzählt. Irgendjemand würde gerne etwas über Psychosen erfahren, weil das in der Behindertenbetreuungseinrichtung, in der er seinen Zivildienst ableistet, wohl gerade Thema ist. Also seht ihr euch den Film „Shining" an und macht einen netten kleinen Ausflug in die psychiatrische Station des hiesigen Landeskrankenhauses, wo ihr euch alle fragt, ob der verwirrte alte Mann im weißen Kittel, der euch da allerhand abgefahrenes und wirres Zeug erzählt, wirklich der Oberarzt oder nicht doch ein Patient ist.

„Ich wollte euch gar nicht das Krankenhaus zeigen", meint später Herr Prinz, „sondern wie man nach 40 Jahren Dienst in der Psychiatrie so wird, wie dich das als Mensch verändert. Gut, Psychiater wollt ihr jetzt alle nicht mehr werden, Lektion gelernt."

Der Vortragende in Erste Hilfe hingegen eröffnet jede Stunde mit den Worten:

„Ich will nicht hier sein, ihr wollt nicht hier sein, sobald der Chef unten weg ist, gehen wir alle nach Hause."

Wenn der Chef einmal doch länger bleibt, nehmt ihr irgendwelchen Puppen Motorradhelme ab, brecht ihnen bei der Herzmassage die Rippen und bei der Mund-zu-Mund-Beatmung in den Mund. Das Zertifikat bekommt ihr dann aber trotzdem, weil es dem Vortragenden ohnehin egal ist, ob ihr etwas lernt, und er lieber irgendwo anders wäre.

Ihr besichtigt mit Herrn Prinz eine große Behinderteneinrichtung, in der der Sohn des Chefs einer sehr bekannten Brauerei lebt, und bei der Feuerwehr schaut ihr auch vorbei. Viel mehr hast du dann auch nicht mehr in Erinnerung von dem, was ihr da lernt oder eben nicht lernt. Du weißt aber noch, dass ihr Essenmarken bekommt, mit denen ihr in der Unimensa, der Krankenhauskantine und im nahegelegenen Supermarkt Nahrung erwerben könnt. Du weißt ebenso noch, dass alles was du damit erwirbst – egal wo – gleich eklig und plastikhaft schmeckt und dass ihr euch alle daher beim Frühstücksbüffet die Wänste vollschlagt. Vince den Veganer belächelt ihr Fleischfresser mit eurer Extrawurst und euren Schinkensemmeln, den Trockenwürsten und dem gebratenen Speck, weil er immer nur Obst isst oder die Salatbeilage der Käseplatte und niemals auch nur Gelse[27] erschlägt.

Das Wichtigste an diesen drei Wochen sind aber Lernen hin, Nahrung her, ohnehin die abendlichen Alkoholexzesse. Kaum seid ihr wieder in eurem heimeligen Jugendgästehaus, wird palettenweise Bier rangeschafft. Im Aufenthaltsraum geht es los mit der ewigen, täglichen Sauferei, dann werden die umliegenden Studentenkneipen unsicher gemacht. Meist konzentriert ihr euch auf jene direkt neben dem Jugendgästehaus. Keiner will hier sein, auch nicht die Gehirnzellen, deshalb werden diese im Alkohol ertränkt. Manchmal experimentiert ihr auch mit anderen Kneipen in der Gegend oder schleust euch auf irgendwelche Studentenpartys ein. Was ihr da genau macht, außer halt zu trinken, weißt du nicht mehr. Egon erzählt von seiner neuen Band, dieser Skapunkband, in der er singt, und die tatsächlich richtig groß und bekannt wird und im Kommerzradio gespielt wird. Zu dem Zeitpunkt ist Egon aber längst raus aus der Band und wird lieber Luftgitarrenweltmeister. Egon triffst du später in deinem Leben immer wieder und wieder. Als du seine Band für ein Konzert buchst, als ihr gemeinsam auf einem verschneiten Berg Kinder animiert und mit dem Schlauchboot die Piste hinunter rast. Meistens hängst du aber in jenen Tagen Ende der 90er Jahre, Ende des vergangenen Jahrtausends, mit Alex, Mike und Christian ab, die mit dir

27 österr. für: Stechmücke

eine Fahrgemeinschaft bilden und Woche für Woche in Mikes oder deinem Auto an den See pendeln. Das alles erscheint dir aufregend, wild – so rebellisch, wie ihr da immer verkatert im Lehrgang hockt und keinen Bock auf irgendetwas habt. Heute siehst du das etwas nüchterner, erwachsener und denkst dir, der Staat hat zwar selten Recht, in diesem konkreten Fall aber vielleicht gar nicht so Unrecht damit, diese Veranstaltung, diesen Grundlehrgang, nur zwei Zivildienergenerationen nach der deinen wieder abzuschaffen. Zu teuer hieß es. Und ja, es gäbe viele andere, gute Zwecke, für die der Staat dieses Geld einsetzen könnte, anstatt Zivildiener saufen zu schicken – Flüchtlingshilfe beispielsweise. Dass er damit dann aber doch lieber Kampfjets kauft, ist eine andere Geschichte.

Ox-Fanzine #92, Dezember/Jänner 2012/2013)

# Wenn nachts der Amtsarzt klingelt

Er liegt im Bett. Das Fieber wird nicht weniger, der Ausschlag mehr, er breitet sich aus wie einst die Römer in Gallien. Die Ärzte sind ratlos, sind sich uneinig, was das nun schon wieder für eine neumodische Tierseuche sein mag, die ihn da heimsucht. Beruhigend ist lediglich, dass drüben auf dem Schreibtisch, glattgebügelt und faltenfrei, die frisch ausgestellte Krankenstandsbestätigung liegt.

‚Apropos Krankenstand', schießt es ihm durch den von Medikamenten verseuchten Kopf, während der Schüttelfrost vorbeischaut und das Buch, das eben noch sicher in seinen Händen lag, lauthals auf den Boden kracht.,Krankenstand, da war doch was mit Krankenständen', schießt es ihm durch den kranken Kopf. Zehn Jahre ist das jetzt her, damals im Sommer 2000, diesem Sommer in der neuen Epoche, diesem neuen Jahrtausend, in dem diese neue österreichische Regierung ihr Unwesen treibt. Eine Regierung, die sich am äußersten rechten Rand, irgendwo an der verschwommenen Grenze zu illegalen, ewig gestrigen Denkweisen niedergelassen hat, um zu wuchern und sich auszubreiten wie der Schwarzschimmel im Badezimmer. Ihm, der er gerade seinen Zivildienst absolviert, hat die neue Regierung – die „Naziregierung", wie er und manch anderer sie in Gedanken nennt – sein Gehalt soeben um ein Drittel gekürzt. Er bekommt von den Behindertenbetreuungsfachorganen aufgetragen, doch den Dienstzimmerkühlschrank zu putzen, während sie selbst irgendwo in der Supervision hocken.,Gut,' denkt er sich,,der Kühlschrank ist zwar sauber, glänzt, strahlt nahezu, man könnte aus ihm essen, aber Befehl ist nun einmal Befehl, Auftrag ist Auftrag.' Also putzt er und putzt er und putzt er und nimmt sogar extra die Mineralwasserflasche, die da im Seitenfach liegt aus eben jenem Seitenfach, um dieses besser reinigen zu können. Und weil er eben tollpatschig ist, immer war, immer sein wird, entgleitet ihm diese, zerbirst und zerschneidet ihm mit all ihren Scherben die komplette rechte Hand.
Der Zivildienstkollege vom Roten Kreuz lacht lauthals, als er diesem den Unfallhergang schildert. Auch der Weißkittel, der wenig später mit Nadel und Zwirn in seiner Hand zugange ist, kann sich ein Grinsen nicht verkneifen, schreibt ihn aber gerne für vierzehn Tage

arbeitsunfähig. Er freut sich, vor allem der Zusatz „mit Ausgang" sorgt für bislang ungeahnte Glücksgefühle, denn nächste Woche stehen einige unbedingt sehenswerte Konzerte auf dem Programm, versüßt nun durch die Aussicht, danach ausschlafen zu können.
Gleich am Montag setzt er, der noch bei Muttern[28] wohnt, sich in den Zug und fährt in die große Stadt. Nach kurzem Fußmarsch vom Bahnhof zur Location sollte eigentlich die von ihm gerade sehr verehrte amerikanische Emoband *Get Up Kids* auf ihn warten. Tut sie aber nicht. „Veranstaltung wegen technischer Probleme abgesagt", prangt stattdessen in fetten Lettern auf der Eingangstür, weil sich außer ihm wohl niemand eine Vorverkaufskarte gekauft hat. Er wischt sich also Tränen der Enttäuschung aus den Augen, hetzt zurück zum Bahnhof, erwischt gerade noch den letzten Zug und ist kurz vor 21:00 Uhr auch schon wieder zu Hause. Dort zieht er sich gerade die Schuhe aus, als auch schon der Amtsarzt klingelt.
„Guten Abend, Herr Roth", sagt der. „Krankenstandskontrolle", sagt er auch und verlangt von ihm die entsprechende Bestätigung, meint mit dem Hinweis auf den zuvor nicht beachteten Zusatz „Ausgang bis 20:00 Uhr", dass es zu seinem Vorteil sei, gerade zu Hause zu sein, denn anders hätte das teuer werden können. Außerdem wird er nicht müde zu erwähnen, dass Zivildiener seit Anfang Februar – dem Amtsantritt der „Naziregierung" also – verstärkt kontrolliert werden. Dabei grinst er so gemein, wie die aus seinem Mund dringende Rotweinfahne riecht, die zudem darauf hinweist, dass ihm die Idee den verlausten Vaterlandsverräter auffliegen zulassen vermutlich beim wöchentlichen Saufgelage mit den alten Verbindungsbrüdern gekommen ist.
„Herr Roth", sagt der Amtsarzt, „erholen Sie sich gut, wahrscheinlich komme ich am Wochenende noch einmal vorbei, Freitag würde mir gut passen."
„Hm, Freitag", denkt er sich, „da war doch was, Freitag …"

Ja, Freitag. *Funny Guys, SMS* und *CZR* in *Sabines Weinstube*, Punkrock vom geilsten, ein Konzert, auf das ich mich seit Wochen gefreut, aber nun verpasst habe, weil doch der Scheißamtsarzt kommen wollte. Kam aber nicht, der Wichser, abgesoffen wahrscheinlich, der alte Verbindungsnazi. „Eines der besten Konzerte, das Graz je gesehen hat", hieß es hinterher oft, heißt es heute noch, nicht selten werde ich – also er – ob dieser Episode verarscht.

28 österr. für: bei seiner Mutter

Daher liegt er nun also in seinem Bettchen, mit Ausschlag und Fieber und zum Glück ohne Ausgang, tut nichts außer schlafen, essen und lesen und freut sich ein paar Tage kassenfinanzierten Urlaub von seiner Tätigkeit als Behindertenbetreuungsfachorgan zu haben.

(Ox-Fanzine #102, Juni/Juli 2012)

# Seestechen

Ein kleines Hüttchen - eine Baracke vielmehr - am Ufer des Balaton. Die Wände sind wackelig, die Regale verstaubt, sämtliche Ostblockklischees werden erfüllt. Und alles hier brüllt lauthals: „Hepatitis C!" Doch ich kann es nicht hören, das Surren der Nadel ist lauter.

Juni 2000, ich bin 20 Jahre alt, Zivildienstleistender und gerade für zwei Wochen auf Urlaubsaktion. Meine Aufgaben hier bestehen im Wesentlichen darin, Rollstühle zu schieben, Einkäufe zu tätigen und mich nach den Mahlzeiten mit der veralteten Kücheneinrichtung herumzuschlagen, wenn es wieder heißt: „Zivi, abwaschen!" Hie und da muss ich vielleicht zum Bäcker fahren und wenn ich schon einmal da bin, bei dessen Nachbarn gleich ein paar dieser Fünfliterkanister Rotwein mitbringen.
Morgens kann ich ausschlafen, da ich bei der Körperpflege der Menschen mit Behinderung nichts tun kann und darf, und abends aus demselben Grund schon einmal früher mit dem Trinken anfangen. Die Behindertenbetreuungsfachorgane müssen noch geschlossene Inkontinenzsysteme – früher hieß das einmal Windel – wechseln und anderen die Zähne putzen, wir – also die freiwillige Helferin und ich – machen schon einmal die Rotweinkanister auf.
Und wenn man schon so vertraut miteinander ist und irgendwo in Ungarn aus Kanistern säuft, kann man doch auch gemeinsam Pläne schmieden. Sich ein Tattoo zuzulegen zum Beispiel. Schließlich haben wir beide noch keines und Ungarn ist für seine billigen Tattoostudios gleichermaßen bekannt wie für seine halblegalen Zahnarztpraxen. Den Zähnen geht's so weit noch ganz gut und spätestens beim dritten Kanister ist auch das letzte Behindertenbetreuungsfachorgan davon überzeugt, dass wir – also die freiwillige Helferin und ich – den nächsten Tag unbedingt freibekommen müssen, um uns stechen zu lassen – zur Abwechslung einmal nicht von den Mücken.
Die netten Menschen in der Baracke freuen sich über Kundschaft, alltäglich dürfte das trotz Toplage am Touristrand nicht sein. Wir bekommen Mappen vor den Latz geknallt, Motive sind schnell ausgesucht und los geht das zweifelhafte Vergnügen. Wenn ich mir mein Tribal heute so ansehe, denke ich mir, ich hätte am Vorabend doch beim

Bier bleiben, dieses Kanistergesaufe seinlassen und verdammt noch einmal mit dem Geld nicht so knausern sollen. Denn dann würde das Ding jetzt wenigstens um den ganzen Arm gehen und eben nicht nur so weit, wie das Geld halt gereicht hat.
Mich sticht der Azubi, wie ich vermute. Wie ich, wenn ich mir das Resultat so ansehe, richtig vermute. Oder frönt auch er dem Kanisterwein? Ein schönes Tattoo sieht jedenfalls anders aus, derweil zufrieden gehen wir aber erst einmal zum See ein Bierchen trinken.
In der Baracke kann man heute übrigens Getränke und Knabbereien kaufen, die beiden Tätowierer sitzen wahrscheinlich im Knast oder haben sich zum Altenpfleger umschulen lassen und jene in Graz haben etwas zu lachen, wenn ich meinen linken Oberarm für weitere Schandtaten entblöße.

# Urlaubsaktion

Ungarn. Zwei Wochen Plattensee. Gratis wohnen, gratis trinken, gratis lecker essen und nebenbei ein bisschen Arbeit. Ungarn – das Highlight deiner Zivildienstzeit. Geschirrabwaschen, zum Bäcker fahren, beim Weinbauern Bauernwein besorgen, Lebensmittel einkaufen, Rollstühle schieben, Sonnenschirme aufstellen, Picknickkörbe packen. Ja, es ist Arbeit und ja, du wirst bezahlt dafür. Dennoch empfindest du diese zwei Wochen eigentlich mehr als Urlaub, als richtig gute Zeit.

Du bist ja eher ein schüchterner Knabe in deiner Zivildienstzeit, einer, der nicht so richtig aus sich raus kann, der mit manchen der Behindertenbetreuungsfachorgane, vor allem den älteren, die Respekt und Autorität ausstrahlen, nicht so wirklich zu interagieren weiß. Das soll sich in diesen zwei Wochen ändern. Frau Lampitsch und Herr Schmalzbauer. Zu dem Zeitpunkt gehören die beiden zu den längstdienenden Behindertenbetreuern österreichweit. Herr Schmalzbauer wird von fast allen Kollegen und Kolleginnen gesiezt, nur wenige duzen ihn, obwohl er eigentlich ein netter Kerl ist.

„Zivi", sagt er, „wennst schon nix redest, dann zeig wenigstens, dass'd saufen kannst."

Es ist ja nicht so, dass du dem Alkohol gänzlich abgeneigt bist. Natürlich, ein Alkoholiker bist du nicht. Natürlich hast du es dann und wann etwas übertrieben in deinem Leben, aber meist trinkst du mit Maß und Ziel und du wusstest eigentlich immer, wann genug ist. Aber gegen ein Schlückchen hie und da ist doch nichts einzuwenden, schon gar nicht, wenn es wie in diesem Fall eine regelrechte Dienstanordnung ist. Von einem der ersten in Österreich als Behindertenfachorgan arbeitenden Menschen überhaupt, an dich, den Zivi. Deshalb sagst du nicht nein, wenn er dich losschickt, um diesen Wein in Kanistern zu besorgen. Und du sagst auch nicht nein, als Frau Lampitsch, Herr Schmalzbauer und du mit einigen der zu betreuenden Menschen gemeinsam einen Ausflug ins ungarische Hinterland macht. Herr Schmalzbauer hat dort nämlich Verwandte oder Bekannte – das weißt du heute nicht mehr so genau – die da ein Weingut betreiben. Und da fahrt ihr also hin, da ihr zu einer Weinverkostung eingeladen seid. An einem wunderschönen, sonnigen Vormittag. Weinverkostung heißt in diesem Fall nicht hier ein bisschen

kosten und da ein bisschen nippen, sondern reinschütten was geht, weil's ja nix kostet.
„Trink, Zivi!", sagt Herr Schmalzbauer.
Also trinkst du. Und Herr Schmalzbauer trinkt mit. Und wie ihr beide trinkt. Frau Lampitsch belässt es beim Kosten und Nippen, schließlich muss ja irgendjemand den Bus zurück an den See fahren. Ihr bekommt natürlich auch etwas zu essen serviert, was genau weißt du nicht mehr, irgendwas mit Fleisch wahrscheinlich, in Ungarn esst ihr hauptsächlich Fleisch. Und dann fahrt ihr auch schon zurück. Frau Lampitsch fährt, Herr Schmalzbauer und du kauert euch lallend und lachend und stockbesoffen auf die Beifahrersitzreihe.
„Wir machen jetzt Mittagspause, Frau Lampitsch", sagt Herr Schmalzbauer und synchron schlaft ihr beide ein. Irgendwann wacht ihr ebenso synchron wieder auf und ruft im Duett:
„Frau Lampitsch, ich muss aufs Klo!"
Er, die 60-jährige Behindertenarbeitslegende, und du, der 20-jährige Zivi, der anscheinend besser saufen als reden kann. Frau Lampitsch für ihren Teil ist kein Unmensch und hält bei nächstbester Gelegenheit, einer Bushaltestelle irgendwo im Ungarn des gerade angebrochenen neuen Jahrtausends. Herr Schmalzbauer stellt sich rechts vom Buswartehäuschen auf, du links, ihr beide uriniert mit hochkonzentriertem Blick und hochrotem Kopf, Frau Lampitsch und eine Gruppe kognitiv beeinträchtigter Menschen schauen euch dabei zu. Und die etwa zehn Menschen, die da eng aneinandergedrängt im Wartehäuschen stehen, haben später zu Hause was zu erzählen.

# Fleisch

Fleisch. Fleisch. Fleisch. Morgens Wurstbrot, zur Schuljause[29] Wurstbrot, zum Mittagessen Wiener Schnitzel, Naturschnitzel, Champignonschnitzel, Schweinsbraten, Fleischstrudel, Spaghetti mit Fleischsauce, Gulasch, Nierengröstel[30], Backhendl[31], Geschnetzeltes oder irgendein anderes Fleischgericht, abends wieder Wurstbrot. Montags Fleisch, dienstags Fleisch, mittwochs Fleisch, donnerstags Fleisch, samstags Fleisch, sonntags Fleisch. Freitags gibt es meist irgendeine Süßspeise, Kaiserschmarrn, Topfenauflauf[32], Hirseauflauf, was auch immer. Ihr seid zwar nicht die gläubigste Familie und keine allzu frommen Kirchgänger, deine Eltern kommen aber aus sehr katholischen Elternhäusern und dort wird freitags nun einmal kein Fleisch gegessen. Wegen der Sache mit Jesus und dem Kreuz. Nun gut, das Süppchen vor der Süßspeise wird natürlich aus Schweineknochen gekocht und der Schmarrn in Schweinefett rausgebrutzelt, aber das zählt nicht. In der Karwoche, also der Woche vor Ostern, wird auch kein Fleisch gegessen. Erst zur großen Osterjause am Karsamstag werden wieder Fleischberge serviert und Fleischberge verschlungen. Diese Woche ist die härteste Woche des Jahres für dich. Denn du kennst es nicht anders, du willst und du brauchst dein Fleisch.

Fleisch. Fleisch. Fleisch. Immer nur Fleisch. Fleisch ist dein Gemüse. Fleisch ist dein Obst. Fleisch ist dein Salat. Fleisch ist natürlich. Fleisch ist normal.

Der Mensch ist ein Fleischfresser, immer schon gewesen, steht ganz oben in der Nahrungskette. Erst kommt er, der Mensch, dann lange nichts und dann all das leckere Getier. Gemüse hingegen ist als Beilage akzeptabel, aber keinesfalls als Hauptgericht.

So wächst du auf. So wird es dir vermittelt. Zwischen Wurstsemmel[33] und Grillhuhn, Schweinefett und Leberpastete. Das ist deine Kindheit, deine Jugend. Deine Kindheit, deine Jugend findet aber auch auf dem Bauernhof statt, da wo das Fleisch bekanntlich herkommt, da wo die Tiere sterben. Da wo die Schweinehälften zum Ausbluten im Keller hängen. Wo draußen auf dem Hof Schweine geschlachtet

29 österr. für: kleine Mahlzeit, Brotzeit
30 österr. für: geröstete Nieren
31 österr. für: paniertes Huhn
32 Topfen = österr. für: Quark
33 österr. für: Wurstbrötchen

werden, die während ihrer Revierkämpfe im viel zu engen Schweinegefängnis verletzt wurden. Dort wo du um 04:00 Uhr morgens aufstehen musst, um dabei zu helfen, die Schweine in den Transporter vom Schlachthof zu verladen, so als wären sie keine Lebewesen, sondern Industriegut. Dort wo es dein Job ist, das Gattertor zuzuhalten und dafür zu sorgen, dass das Schwein – ganz egal, wie panisch es ist – dort bleibt, bis es in den Laster getrieben wird. Dort wo du in diese Augen blickst, diese Augen voller Todesangst und Panik. Erst in solchen Momenten wird dir so richtig bewusst, dass das Lebewesen sind. Lebewesen, die wenige Stunden später tot sein werden, damit Leute wie du etwas zu essen haben. In solchen Momenten plagt dich dein Gewissen und du nimmst dir vor, nie wieder Fleisch zu essen. Bis mittags um Punkt 12:00 Uhr halt das Schnitzel serviert wird und so verdammt gut schmeckt.
Zwischen dem ersten solchen Gedanken und dem tatsächlichen Entschluss, kein Fleisch mehr zu essen, vergehen Jahre, viele Jahre. Irgendwann in deiner Zivildienstzeit passiert es. Einer Zeit, in der du zum einen sehr, sehr viel Fleisch isst, weil es dir halt sehr, sehr gut schmeckt, in der du aber auch mit einigen Vegetariern und Veganern zu tun hast und Gespräche führst, die dich in dem, was dir schon lange durch den Kopf geht, bekräftigen. Einer Zeit, in der du auch verstärkt auf die Inhalte der Bands achtest, die du so hörst. Viele dieser Bands beschäftigen sich mit Tierrechtsfragen. Dann beschließt du es für dich: nie wieder Fleisch. Aber nicht gleich. Erst nach dem Zivildienst. Denn Fleisch kochen können sie, die beiden Köchinnen, vegetarisch haben sie – wie dir immer wieder gesagt wird – gar nicht drauf. Außerdem brauchst du deine Zeit, dich vom Fleisch zu lösen, zu verabschieden, dem toten Tier Lebewohl zu sagen. Du entscheidest dich für den langsamen Weg. Erst nur noch im Zivildienst und nicht mehr zu Hause Fleisch essen, dann nur noch einmal täglich, dreimal wöchentlich, zweimal wöchentlich, immer weniger und weniger Fleisch, bis du schließlich pünktlich zu deinem 21sten Geburtstag im September 2000 tatsächlich Vegetarier bist.
Deinen Eltern offenbarst du diese Entscheidung ein halbes Jahr zuvor. Ausgerechnet bei der durch und durch fleischlastigen Osterjause.
„Das ist meine letzte Osterjause", sagst du. „Ich höre auf, Fleisch zu essen", sagst du auch.
Erst nimmt dich niemand ernst, es erscheint auch unglaubwürdig, so etwas anzukündigen, während du dir große Portionen Selchfleisch[34]

34 österr. für: Rauchfleisch

mit Ei und Krenn[35] in den Rachen stopfst. Doch als sich herauskristallisiert, dass du es ernst meinst, tobt er, dein Vater der Bauer. Das sei abnormal, wider die Natur, gegen die Nahrungskette, sagt er. Sein Sohn. Das eigene Fleisch und Blut ein Vegetarier. Diese „Sektierer" seien schuld, diese Wilden mit ihrer lauten Musik, all die Tätowierten und Gepiercten, die hätten dich verdorben, sagt er auch. Das Tattoo, das du dir in Ungarn hast stechen lassen, trägt seinen Teil dazu bei, dass es zu einem Bruch zwischen deinem Vater und dir kommt. Dieses Tattoo und die tausend Schilling, die dir der Bürgermeister eurer kleinen Dorfgemeinde zur bestandenen Matura schenken will, die du aber aus antikapitalistischen Gründen nicht annimmst. Ihr streitet, ihr bekriegt euch, dein Vater mischt dir Schweineschmalz in jede fleischfreie Mahlzeit, bis du zu Hause nur noch Selbstgekochtes isst, er macht die Schlachtungen immer exakt dann, wenn er weiß, dass du genau jetzt das Haus verlässt. Über ein Jahr redet ihr nur das Nötigste miteinander und das ändert sich erst, als du den Entschluss fasst, auszuziehen.
Deine jüngere Schwester isst zu diesem Zeitpunkt bereits seit Jahren kein Fleisch mehr.

35 österr. für Meerrettich

# Kein Fleisch

„Wie, kein Fleisch?", sagt der Würstel-Adi an diesem Samstagnachmittag im August wenige Jahre nach der Jahrtausendwende und sieht dich ganz verblüfft an. Du bist in einem oberösterreichischen Tourismusort, besuchst deinen Onkel, der hier lebt und arbeitet, und hilfst mit deinem Bruder ein wenig bei dem Fest aus, dass dein Onkel heute in seiner Kneipe, seinem *Beisl* – wie er es nennt – veranstalten wird. Bevor es losgeht, möchtest du nur schnell eine Kleinigkeit essen.
„Ich esse kein Fleisch, haben Sie irgendetwas ohne Fleisch?", fragst du erneut.
„Wie, ohne Fleisch?", er versteht immer noch nicht.
„Ich esse kein Fleisch", sagst du. „Ich bin Vegetarier", erklärst du.
„Ah, Vegetarier", murmelt er grübelnd, das hat er wohl doch schon irgendwo einmal gehört oder vielleicht auch nur gelesen. Er geht in sich. Denkt nach. Wühlt in den Tiefen seines Gedächtnisses, seiner Vorstellungskraft. „Meine Tochter …", sagt er irgendwann mit seiner dröhnenden Würstel-Adi-Stimme und nickt dabei wissend mit seinem großen Würstel-Adi-Kopf. „… war auch einmal auf dem Trip", ergänzt er. „Jetzt ist sie aber wieder gesund", lacht er und schiebt dir eine Plastikschüssel mit Kartoffelsalat von vorgestern und eine harte Semmel von letztem Mittwoch über den Tresen.
„Das ist nur a bisserl Schinken für den Geschmack", meint hingegen die Köchin auf dem Kinderferienlager, als du sie auf die Fleischstücke in deinen „vegetarischen" Krautnudeln ansprichst und den Speck im Bohnengulasch. Als du in einem Hotel in Ungarn Kartoffelauflauf isst, beißt du hingegen gleich in ein großes Stück Hühnerfleisch.
Nein, es ist nicht immer leicht, kein Fleisch serviert zu bekommen.

# Aufnahmeprüfung

Irgendwann ist dann auch ein Ende in Sicht. Das Ende des Zivildienstes. Das Ende deiner Zeit als „der Zivi", der gut Kaffee kochen und besser Wein trinken als Gespräche führen kann. Das Ende jener Zeit, in der du dich während einer zweiwöchigen Urlaubsaktion in Ungarn, wie du glaubst, unsterblich in eine Kollegin verliebst, die du mit Nachnamen ansprichst, obwohl sie nur vier Jahre älter ist und deine Liebe zwar belächelt, aber nicht erwidert. Das Ende jener Zeit, in der dir, nach zwei kleinen Zwischenfällen mit Dienstfahrzeugen – einmal geht ein Dienstfahrzeug kaputt, einmal ein Zaun – die Erlaubnis, Dienstfahrzeuge zu lenken, entzogen wird. Du hast deswegen einen recht heftigen Streit mit der Chefin, der schließlich dazu führt, dass du später in eben jener Einrichtung keine Anstellung bekommst, obwohl das Team der Behindertenbetreuungsfachorgane geschlossen dafür ist, als du dich dort bewirbst. Das Ende einer Zeit, die du Küchendienst und unnötige Arbeiten hin, blöde Chefin und unsympathische, sklaventreiberische Arbeitskollegen her, als sehr gute Zeit in Erinnerung hast.

Und wenn die eine Zeit zu Ende ist, kommt eben die nächste. In Zeiten wie diesen kommt die aber nicht einfach so daher, denn die Zeit, die muss dich haben wollen, dich aufnehmen. Beziehungsweise muss der Ort, an dem du diese Zeit verbringen möchtest, dich aufnehmen wollen. Und du schon auch ein bisschen was dafür tun. Du bewirbst dich also – nie wieder Schule hin, hurra, hurra, die Schule brennt her – in zwei Bildungseinrichtungen, die dich nach bestandener Aufnahmeprüfung dazu befähigen würden, selbst als Behindertenbetreuungsfachorgan zu arbeiten und Zivildienstleistende zu schikanieren.

In der einen könntest du innerhalb von drei Jahren Schulbankdrückerei den Titel Behindertenpädagoge erwerben. Matura brauchst du keine, hast du aber trotzdem. Ein Vorpraktikum ist vonnöten, dein Zivildienst wird als solches akzeptiert. Du solltest allerdings eine Bestätigung von der Einrichtung mitbringen und einen Praktikumsbericht geschrieben haben, was du beides nicht hast, weil du zu feige bist, deine Chefin um ersteres zu bitten, und zu faul, zweiteres zu schreiben. ‚Wird schon so gehen', denkst du. Geht aber nicht. Zudem hältst du dich in der Gruppendiskussion zum Thema „Das weißt du

heute nicht mehr", die du während der Aufnahmeprüfung mit etwa 40 der etwa 400 Mitbewerber und Mitbewerberinnen führen musst, mehr als dezent zurück. Schließlich kannst du bekanntlich besser trinken als reden, was du in diesem Rahmen so aber auch nicht sagen kannst. Du wirst schließlich nicht genommen und erhältst einen Brief, der dir genau das mitteilst. Traurig bist du nicht.
Einige Wochen später probierst du es am Kolleg für Sozialpädagogik. Dort willst du wirklich hin. Hier brauchst du eine Matura, die du auch hast. Ein Vorpraktikum ist nicht vonnöten, Vorerfahrung aber hilfreich, schließlich sollst du im pädagogischen Gesprächsteil glaubwürdig und eindrucksvoll schildern können, warum du das eigentlich machen willst, dieses Sozialberufsbereichsausbildungsdings. Du erzählst in einem engen Raum einem älteren Mann mit Bart gegenübersitzend also von deinem Zivildienst und von den Ferienlagern, in denen du als Kind Urlaub gemacht und später auch gearbeitet hast. Du erzählst ihm von den Menschen mit Behinderung die du kennengelernt und wie du dich für diese Thematik zu interessieren begonnen hast. Du erzählst ihm, dass du gerne mit Menschen arbeitest und etwas bewegen möchtest und du schon dieses und jenes gemacht hättest und so weiter und so fort. Du bastelst auch irgendein Ding und malst irgendein Bild und singst irgendein Lied. Das ist der Teil, der dich im Vorfeld am meisten beunruhigt. Denn später wirst du zwar auf irgendwelchen Bühnen vor 13, 30 oder zwischendurch einmal auch 300 Leuten den Kasper mimen, zu diesem Zeitpunkt aber erscheint es dir undenkbar, vor einer dir nicht bekannten Person auch nur einen Ton raus zu kriegen. Christian, einer deiner Grundlehrgangsfahrgemeinschaftskumpels, der die Prüfung auch bestreitet, entscheidet sich für „Come as you are" von *Nirvana*. Du hingegen singst:

Durch die Wüste zieht Karavan,
bewirft Aff' sie mit der Banan',
Summgaligaligali,
Summgaligali.

Dazu spielst du auf einer klassischen Gitarre einen e-Moll-Akkord. Das meisterst du wie alles andere ganz gut, musst also nur noch durch die Sportprüfung. Es gilt, einen Geschicklichkeitsparcours zu bewältigen. Dieser hat unterschiedliche Stationen: Pedalo fahren, durch Stangen durchkriechen, eine Rolle vorwärts und eine Rolle rückwärts machen.

Pedalo ist schwierig, wegen der Sache mit dem Gleichgewichtssinn, geht aber. Stange ist kein Problem. Rolle vorwärts auch nicht. Rolle rückwärts allerdings schon. Du bist unsportlich, immer schon gewesen, ist leider so. Sportunterricht war die Hölle für dich und eine Rolle rückwärts kannst du schlicht und einfach nicht. Aber was tun?

1. Trotzdem probieren.
2. Ehrlich sein und verweigern.

Du entscheidest dich für Variante zwei und greifst damit ins Klo. Du verweigerst die Rolle, die Schule dir dafür die Aufnahme. Das erzählt dir zumindest der bärtige, ältere Herr ein Jahr später. Statt des Kollegs besuchst du nun die Pädagogische Akademie, Schwerpunkt Sonderschule, und zusätzlich den sogenannten „Außerschulischen Jugendlehrgang". Den leitet der bärtige, ältere Herr. Und als ihr ein Wochenende vor deinem zweiten Aufnahmeprüfungsversuch alle gemeinsam in den Bergen wandern geht, verrät er dir, warum das damals nicht geklappt hat. Und wie du es schon vermutet hast, die Rollenverweigerung war Schuld daran.
Beim Zweitversuch gibt es keine Rolle, stattdessen musst du 30 Minuten am Stück laufen. Du bist zwar unsportlicher als Otto Waalkes, aber Kondition hast du – du, der du dich in der Unterstufe um ein Haar für die Bezirksmeisterschaft im 1.000-Meter-Lauf qualifiziert hättest, hätte deine Klasse nicht im Vorfeld der Qualifikation in der Umkleide dermaßen Radau geschlagen, dass ihr als Strafe 2.000 Meter zum Aufwärmen laufen musstet und deine 1.000-Meter-Zeit dementsprechend unter aller Sau war. Doch an diesem Montagnachmittag im Juni ist die Zeit egal und du läufst und läufst und läufst geschmeidig dahin. Dein Liedchen trällerst du auch schon viel selbstsicherer als noch ein Jahr zuvor und der bärtige, ältere Herr und du seid nach all euren außerschulischen Jugenderziehungswanderungen und Hüttenabenden und Radtouren ohnehin Best Friends und plaudert gemütlich dahin, alles geritzt also dieses Mal. Du darfst nun endlich Sozialpädagoge werden.

# V
# Pädagogische Akademie

# Lehramt

Lehrer. Wolltest du ohnehin nie werden. Wurdest du auch nie. Hast aber eine Weile tatsächlich ernsthaft probiert, einer zu werden, und dadurch ein kurzes Jahr lang deine Mutter – Lehrerin, die sie nun einmal ist – glücklich gemacht. Du hast gelernt, wie man unterrichtet. Hast gelernt, wie man zeichnet und singt und Schals strickt und am Reck turnt und Gitarre spielt. Hast selbst unterrichtet. Hast Sesselkreise abgehalten und Stationenbetriebe durchgeführt. Hast Schülern Dinge über das Mittelalter erzählt. Wurdest von der Direktorin zur Rede gestellt, weil du den Schülern gesagt hattest, es sei das Berufsrisiko des mittelalterlichen Vorkosters, sei das Essen des Königs vergiftet, würde er grausam sterben. Was die Wahrheit ist und die Schülerinnen und Schüler lustig fanden. Die Direktorin nicht.

Du bist eine Woche lang Ski gefahren, ungern und schlecht, und hast auf die Skifahrprüfung lediglich eine Vier bekommen. Du hast abends nach dem Skifahren mit den Kollegen und Kolleginnen zu viel getrunken und nachts vor dem erneuten Skifahren zu wenig geschlafen. Du hast die Religionsvorlesung geschwänzt und in der Psychologievorlesung deine frisch bei Schlecker ausgedruckten Nacktfotos des *Terrorgruppe*-Sängers herumgezeigt und dafür Unverständnis von den Mitstudierenden bekommen. Du hast dich oft wie ein Fremdkörper gefühlt, bist nie so richtig reingekommen in die Lehramtsanwärterclique, hast nie dazu gehört zur fröhlichen Pädagogenbande. Du wurdest belächelt, weil du kein Fleisch isst, und seltsam angesehen, als du dich schließlich dazu entschieden hast, eine Zeit lang komplett auf Alkohol zu verzichten.

Du hast immer gewusst, Tag für Tag, an dem du in Vorlesungen und Seminaren gesessen, in der Schulklasse gestanden bist, dass du niemals Lehrer werden wirst. Damit hast du deine Mutter sehr traurig gemacht, weil sie eben Lehrerin ist und dachte, du würdest in ihre Fußstapfen treten. Du hast alles daran gesetzt, wieder rauszukommen aus der „Lehramtsanwärterstudienscheiße" – wie du es in Gedanken niemals nanntest, es aber jetzt so niederschreibst. Du wusstest, dass es ein Ablaufdatum gibt, und hast nur deshalb durchgehalten. Und die ganzen Prüfungen hast du auch gemacht. Wegen des gar nicht so niedrigen Stipendiums, das du ohne Mindestprüfungsanzahl hättest zurückzahlen müssen.

# Terminator Town

Seit kurz nach deiner Matura tust du das, von dem deine letzte Deutschlehrerin immer wollte, dass du es tust: Du schreibst für ein Magazin. Zwar für ein sogenanntes „Fanzine“, mit sicherlich niedrigerer Auflage als die Kronen- oder die Bild-Zeitung. Aber es ist eine regelmäßig erscheinende Publikation, in dann doch ganz passabler Auflage und zudem in der Szene, der du dich irgendwie zugehörig fühlst – noch ohne richtig dabei zu sein – durchaus bekannt und hochangesehen. Du rezensierst Platten, interviewst anfangs sporadisch, später regelmäßig irgendwelche Bands – am liebsten per E-Mail, weil du bekanntlich ein schüchternes Bürschchen bist – und besprichst die zahlreichen Konzerte, die du meist alleine oder mit Tommy, dem alten Straßenpunker, besuchst. In der Szene, dieser viel gerühmten Punkrockszene, kennst du außer ihm halt noch niemanden. Die Leute aus der alten Heimat recken lieber in der Disco zu Technobeats die Arme in die Luft oder trinken in der Buschenschänke[36] literweise weststeirischen Rotwein und schunkeln zu Ziehharmonikaklängen. „Wir schunkeln im Bierzelt, bis uns das Hirn fehlt“, wird später der 50er Max, die alte Punkikone, gerne sagen. Du siehst dir alles an, was geht – also in Sachen Konzerte, nicht in Sachen Bierzelt. Daher besprichst du auch zahlreiche lokale Bands in diesem Heftchen, diesem Fanzine. In der Punkrockszene der großen Stadt, in der du in diesem Zeittraum zwischen 1999 und 2001 noch nicht lebst, wird gerätselt, gemutmaßt, wer dieser Typ ist, der da immer die Konzertreviews schreibt und H. C. – also „Hardcore“ – heißt. Keiner von diesen Punkrockheroes weiß das, niemand kennt dich. Niemand bis auf einen. Niemand bis auf Friebi, deinem alten Klassenkumpel und angehenden Rockstar, dem Obermacker von *Bad Influenced By The Red Flashing Lights Of An American Schoolbus*. Er ist es schließlich auch, der dir eines Tages bei irgendeinem Konzert von diesem neuen Punk- und Hardcorekollektiv erzählt. Dem Kollektiv, in dem nun all die heißen Bands der großen Stadt vertreten sind, um gemeinsam Shows zu organisieren, Platten rauszubringen, ein Fanzine zu machen und so weiter und so fort. Und ob du auch dabei sein, auch mitmachen, auch am Start sein, auch zur Gewinnerseite der hiesigen Szene gehören willst, fragt er dich. Schließlich hast du jetzt ja gute Kontakte

36 Gaststätte, in der ein Landwirt seine eigenen Erzeugnisse verkauft

in die deutsche Fanzineszene und kannst die Platten der hiesigen Bands besprechen und Interviews mit ihnen führen. Friebi spricht es zwar so direkt nicht aus, aber das ist der Grund, warum du da mitmachen darfst, mitmachen sollst, mitmachen musst. Egal, Hauptsache dabei, du siehst das sportlich. Ein paar Tage später bist du Mitglied von *Terminator Town*, dem großen Grazer Punkrockkollektiv, und sitzt in einem kleinen Raum eines großen Tagungszentrums, dessen Leiter Friebis Vater ist. Dieses Tagungszentrum, in dem du heute noch gelegentlich Fortbildungen besuchst, auch wenn Friebi Senior schon lange nicht mehr das Sagen hat. Es soll fortan auch Ausgangspunkt vieler gemeinsamer Konzertfahrten ins ganze Land sein, die du den ganzen Bands bestreiten wirst.
Doch erst einmal gehst du zu diesem ersten Treffen. Und da sind sie auch schon alle, all die coolen Jungs von den coolen Bands. Die *Sidekick Maniacs, Sick Of Bourbon, True Emotions, Bounced Of It All, Vomit, Bad Influenced By The Red Flashing Lights Of An American Schoolbus*. Und natürlich Romeo, der die ganzen Undergroundpunkrockshows organisiert und mit dem du später gemeinsam eine Radiosendung moderieren wirst. Und natürlich auch die sympathischen Jungs von *Maracuja*. Mit denen freundest du dich gleich beim zweiten Meeting an. Dieses wird nämlich gecancelt, nur macht sich niemand die Mühe, euch – die ihr eher zur Randgesellschaft von *Terminator Town* gehört – Bescheid zu geben. Da ihr aber schon extra aus euren jeweiligen Dörfern angereist seid, nutzt ihr die Zeit, um gemeinsam das eine oder andere Bierchen beim Wirt um die Ecke zu trinken. Ihr versteht euch, ihr mögt euch. Diese Jungs und du, ihr sollt in den nächsten Monaten viel Zeit miteinander verbringen. Dein Lehramtsstudium interessiert dich mäßig, die Menschen dort ebenso, Zeit hast du zur Genüge, eine Freundin zu dieser Zeit meistens nicht. Also kannst du mit den *Maracuja*-Jungs durchs ganze Land tingeln und auf ihren Konzerten T-Shirts verkaufen und das Backstagebier wegtrinken. Die *Terminator Town*-Bands werden meist in Zweier- oder Dreierpackages gebucht, also bist du bald mit allen von ihnen unterwegs und fährst fast jedes Wochenende auf irgendeine Show irgendwo in Österreich. Ihr verkauft T-Shirts und CDs. Du schreibst für die Website Konzertreviews und Plattenbesprechungen und das ganze auch noch auf Englisch. Englisch ist zwar nicht so dein Ding, aber Herr Fried von den *Sidekick Maniacs* studiert das und bringt deine Texte in einen veröffentlichungswürdigen Zustand. Ja, und Konzerte organisiert ihr auch. Meist läuft das so: In eurem wöchentlichen Sonntagsmeeting bringt

jemand ein, was so an Bandangeboten eingetrudelt ist. Dann wird gemeinsam überlegt, ob das überhaupt veranstaltet wird, wer dafür zuständig ist, bei wem die Bands schlafen, wer kocht und so weiter und so fort. Genau so kommst auch du zum Veranstalten von Konzerten, obwohl du hauptsächlich als Schriftführer agierst – „The mighty Schriftführer", wie du dich nennst. Wöchentlich schießt du launige Protokolle durch den Mailverteiler und bist eben für die Pressearbeit zuständig. Du rutschst da eher zufällig rein und machst das dann eine Weile weiter, Erfolg hast du dabei nicht, Spaß aber schon. Deswegen organisierst du auch nach dem baldigen Ende von *Terminator Town* noch zwei Jahre lang munter weiter schlechtbesuchte Punkrockshows. Das Ende kommt nämlich schneller als gedacht. So sehr alle Beteiligten an die Sache glauben und gemeinsam etwas bewegen wollen, so gespalten ist das ganze Kollektiv schnell. Die einen wollen kommerzieller werden, manche einen richtigen Verein gründen, die anderen wollen politischer werden, wollen aktiver werden. Sie schmieden Pläne, einen ehemaligen Kindergarten zu besetzen und darin ein Kulturzentrum zu errichten. Du gehörst letzterer Fraktion an. Der Kindergarten wird aber nie besetzt, da ein großer Möbelkonzern das Gebäude abreißen lässt, ehe ihr euer drittes Plenum diesbezüglich einberufen könnt. Auch die Benefizshow für dieses kleine, aber feine autonome Jugendzentrum, die du organisierst und die auch dein erfolgreichstes Konzert überhaupt werden soll, stößt nicht bei allen *Terminator Town*-Mitgliedern auf Gegenliebe. Das trägt maßgeblich dazu bei, dass die ganze Angelegenheit keine zwei Jahre lang hält.
Wie so oft gilt: Die Idee war gut, aber die Welt noch nicht bereit.

# Auf Tour

Da sitzt du also in diesem Auto hinten auf dem Rücksitz. Am Steuer sitzt Beta, einst miserabler Sänger der *Sidekick Maniacs*, nun charismatischer Frontmann der Skapunkrabauken *Maracuja*. Vielleicht ist es auch Gitarrist Sepp oder Drummer Bernard, so genau weißt du das heute nicht mehr. Jedenfalls seid ihr viele. In deiner Erinnerung sitzen etwa zwölf Mann in diesem Auto, vielleicht seid ihr aber auch mit zwei Wagen gefahren. Euer Ziel ist ein ehemaliger Jazzkeller in einer kleinen grauen Stadt an der großen blauen Donau. Es ist der letzte Tag vor Heiligabend und die Jungs von *Support Your Local Punkrockscene*, einem weiteren kurz nach der Jahrtausendwende ins Leben gerufenen Punkrockkollektiv, halten hier eine kleine Weihnachtsfeier ab. Etwa 15 Bands aus dem ganzen Land sollen auf die kleine, aber feine Bühne des verschimmelten, aber feinen Kellers. *Terminator Town* ist ganz gut vertreten. Du bist also mit *Maracuja* unterwegs und ihr habt Spaß. Spaß, Spaß, Spaß. Fun, Fun, Fun. Dinge passieren da, das glaubt man gar nicht. Schon bei der ersten Pinkelpause an dieser obersteirischen Autobahnraststätte passieren extrem lustige, seltsame, ja fast schon obskure Dinge. Im Laufe der nächsten zwei Jahre wirst du dort oft mit unterschiedlichsten Leuten Kaffee trinken – nur Smith Mager von *Sick Of Bourbon* will nie mit, weil die Raststätte von Shell betrieben wird. An diesem Abend aber leistet ihr euch Sachen, das kann sich heute niemand mehr vorstellen, voll abgefahren alles. Blöd nur, dass du heute nicht mehr den leisesten Schimmer davon hast, was für legendäre Dinge ihr da genau getrieben habt.

Am Zielort angelangt wird erst einmal manisch herumgelaufen, begrüßt, begrüßt, begrüßt – damals noch per Handschlag für die Männer und Küsschen links, Küsschen rechts für die Frauen, Umarmungen wurden erst später gesellschaftsfähig. Dann wird ausgepackt, ausgepackt, ausgepackt, das Equipment die steilen Stufen hinuntergeschleppt und geschleppt und geschleppt und noch mehr manisch herumgelaufen. Du spielst in keiner Band, hängst aber selbstverständlich backstage und am Merchandisestand ab, den heute Abend die Jungs von *Bounced Of It All* betreiben. Selbstverständlich bedienst du dich auch am Bandbier im Backstagekühlschrank. Und du schlägst dir mit veganen Leberkäsesemmeln und ebenso veganen Hotdogs den Bauch voll. Du bist jetzt seit drei

Monaten Vegetarier und hast so etwas Geiles noch nie gesehen und schon gar nicht gegessen.

Du lernst viele grandiose Menschen kennen in dieser Nacht, viele davon sollen in den folgenden zwei, drei Jahren liebgewonnene Konstanten in deinem Leben werden, die du danach leider viel zu schnell wieder aus den Augen verlierst. Viele von ihnen findest du irgendwann auf Facebook wieder, manche auch im echten Leben, was immer schön und ein großes Fest ist. In dieser Phase deines Lebens, eures gemeinsamen Lebens, triffst du diese Leute aber jederzeit, überall, ganz egal in welchem Eck des Landes du gerade wieder den Musikern das Backstagebier wegtrinkst und am T-Shirt-Stand rumhängst. In den ganzen Punkrock- und Hardcore-Internetforen, die es in jener steinzeitlichen Epoche vor Facebook und Myspace so gibt, hängt ihr ohnehin alle permanent ab.

Eigentlich ist geplant, dass du mit *Maracuja* noch in derselben Nacht zurück nach Hause fährst. Aber ihr habt eben Spaß, Spaß, Spaß, Fun, Fun, Fun und lauft ständig manisch herum. Nach der Show macht ihr noch das eher überschaubare Nachtleben des kleinen Städtchens an der Donau unsicher. Du und Beta, ihr quartiert euch einfach in eines der für die Bands deiner Stadt gebuchten Hotelzimmer ein, wo ihr schließlich zu zwanzigst übereinandergestapelt einige wenige Morgenstunden des Heiligen Abends verbringt. Anschließend fallt ihr kollektiv über das Frühstücksbüffet her, für das niemand von euch bezahlt, weil ja nur die wenigsten im ganzen Tross offiziell hier sind. Bevor ihr aber frühmorgens ins Hotel kommt, pöbelt ihr noch ein bisschen punkrockermäßig rum, randaliert ihr noch ein bisschen im großen Stil in der kleinen Stadt. Allen voran der 50er Max, die gute Seele der hiesigen Punkrockszene. Der, der in seinem Leben noch keinen Tropfen Alkohol getrunken oder wie auch immer geartete Drogen genommen hat und daher umso leidenschaftlicher auf Autodächer springt, und das dann „Carsurfing" nennt.

Er ist es auch, der euch immer alle mit seinem Bus in der Gegend herumkarrt, dessen kleine, aber schwere Tonanlage ihr ständig irgendwelche steilen Treppen in irgendwelche stickigen Keller hinuntertragt. Und er ist es auch, der euch an jenem Weihnachtsmorgen des Jahres 2000 wegen der Sache mit dem Schlafmangel und dem interessanten Fahrstil zwar nicht sicher, aber immerhin wohlbehalten nach Hause bringt – euch ungewaschene Horde restalkoholisierter Punkrockwahnsinniger.

50er Maxens Tonanlage ist immer dabei. Dass er dabei selbst auch vor Ort ist, ist nicht zwingend notwendig. Schließlich seid ihr alle jung, trinkt gerne zu viel und seid durch und durch verantwortungslos – da kann man seinen mühevoll zusammengesparten Kram schon einmal mit euch auf die Reise schicken. Auch an jenem Wochenende, als du – der schüchterne Junge von der pädagogischen Akademie – die Bands deiner Stadt zu drei Konzerten begleitest. Zwei finden in der Hauptstadt statt, eines in dem bereits liebgewonnenen Keller in der kleinen, grauen Donaustadt. Die Bands wechseln täglich, du bist immer dabei, bist immer am Start, du lässt nichts aus und schon gar nichts anbrennen. Mit Max' Anlage in *Maracuja*-Betas Toyota startest du. In Max' Bus geht es nach drei Tagen Exzess ohne *Maracuja*, dafür aber mit irgendeiner anderen Band aus dem *Terminator Town*-Umfeld und einer beim Stagediven in der Hauptstadt zerstörten Brille zurück. In diesen drei Tagen bekommst du ein Gespür dafür, was es heißt, auf Tour zu gehen, unterwegs zu sein. Du spürst dieses Gefühl, dieses Fieber, das das Unterwegssein auslöst, und kommst dennoch oder deshalb zu der Erkenntnis, dass du das mit dem Alkohol lieber eine Weile lang bleibenlassen solltest.

# Revolution

„Und wenn dann endlich Revolution ist, werden alle Fleischesser sofort erschossen. Vegetarier dürfen sich aussuchen, ob sie vegan werden wollen. Wenn nicht, werden auch sie erschossen“, sagt Johann.
Wir sind auf dem Weg zu einem Hardcorekonzert in Kärntens Landeshauptstadt. Neben uns taucht der große See auf, Johann hat die Abfahrt verpasst. Johann trinkt nicht, raucht nicht, glaubt an die Revolution. Johann ist Anarchist, sagt er. Der fette Audi, in dem wir gerade sitzen, gehört seinem Vater. Die sicherlich nicht minder fette Wohnung, in der er wohnt, auch. Ob sein Vater während der Revolution auch erschossen wird, sagt Johann nicht. Vermutlich schon. Revolution ist Revolution.

# Festival

Keinen Alkohol. Nie mehr. So nimmst du dir das vor. Meist fährst du ohnehin mit dem Auto, wenn du in der großen Stadt unterwegs bist, und bietest dich nun immer öfter als Fahrer an, wenn es in irgendwelche entlegenen Gegenden des Landes oder gar ins Ausland geht. Du trinkst nicht mehr. Nur noch Orangensaft. Lässt die Finger vom Alkohol und das wirklich konsequent.
Das hältst du dann auch gut durch, exakt sechs Monate nämlich. Bis du halt wieder mit den *Maracuja*-Jungs unterwegs bist. Sie spielen nicht selbst, niemand aus der großen *Terminator Town*-Familie wird heute die Bühne entern, nein, ihr fahrt gemeinsam auf ein Festival. Da spielen zwar nur große Bands, *Marylin Manson*, *Fear Factory*, *Die Ärzte*, sogar *Papa Roach*, dennoch gibt es die üblichen Raststättenexzesse und die üblichen Verdächtigen, die man überall trifft, ob auf dem Campingplatz oder dem Konzertgelände. Am Lagerfeuer wird die Gitarre ausgepackt. Vor irgendwelchen Zelten reichen euch irgendwelche Leute, die du noch nie zuvor gesehen hast,

Bierflaschen und Wodka. Laut sein, manisch übers Gelände laufen, alte Freunde treffen, neue Freunde finden, mit der ehemaligen Ferienlagerarbeitskollegin manisch rumlaufen und wildfremden Menschen Pommes abschnorren. Nicht weil ihr müsst, sondern weil ihr könnt. Du kommst sogar ins Fernsehen, weil der ORF[37] dich dabei filmt, wie du vor dem Konzertgelände in der Schlange stehst, weil du gerade auf dem Campingplatz Pause vom Trubel machen warst. Nun willst du diese eine Rapband sehen. Die, die diesen Hit zusammen mit dieser Hardrockband hat, die du einige Jahre zuvor mit viel zu schlechtem Sound in einer viel zu schlecht besuchten Tennishalle gesehen hast. Im Internetforum deines Vertrauens steht aber, dass der ORF behauptet, dass du einer von vielen enttäuschten Besuchern bist, die kein Ticket mehr ergattern konnten. Lügenpresse!
Ein wenig erinnert dich das im Nachhinein daran, wie du ein paar Jahre nach diesem Festival auf dem Wiener Donauinselfest mit ansiehst, wie ein Mann vor laufenden Kameras mehrmals gebeten wird, sich auf den Boden zu legen. Wie dann mehrere Takes lang immer wieder die Rettung angefahren kommt und den Mann auf eine Bahre legt, während eine Frau mit einem Mikrofon in der Hand in die Kamera des ORFs spricht, dass die Zahl der Alkoholopfer auf dem Wiener Donauinselfest schon wieder angestiegen ist. Lügenpresse halt. Und während dieser wahrscheinlich dafür bezahlte, aus irgendeiner Komparsendatei ausgegrabene Mann natürlich keine Alkoholvergiftung hatte, hattest du natürlich durchaus ein Ticket für dieses Festival.
Und natürlich siehst du dir all diese Bands an. Selbst *Die Ärzte*, obwohl du die gar nicht mehr magst, weil sie Mainstream sind. Und natürlich hast du Megaspaß dabei, schließlich ist das ja ein Festival und die sind dafür gemacht, Spaß zu haben. Und all das, diese ganze Mischung, die Bands, die Friends, die geile Stimmung, all der ganze Spaß, Fun, Fun, Fun, das ewige manische Herumlaufen, macht es dir natürlich gänzlich unmöglich, nicht rückfällig zu werden, nicht wieder zu trinken, nicht wieder dem Exzess zu frönen. Und abermals bekommst du ein Gespür für dieses Bandleben, dieses Tourleben, dieses andauernd unterwegs und voll drauf sein. Und ein Verständnis dafür, warum Rockstars so oft so früh sterben.

---

37 Österreichischer Rundfunk

# VI
# Kolleg für Sozialpädagogik

(Facebookeintrag vom 11. September 2017)

# 9/11

Der 11. September 2001, heute vor 16 Jahren. Ich sitze in dem Zimmer im Haus meiner Großmutter, das ich meine Wohnung nenne, und starre in den Fernseher. Nebenbei pos(t)e ich im Austria-Hardcore-Forum – wilde Gitarrenmusik nicht harter Porno – rum. Es ist mein letzter freier Tag, morgen beginne ich meine Ausbildung am Kolleg für Sozialpädagogik. Für die nächsten zwei Jahre werde ich wieder Schüler, sogar Schulsprecher sein und den Abschluss mit Auszeichnung machen. Ich werde Dinge lernen, die ich nie wieder brauchen werde, und welche, die ich in meinem heutigen Job wissen muss. Ich werde die Menschen kennenlernen, die zwei Jahre lang mein Umfeld sein werden. Die zwei Jungs zum Beispiel, mit denen ich bald in eine WG ziehen werde, die mich endlich raus aus der ländlichen Einöde bringen wird. Es wird viel passieren in den nächsten zwei Jahren. Partys werden gefeiert werden, Flaschen vom Balkon fliegen, meine Lieblingsband auf meinem dreckigen Fußboden schlafen. Ich werde Konzerte veranstalten, Schultage verschlafen, von einem Auto angefahren werden und mein eigenes als gestohlen melden, weil ich zu blöd bin, mir zu merken, wo ich parke.
All das beginnt ab morgen. Jetzt, an diesem 11. September 2001, sitze ich da und starre den Fernseher an. Irgendwas mit College und Verlieben und Blablabla. Und dann die Einblendung: ZiB-Sondersendung[38] auf ORF 2. Ich schalte um. Trümmer, Rauch, schreiende Menschen. Im Austria-Hardcore-Forum postet jemand: „Scheiße, da ist ein Flugzeug ins World-Trade-Center gestürzt."

38 Zeit im Bild, österreichische Nachrichtensendung

# Kolleg

Endlich. Endlich bist du da, wo du hinwolltest. Endlich darfst du diese Ausbildung machen, die dich dazu befähigen wird, diesen Job auszuüben, den du so gerne ausüben möchtest. Eigentlich würdest du ja schon lieber Journalismus studieren, aber das gibt es in deiner Nähe zu dem Zeitpunkt noch nicht. Und du wirst doch nicht in die ferne Hauptstadt ziehen, wenn du zu Hause gratis wohnen kannst, meint dein Vater. Dass du wenige Monate später trotzdem aus dem Zimmerchen im Haus deiner Großmutter ausziehen wirst, weißt du zu diesem Zeitpunkt selbst noch nicht. Also machst du jetzt eben diese Ausbildung. Die findet im gleichen Gebäudekomplex statt wie die Lehramtsausbildung, in die du ein Jahr lang reingeschnuppert hast. Wegen dieser rückwärtigen Rollenverweigerung und weil du deshalb nicht auf dieses andere Kolleg durftest. Die Pädagogische Akademie liegt übrigens gleich gegenüber der Klosterschule, wo du fünf Jahre deines Lebens verbracht hast. In diesen fünf Jahren hast du immer wieder auch gegenüber zum Kaffeetrinken in der Cafeteria und zum Mittagessen in der Mensa reingeschaut. Du kennst die Räume, du weißt also schon lange, wo es den Kaffee und das Essen gibt, und du kennst bereits die meisten deiner Lehrer. Dieses Wissen, das du deinen Mitschülern und Mitschülerinnen voraushast, beschert dir eine gewisse neue Überheblichkeit, die dich in eine ausgeprägte Manie schlittern lässt, was dir so aber erst Jahre später bewusst wird. In diesem Moment bist du einfach nur gut drauf, kennst alles, weißt alles, quatscht alle nieder und kaum jemand stört sich daran. Außer vielleicht Marie, die mit ihrem stets ernsten Blick neben dir sitzt und dir irgendwann sehr viel später – als du wieder etwas ruhiger und normaler geworden bist – sagt, dass sie dich anfangs überhaupt nicht ausstehen konnte, sondern eben erst später. Jetzt aber legst du die gewohnte Außenseiterposition erst einmal ab und übernimmst auf einmal die Alpha-Rolle. Etwas völlig Neues, Ungewohntes für dich alten Eigenbrötler und In-Gedanken-Schwelger.

Ein bunter Trupp seid ihr. Manche sind ziemlich jung, 18, manche relativ alt, 35, die meisten haben Matura. Einer – mit ihm wirst du bald zusammen wohnen – war vorher bei der Post. Da gibt es den ehemaligen Kneipenbesitzer, der wegen Kokskonsum Konkurs anmelden musste und den Metalfan, der gerne Heroin drückt, was aber vorerst keiner merkt. Da ist die Frau, die nicht weiß, wie alt sie ist, weil bei ihrer Adoption aus Afrika alle Daten verlorengingen. Und der religiöse Punk, der auf Sex vor der Ehe verzichtet, aber gerne Brathuhn isst, mit dem du auch bald zusammenwohnen wirst. Die ehemalige Stewardess, die links neben dir sitzt, war auch einmal Punk, was man heute aber nicht mehr sieht. Die Karatelehrerin, die sich selbst Möhre nennt, weil sie mit Nachnamen „Möhrenpichler" heißt, mag niemand, was ihr aber zwei Jahre lang niemand sagt. Das kommt erst raus, als sie sich bei einer gruppendynamischen Übung bereiterklärt, sich auf den sogenannten „Heißen Stuhl" zu setzen und sich eine Stunde lang die harte, derbe Wahrheit von den ach so sozialen Pädagogen ins Gesicht sagen zu lassen. Zwei Frauen werden während der Ausbildung schwanger, zwei andere haben schon Kinder, eine von ihnen hört gleich wieder auf, die Ausbildung zu machen. Die andere, mit der du später auch einige Monate lang zusammen arbeiten wirst, verzichtet aus religiösen Gründen auf einen Fernseher, Internet, Radio und Zeitungen und stellt bei einem Kennenlernspiel, bei dem ihr alle pantomimisch Sehenswürdigkeiten darstellen müsst, die Twin-Towers dar. Dass diese wenige Tage zuvor vernichtet wurden, hat sie nicht mitbekommen, hat ihr wieder keiner gesagt. Wahrscheinlich ist sie der einzige Mensch der westlichen Welt, der das nicht mitbekommen hat – ihr anderen findet es jedenfalls sehr gewagt und provokant, dass sie ausgerechnet diese Türme darstellen will.

Kennenlernspiele. Die ersten drei Wochen lang macht ihr nichts anderes. Das Kennenlernspiel, die liebste Beschäftigung des angehenden Sozialpädagogen. Bälle werfen, Schnüre spannen, sich auch einmal fallenlassen. Sich Bewegungen ausdenken und auch einmal in den anderen hineinversetzen. Bald geht euch das auf die Nerven und ihr wehrt euch. Steht auf, geht auf die Straße, wehrt euch gegen das Kennenlernspiel. Das ewige, nervende Kennenlernspiel. Es nutzt aber alles nix, eure Meinung zählt hier nicht, ihr werdet weiter munter kennenlernbespielt.

Ansonsten lernt ihr Flöte und Gitarre spielen und strickt Schals – alle – und Handytaschen – du, weil du für den Schal zu ungeschickt bist. Ihr häkelt Handschuhe – alle – und Handpuppen – du, weil du für Handschuhe zu ungeschickt bist. Ihr malt bunte Bilder, turnt, schwimmt, klatscht, singt und lernt anderen sozialpädagogischen Kram. Das meiste davon brauchst du nie wieder, aber das ist doch immer so.

Anfangs bist du noch hochmotiviert bei der Sache, gehst immer gewissenhaft hin, lernst brav. Dann ziehst du zu Hause aus, gehst

also öfter aus, besuchst und veranstaltest gerne Konzerte, verschläfst oft und beginnst obendrein auch noch zu arbeiten – und zwar meist dann, wenn du zum Beispiel Schwimmkurs hättest.
Im Endeffekt erlebst du zwei aufregende Jahre, machst den Abschluss mit Auszeichnung und nimmst die 100 Euro vom Bürgermeister deines Heimatdorfs mit Freuden, weil du das Geld jetzt brauchst – du bist zwar mittlerweile umgezogen, aber nicht umgemeldet. Antikapitalistische Gedanken kannst du dir nicht mehr leisten, schließlich musst du jetzt dein Leben selbst finanzieren.

# Arbeit

Jetzt kollegst du da also so rum in deinem Kolleg, in das du unbedingt wolltest. Schreibst Arbeiten, hältst Referate, spielst Kennenlernspiele ohne Ende, fährst während des Skikurses Snowboard, bastelst, singst lustige Lieder, spielst motiviert Gitarre. Du fährst 70 Kilometer mit dem Rad – die Ausrede mit dem Auto und dem Gepäck funktioniert dieses Mal nicht –, um dann an diesem kleinen See mit deinen Kollegen und Kolleginnen vom Kolleg eine Woche lang in Blockhütten zu leben. Ihr batikt T-Shirts, schwimmt im See, macht weitere Radtouren, bodybepainted euch gegenseitig, um anschließend mit einem eurer Werklehrer nackt baden zu gehen, am Lagerfeuer zu sitzen, Lieder zu singen und jede Menge Bier in euch zu schütten. „Sport- und Kreativwoche" nennt sich die ganze Übung.
Deine Hausübungen[39] machst du brav, für deine Prüfungen lernst du geflissentlich. Da du noch nicht in der großen Stadt wohnst, sondern immer noch draußen auf dem Lande und du die 20 Kilometer täglich mit deinem Auto anreist, bleiben Alkoholexzesse mit den Kollegkollegen und Kollegkolleginnen noch die Ausnahme. Du findest das alles gut, alles super, alles hervorragend, aber irgendwie ist dir das auch alles zu wenig. Du bist immer noch mit den *Terminator Town*-Leuten unterwegs, organisierst deine miserabel besuchten Konzerte und schreibst für dieses Heft, aber dennoch fehlt was. Daher schlägst du dankbar zu, als dir zeitgleich zwei Jobangebote zugetragen werden. Steve vom autonomen Jugendzentrum Island, für das du einmal ein Benefizkonzert veranstaltet hast, sucht für einen befreundeten Rollstuhlfahrer einen Freizeitbetreuer. Dein Kollegkollege Enzo sucht für die Kinderanimationsfabrik, in der er arbeitet, einen Kinderanimateur. Du entscheidest dich für Zweiteres und unterschreibst den ersten Arbeitsvertrag deines Lebens bei der Firma „Kids Planet". Für 350 Euro im Monat – was nicht viel, aber viel mehr ist, als dir bisher zur Verfügung stand – läufst du nun offiziell zehn Wochenstunden – in Wahrheit sind es weit mehr – im gelben T-Shirt durch die Hallen des „Kids Planet" und bist fröhlich. Du feierst Kindergeburtstage, an guten Wochenenden bis zu fünf pro Tag, zündest Kerzen an, singst Lieder, spielst Spiele, bist fröhlich. Du servierst Himbeersirup mit Wasser, fragst die Kids, ob sie lieber Chicken Nuggets, Spaghetti oder

39 österr. für: Hausaufgaben

Pizza essen möchten, singst Lieder, spielst Spiele, wirst eine Koryphäe in Sachen Fallschirmspiele[40], bist fröhlich, verteilst Geschenke, verteilst Essen, bist lustig, bist fröhlich. Eineinhalb Jahre lang machst du das. Freitag, Samstag, Sonntag, manchmal montags, vereinzelt auch Dienstag, wenn das Kasperletheater auf dem Programm steht und dir die Bälle aus dem Bällebad um die Ohren fliegen. Du sammelst Bälle auf, machst Sicherheitskontrollen auf den Rutschen, beaufsichtigst die Kartbahn, spielst Spiele, singst Lieder und fröhlich bist du sowieso. Dreimal übernachtest du mit Kindern im Bällebad, einmal bist du der Nikolaus mit Funkmikro, Weihnachtsmannmütze und Bierfahne vom Vorabend, dreimal der Clown. Gelegentlich wirst du auch für Außenaktivitäten gebucht – Firmenfeiern, Automobilmessen, Geburtstagsfeiern oder Sommerfest im Möbelhaus. Gebucht wirst du aber auch für Privatveranstaltungen, wie für deinen dritten und letzten Clownsauftritt beispielsweise. Ein Kindergeburtstag in der Oststeiermark. Voll geschminkt bretterst du im Firmentransporter eine Stunde lang über die Autobahn und sorgst für verwirrte und belustigte Gesichter in den anderen Fahrzeugen. Die Kinder überzeugst du mit deiner naturgegeben Verpeiltheit, deiner angeborenen Tollpatschigkeit und der Unfähigkeit zu jonglieren. Praktischerweise hast du an genau diesem Tag ein Vorstellungsgespräch für ein Praktikum im hiesigen Jugendheim. Da wo die schweren Fällen wohnen, wo die Alternative Jugendknast heißt. Dein Onkel arbeitet dort als Lehrlingsausbilder und bietet dir einen Job an. Du sagst, du bist noch in Ausbildung, aber ein Praktikum würdest du nehmen. Das kriegst du auch, aber davor musst du dich noch entscheiden, ob du für das Vorstellungsgespräch die Clownsschminke noch auf der Party abwäscht und dich den Kids somit auch ungeschminkt zeigst oder ob du es riskierst, geschminkt im Jugendheim aufzukreuzen und dich erst da abzuschminken. Du entscheidest dich für Ersteres, bittest die Mutter, die Kinder abzulenken, erklärst, welchen Termin du wo hast, und schminkst dich noch vor Ort im Gastgeber-WC ab. Als du schließlich durch die Tür des Heims spazierst und dich auch gleich ein hocherfreuter Jugendlicher, den du vom Kinderferienlager kennst, namentlich begrüßt, bist du sehr froh über diese Entscheidung.

40 großes, buntes Tuch

(Ox-Fanzine #116, Oktober/November 2014)

# Time to say goodbye ...

„Papa, kann ich mir deinen PKW-Anhänger ausborgen? Ich ziehe nächste Woche aus", sage ich zu meinem Vater. Das Sektglas fällt ihm aus der Hand, das Tortenstück aus dem Mund. Seinen Geburtstag hat er sich wohl anders vorgestellt.

Ich bin fast 23 Jahre alt an diesem Märzabend 2002. In einem Alter also, in dem es normal sein sollte, seinen Kram zu packen und dem Elternhaus Lebewohl zu sagen. Mein Vater aber sieht das anders, ist der Meinung, dass Miete rausgeworfenes Geld, dieses Graz, in dem ich ständig meine Zeit verbringe, ohnehin nicht so weit weg ist und ich mich mit dem Zimmer mit Bad, Klo und improvisierter Küche im Keller nebenan im Haus meiner Oma gefälligst zufriedengeben soll. Es herrschen raue Töne zwischen uns, beziehungsweise herrschen gar keine Töne, wir reden kaum miteinander. Schließlich bin ich Vegetarier, tätowiert und habe die 1.000 Schilling abgelehnt, die der Bürgermeister mir zur bestandenen Reifeprüfung schenken wollte.
Beim Umzug hilft er mir dann aber doch – der Vater, nicht der Bürgermeister – die Wohnung finanziere ich mir ohnehin selbst durch meinen Knochenjob als Kinderanimateur und meine neuen Mitbewohner gewinnt er schnell lieb, schließlich essen sie Fleisch, sind nicht tätowiert und würden das Geld vom Bürgermeister niemals ablehnen.
Für mich gibt es jedenfalls viele Gründe, endlich zu Hause auszuziehen, weshalb ich mich den beiden Jungs, die mit mir die Ausbildung zum Sozialpädagogen machen, gerne anschließe, als die sich auf die Suche nach einer Wohnung machen. Eigentlich suchen sie etwas für sich zu zweit, finden aber nix.
„Ich bin dabei", sage ich.
Wir machen an diesem Tag blau und uns gleich auf die Suche. Drei Stunden später stehen wir in einer geräumigen, zweigeschossigen 70-Quadratmeter-Neubauwohnung, mit zwei Balkonen, Blick auf Fluss und Rotlichtmeile, Imbissbude und illegales Automatenkasino.
„Die Wohnung ist aber nur für zwei Personen bewilligt", sagt der Vermieter.
„Hast du ein Problem damit, dich nicht offiziell anzumelden, das

U-Boot zu sein?", fragt er – warum auch immer – mich.
Habe ich nicht, dafür macht es ihm nichts aus, dass mein Vater zwischen Wohnzimmer und Stiegenhaus[41] eine Wand aufs nagelneue Parkett knallt. Ja, und dann ziehen wir ein. Mein Vater hilft uns, wenig später reden wir auch wieder miteinander. Am selben Abend noch wird die neu gewonnene Freiheit ausgiebig gefeiert und das Mädchen kennengelernt, das ich die nächsten fünf Monate als meine Freundin bezeichnen werde. Am Tag darauf ist Einweihungsparty, noch einen Tag später werfen Postbeamte volle Whiskeyflaschen vom Balkon, während nebenan der Vermieter mit seiner Familie schlummert. Der Typ, der 14 Monate später mein kleines Zimmer beziehen soll, während ich mich in seiner geräumigen Wohnung niederlasse, treibt auf meiner Matratze Unzucht mit der Gastrochefin der Kinderanimationsfabrik. Sie kommt am nächsten Tag nicht zur Arbeit, ich schon. Ja, so ist es, das süße WG-Leben. Bald ist die Küchendecke voller Mücken, abgewaschenes Geschirr eine Seltenheit und Mülltrennung nur ein Gerücht. Warum wir allen Ernstes zwei Bögen Packpapier über den verdreckten Küchenboden spannen, erzähle ich euch ein andermal. Ich gehe jetzt erst einmal mein Wohnzimmer saugen.

41 österr. für: Treppenhaus

# Wohnen

Kann man das wirklich „Wohnen" nennen, was ihr hier treibt? Wohnt ihr noch oder versumpft ihr schon? Die Wand, die ihr aufgezogen habt und eigentlich auch noch tapezieren oder zumindest streichen wolltet, steht braun, dreckig und schmucklos da, hässlich und störend wie ein entzündeter Eiterpickel im jugendlichen Modelgesicht. Eine Tür bekommt sie immerhin im Laufe der Zeit. Die Küchendecke ist schwarz wie die Nacht, nicht aber weil sie so gestrichen wurde, sondern weil sich dort die Mücken tummeln und munter vermehren. An den Küchenstühlen hängen Plastiksäcke voller Müll, ist der eine voll, wird einfach der nächste dazugehängt, ist ja genug Platz in eurer 70 Quadratmeter großen Wohnung. Mülltrennung ist überbewertet, Neapel euer Vorbild in Sachen Wohnqualität und irgendwann wird doch sicher irgendjemand die Säcke hinunter zum Müllplatz im Innenhof bringen. Irgendwann sicher. Irgendwann könntet ihr theoretisch auch einmal den Küchenboden kehren. Praktisch ist euch das zu viel Arbeit. Und weil ihr trotzdem irgendwann die Kaution zurückhaben wollt, kleidet ihr den Boden einfach mit einigen Rollen Packpapier aus, um ihn vor all dem Dreck zu schützen, den so ein munteres WG-Leben mit sich bringt. Als auch diese Papierschicht völlig eingesaut ist, denkt ihr theoretisch darüber nach, diese nun doch einmal zu entsorgen. Praktisch legt ihr einfach eine zweite darüber.
Im unteren WC riecht es nach einer Mischung aus kaltem Rauch und altem Kot, im Obergeschoß riecht es nach dem Selchfleisch, das dein Mitbewohner Alterfalter, der alte Christenpunk, zum Trocknen an die Wand gehängt hat. Alterfalter ist ohnehin ein Freund der Kulinarik und stinkt gerne die ganze Wohnung voll, wenn er sich doch einmal etwas kocht und das dann ausgerechnet Brathuhn sein muss. Zum Glück ist Alterfalter selten kochmotiviert, lieber holt er sich was von einem der zahlreichen Türken in der Gegend. Und wenn du zuvor eine halbe Stunde lang gebraucht hast, um in der proppenvollen Küchenabwasch[42] einen Teller von seinen eingetrockneten Essensresten zu befreien, dann kannst du dir sicher sein, dass Alterfalter, kaum hast du dich nur kurz umgedreht, nicht eine Sekunde zögern wird, seinen vor Tierfett nur so triefenden Döner-Kebab draufzuknallen.
Nein, „Wohnen" kann man das wohl nicht nennen, was ihr hier so

42 österr. für: Spüle

treibt. Schläfst du schon oder kotzt du noch? So handhabt es zumindest Gerhard, der alte Ex-Postler, wenn er sich wieder einmal nach einer durchzechten Nacht am Imbiss vor der Haustür eine fettige Wurst gegönnt hat.

„Wohnen" kann man das wirklich nicht nennen. Trotzdem schlafen immer wieder Leute bei dir. Vorzugsweise Bands, deren Konzerte du veranstaltest. Oder Bands, deren Konzerte du nur besucht hast, aber deren Veranstalter schließlich besseres vorhatte, als diese zu beherbergen – also stellst du ihnen den dreckigen WG-Boden und dein viel zu hartes Doppelbett zur Verfügung.

„Wohnen" kann man das echt nicht nennen, meint auch die Tourmanagerin dieser US-amerikanischen Hardcoreband namens *Why Farm*. Die Bandmitglieder haben großen Spaß an der Mückenschicht an der Decke und dem Küchentisch voller Säcke und dem vollgebröselten Papier auf dem Boden. Sie selbst schüttelt angeekelt den Kopf, murmelt verächtlich: „Scheiße, schon wieder Männer-WG", und macht es sich mit ihrem Schlafsack auf dem Gang zwischen oberem WC und Alterfalters Zimmer gemütlich. Ob der Geruchsmix aus altem Männerurin und totem Schweinefleisch für ein angenehmes Schlaferlebnis sorgt, erzählt sie mir allerdings nicht, als sie am nächsten Tag wohl aus hygienischen Gründen auf ihr Frühstück verzichtet.

Nein, „Wohnen" kann man das definitiv nicht nennen, was ihr hier treibt.

# Englisch

Da steht ihr also am Imbissstand vor eurem Haus und lasst euch das spätnächtliche oder – wie man es eben so betrachtet – frühmorgendliche Fastfoodmassaker schmecken. Den Imbiss betreibt ein bulgarisches Ehepaar, die beiden wohnen im Haus bei euch gegenüber und ihr könnt von eurer Wohnung aus in ihr Badezimmer schauen. Im Erdgeschoss betreiben die beiden ein Automatencasino, das vermutlich so wenig legal ist wie der Imbiss draußen auf dem Parkplatz. Legal, illegal, scheißegal – Hauptsache das Essen schmeckt. Für dich als Stammkunde, Nachbar und Vegetarier wird, damit du dort auch etwas anderes konsumieren kannst als immer nur dieses ewige Dosenbier – extra panierter Emmentaler im Burger neben all dem frittierten und gekochten Fleischabfall ins Programm genommen. Weil du nicht undankbar bist, kommst du nun noch öfter vorbei und gönnst dir gerne einen späten Abendsnack oder ein frühes Frühstück, wie man es eben betrachtet.
Und nun stehst du also hier mit einigen Amerikanern und zwei Oberösterreichern. Alterfalter und Gerhard, der alte Postler, schlafen wohl schon, schließlich ist heute Donnerstag und morgen Kolleg. Rhythmische Musikerziehung steht auf dem Stundenplan, da solltest du dich eigentlich auch wieder einmal blicken lassen.
Du warst aber auf diesem Konzert mit dieser amerikanischen Band und den beiden aus Oberösterreich. Veranstalter Mephisto bittet dich – der du eigentlich nur als Besucher da warst – mit den Bands etwas essen zu gehen, er hätte noch zu tun und käme später nach. Ersteres machst du beim Imbiss bei dir vor dem Haus, ob Zweiteres noch passieren wird, bezweifelst du mit jeder weiteren Schnitzelsemmel, die die Amis verzehren. Deshalb siehst du diese und die beiden Oberösterreicher schon irgendwo bei dir in der Wohnung herumliegen.
Vorerst steht ihr aber da, unterhaltet euch mit deiner Nachbarin, der Imbissstandsbesitzerin, trinkt allerlei Dosenbier und esst allerlei Fastfoodquatsch. Die Amerikaner essen kiloweise Schnitzelsemmel – was dich wundert, da du selbstverständlich davon ausgegangen bist, dass eine linkspolitische amerikanische Hardcoreband doch selbstverständlich vegan sei. Du kennst es mittlerweile nicht mehr anders. Mit dem einen Typen, der nicht in der Band spielt und wohl

der Tourmanager ist, unterhältst du dich stundenlang über dieses und jenes in deinem eher miserablen Englisch. Vor allem die Frage, warum diese anarchistisch geprägte Band denn nun so viel Fleisch isst, beschäftigt dich sehr und bringt dich an die Grenzen deiner Englischkenntnisse. Dein auch nicht mehr ganz nüchternes Gegenüber zeigt sich geduldig mit dir und deinem Volksschulenglisch und antwortet im tippitoppi Native-Speaker-Englisch. Glaubst du zumindest. Irgendwann taucht Mephisto schließlich doch noch auf und nimmt die reichlich angetrunkenen Amis bei der Hand und mit zu sich, er wohnt ja gleich um die Ecke.

„Haha, da hab ich dich aber ganz schön verarscht", sagt hingegen der Tourmanager, der wohl doch Deutscher ist, und lässt sich noch eine Schnitzelsemmel für den Weg mitgeben.

Die beiden Oberösterreicher wollen lieber noch ein Bier trinken, du auch, und nächtigen doch bei dir. Der eine auf dem Boden vor, der andere bei dir im Bett.

Als Alterfalter morgens gegen sieben bei dir ins Zimmer schaut, um dich zu wecken, sieht er nur den schnauzbärtigen, halbnackten Mann an deiner Seite, sagt: „Ah, Männerbesuch", und schließt leise wieder die Tür.

Warum die Anarchisten nun nicht vegan waren, weißt du nicht mehr.

(Ox-Fanzine #120, Juni/Juli 2015)

# Ey Bulle, wo ist mein Auto?

Das gibt's doch nicht! Da ist das Halteverbotsschild, dort die Werkstätteneinfahrt und genau hier sollte eigentlich mein Auto stehen.

Es ist nicht das beste Viertel der Stadt, aber ein sehr zentrales. In fünf Minuten bin ich am Hauptplatz, in weniger als zehn sind alle relevanten Punkrockspielstätten erreichbar. Ich kann rund um die Uhr Bier kaufen und Falafel essen, parken hingegen nicht. Die Tiefgarage im Haus kann ich mir – Job hin, Job her – nicht leisten und da das Auto noch auf meine Mutter läuft, bekomme ich keine städtische Parkgenehmigung. Deshalb müssen die weiter entfernten Gratisstellplätze an der Mur[43] oder die diversen verschachtelten Seitengassen als Parkmöglichkeit herhalten.
Ich fahre ohnehin lieber Rad als Auto, aber in diesen Junitagen des Jahres 2003 steht der Abschluss zum Sozialpädagogen an, Lernstress und Zeitdruck nehme ich zur Ausrede, jeden noch so kurzen Weg mit meinem kleinen blauen Mazda zu fahren. So wie jetzt, als ich – Schulsprecher, der ich nun einmal bin – zu einer Lehrerkonferenz muss. Ich haste zum Wagen, dort in dieser Straße, die ich sehr gut kenne, schließlich ist hier auch das *Explosiv*, wo ich so manchen guten Abend verbringe, mir Konzerte ansehe und auch Getränke verkaufend oder den Türsteher mimend arbeite. Und dann stehe ich nun morgens um 08:00 Uhr eben genau da, wo auch mein Auto stehen sollte. Ich habe mir das alles gut eingeprägt gestern: Halteverbotsschild, Werkstätteneinfahrt, Parkplatz. Aber das Auto ist weg, da gibt's nix zu rütteln.
„Mein Auto wurde gestohlen", sage ich zu dem Polizisten auf der nahen Wachstube, „Mazda 121, Baujahr '96."
„Kann nicht sein", sagt der Polizist, „so etwas klaut doch keiner!"
Drei Tage später dreht mein Vater mit mir eine Runde durch das Viertel, ich könnte ja etwas übersehen haben. Und tatsächlich, hinter Halteverbotsschild und Werkstätteneinfahrt steht mein Auto. Bloß das *Explosiv* ist halt nicht in dieser Straße, ich habe nämlich in der falschen gesucht. Der Polizist verzichtet netterweise auf einen Drogentest und findet das alles sehr lustig. Ich nicht, ich hätte jetzt gerne Drogen gegen die Scham.

43 Fluss in Graz

# Arbeit II

Warum solltest du denn nicht neben dem Job als Kinderanimateur und der Ausbildung zum Sozialpädagogen auch noch ein bisschen Türsteherdienst im Jugendkulturzentrum deines Vertrauens verrichten? Allzu viel verdient man da zwar nicht, aber als Teammitglied hast du Gratiseintritt zu allen Konzerten, kannst bei allen Veranstaltungen für lau Bier trinken, nach 22:00 Uhr auch im Dienst. Ohnehin verbringst du doch permanent deine Zeit dort. Der Job ist leicht zu verstehen: Am Eingang sitzen, Eintritt kassieren, Mitgliedsausweise verteilen oder die Tür zum Backstageraum bewachen, damit dort niemand reingeht, der da nicht reingehen soll. ‚Alles easy,' denkst du dir, ‚alles kein Problem.' So easy ist das dann aber doch nicht, denn irgendwie nimmt dich niemand ernst. Manche spazieren mit einer Selbstverständlichkeit durch die Backstagetür, als wären sie der Bundeskanzler oder der Bürgermeister. Friebi zum Beispiel geht einfach durch, egal ob da nun wer steht und ihm das verbieten will oder nicht. Er bedient sich so selbstverständlich am Backstagekühlschrank, als würde er persönlich bei allen fünf Bands des Abends die Leadgitarre spielen.

Am Eingang musst du immer mit Philly, dem dauerbetrunkenen Punk aus Köln, streiten, der Hausverbot hat und immer Geld und/oder Zigaretten von dir und allen anderen will, obwohl er massenweise Zigaretten und scheineweise Geld bei sich trägt. Das erklärt er dir einmal, als du ihn wieder nicht reinlassen darfst und er den Abend wie selbstverständlich bei dir am Einlass verbringt, als wäre er der Security-Chef persönlich. Bei einem gut besuchten Metalkonzert musst du der trinkfreudigen, lärmenden Menge draußen auf dem Hof mitteilen, dass sie doch bitte etwas leiser sein solle, weil die Nachbarn schlafen wollen und sonst wieder die Polizei käme. Du bist etwa 30 Zentimeter kleiner als der Durchschnitt der satanistisch geprägten Norweger-Metaller und damals auch noch eher schmächtig – deine Dreadlocks helfen dir auch nicht unbedingt weiter.

„Du mit deinen Würmerhaaren hast mir gar nix zu sagen!", brüllt einer und wirft sein Bier nach dir.

Du holst deinen Kollegen, der zwar nicht größer, aber muskelmassenbedingt viel breiter ist als du, der alte Muckibuden-Dauergast. Obendrein spielt er in einer lokal bekannten Death-Metal-Band Gitarre.

Erst jetzt lassen sich die langhaarigen Randalbrüder dazu überreden hineinzugehen.
Bei einem deiner seltenen Außeneinsätze bei einer 80er-Jahre-Party in einem größeren Club sollst du im Eingangsbereich Rucksäcke und Taschen kontrollieren.
„Das musst du aber dalassen", sagst du freundlich – wie du nun einmal bist – zu einer jungen Frau und deutest höflich auf ihre Dose Dosenkaffee, die sie da in der Handtasche hat. „Dalassen oder austrinken", ergänzt du.
„Okay", sagt sie, öffnet die Dose und leert dir den Inhalt vor die Füße, bevor sie fröhlich tanzen geht.
Bald lässt du die Türsteherei wieder sein und schnappst dir den viel besseren Job an der Bar. Den Leuten Getränke zu verkaufen macht doch ohnehin mehr Spaß, als sie ihnen wegzunehmen. Außerdem darf man da den ganzen Dienst über trinken statt erst nach 22:00 Uhr und Trinkgeld gibt's obendrein.

(Ox-Fanzine #124, Februar/März 2018)

# Jackass

Und ich flieg', flieg', flieg' wie ein Flieger über die Motorhaube des mir entgegenkommenden Autos und mein Fahrrad fliegt hinterher. „Geil, wie bei Jackass", denke ich, bevor ich auf den Boden krache.

Es ist sonnig an diesem Junimorgen des Jahres 2003, die geblendete Fahrerin des Autos, das mich wie eine Kanonenkugel durch den frühsommerlichen Morgen schießt, sieht mich wohl nicht. Das Rad ist voll im Arsch, das Schmerzensgeld ganz okay, fünf Rippen sind geprellt. Bevor ich mich wie vom Arzt aufgetragen zu Hause – falls man diese durch und durch verwahrloste Lotter-WG überhaupt ein Zuhause nennen kann – ins Bett lege, humpele ich direkt aus dem Krankenhaus hinüber in das nahegelegene Kolleg, um meiner Lehrerin für Rhythmische Musikerziehung zu erklären, warum ich schon wieder nicht da war.

„Das tut mir sehr Leid für dich", sagt die. „Die anderen 17 Mal, an denen du nicht da warst, hat dich aber kein Auto überfahren", sagt sie auch. Womit sie auch Recht hat.

Das alles hindert mich aber nicht daran, mir zwei Tage später unter größten Schmerzen die oberösterreichische Harmonika-Punkband *Attwenger* im Rahmen eines kleinen, aber feinen Nicht-Umsonst-Aber-Gratis-Festivals anzusehen. Noch einmal zwei Tage später fahre ich ins obersteirische Leoben, weil ich die Kölner Pop-Punkband *The Wohlstandskinder* nicht verpassen will. Den Weg hätte ich mir aber sparen können – die extra von einer politischen Partei eingeflogene Band verspätet sich und die Polizei macht dem Spaß nach drei Songs wieder ein Ende. Ungeachtet der körperlichen Qualen, die ich auf mich genommen habe, und all der Kosten, die die gar nicht arme, gar nicht kleine Partei zu tragen hat.

Das tut die Polizei auch schon zwei Jahre früher, als *Bad Influenced By The Red Lights Of An American Schoolbus* in der oststeirischen Punkrockhochburg Kirchbach im Rahmen eines Festivals spielen und 600 junge Menschen enttäuscht nach Hause ins Bett geschickt werden. Ich bin einer davon und bringe, weil ich ein netter Kerl mit Auto bin, noch Tatjana und Carry, zwei Mädels aus dem *Terminator Town*-Umfeld nach Hause. Damals bringe ich Tatjana und Carry und auch

Ludmilla oder Ulla gerne irgendwo hin und auch nach Hause, beziehungsweise lassen die sich gerne irgendwo hinbringen und sind schon einmal sauer, wenn ich irgendwo nicht hinfahre, wo sie hinwollen. Deshalb erwähnen auch *Bad Influenced By The Red Flashing Lights Of An American Schoolbus* im Booklet ihres zweitem Albums in der Dankesliste „H. C. Roth and his RRRiot-Girls Tatjana, Carry, Ulla and Ludmilla". Damals fühltest du dich geschmeichelt. Im Nachhinein betrachtet fühlst du dich ein wenig ausgenutzt und von den Damen – so gerne du sie mochtest – als Taxi-Dienst missbraucht. Kaum ist am vorhin erwähnten Konzertabend jedenfalls Carry, die erste der beiden Mitfahrerinnen, abgesetzt, drehe ich mich zur zweiten, Tatjana, um. Es ging ihr gerade nicht so gut. Ob es ihr denn wieder besser gehe, frage ich. Es passe so weit alles, es gehe ihr wieder einigermaßen gut, sie müsse nicht kotzen und so weiter, Blablabla. Beruhigt wende ich mich wieder der Fahrbahn zu, übersehe ein Stoppschild, fahre über die Kreuzung und dann fliegt, fliegt, fliegt wie ein Flieger auch schon dieses Auto durch die Luft. ‚Scheiße', denke ich mir. ‚Scheiße, jetzt habe ich jemanden umgebracht', denke ich wirklich. Das Auto landet von seinem Flug, liegt auf dem Dach, bald öffnen sich die Fenster und zwei unverletzte, vitale junge Männer steigen heraus. Die Rettung kommt, die Polizei auch, mein Auto ist reparierbar, um das komplett demolierte andere Fahrzeug und das völlig überzogene Schmerzensgeld kümmert sich die Versicherung. Dass die beiden Typen aus dem anderen Auto von einigen wenigen Kratzern abgesehen komplett unversehrt sind, aber einen Arzt als Freund haben, der ihnen entsprechende Atteste erstellt, erzählt mir wenige Tage später eine ehemalige Kollegin aus der pädagogischen Akademie. Sie offenbart mir in einem zufälligen Gespräch, dass sie als freiwillige Rettungskraft an jenem Abend bei genau meinem Unfall vor Ort war und ein Gespräch der beiden anderen Fahrzeuginsassen belauschen konnte. Und was denke ich mir ganz persönlich, während mein Auto ein anderes so durch die Lüfte segeln lässt?
„Geil, wie bei Jackass" – natürlich.

# Konzerte

Da seid ihr also bei diesem Minifestival in dieser gar nicht so kleinen Stadt in der Obersteiermark. Organisiert hat es eine recht große österreichische Partei, deren Jugendorganisation sich selbst als gerne als links einstuft, das aber bundesparteilich und auf Landesebene kein bisschen ist. Ihr seid da aber natürlich nicht, weil ihr die Partei – egal ob Jugend, Land, Bund oder was auch immer – gut findet, sondern weil da einige befreundete Bands spielen. *Bounced Of It All* beispielsweise oder *Bad Influenced By The Red Flashing Lights Of An American Schoolbus* . Und diese Band aus dieser deutschen Domstadt natürlich, die von besagter Partei für viel zu viel Geld in ein viel zu spät startendes Flugzeug gesetzt wird und nach nur drei Songs, zu deinem Leidwesen, von der von einer anderen Partei bezahlten Polizei wieder von der Bühne geholt wird.
Romeo, dein Mitreisender, der alte Partypunk, lässt sich derweil von der derzeitigen Freundin des *Bounced Of It All*-Bassisten allerlei alkoholische Hartgetränke ausgegeben, was ihm – Biertrinker, der er sonst ist – nicht allzu gut bekommt. Auf der Rückfahrt in deinem Auto ist er sehr lustig und greift dir immer und immer wieder ins Lenkrad, hält dir die Hand vors Gesicht oder lässt sich andere Blödeleien einfallen. Dich nervt das alles nicht nur, weil du stocknüchtern, sondern auch weil du auf Schmerztabletten und körperlich eingeschränkt bist – wegen der Sache mit der Rippenprellung. Als er dann mitten auf der Schnellstraße auch noch meint, er müsse aufs Klo, lässt du ihn halt genau dort, mitten auf der Schnellstraße aussteigen. Lässt ihn da aussteigen und fährst einfach weiter. Fährst einfach weiter und lässt ihn da irgendwo an der Schnellstraße stehen, den alten Trunkenbold. Allerdings fährst du maximal 50 Meter, bleibst stehen und brüllst nach hinten, er könne dann wieder einsteigen. Romeo, der alte Rucksackpunk, hat aber bereits den Finger draußen, um zu trampen. Also legst du mitten auf der Schnellstraße den Rückwärtsgang ein, um ihn wieder einzusammeln.
Ein andermal fahrt ihr zu diesem anderen Minifestival, das ein paar engagierte Jugendliche regelmäßig in diesem Dorf in der Oststeiermark auf die Beine stellen, Romeo, Friebi, Tatjana und du. Ihr fahrt also dahin, du am Steuer, irgendein rasend schnelles Punkrockgeholze im Radio. Ihr redet und redet und redet über allerlei sicherlich

interessante Dinge, den üblichen Mist halt. Plötzlich winkt euch mitten auf der unbedeutenden oststeirischen Bundesstraße die Polizei ran. Bist du zu schnell? Fährst du Schlangenlinien? Hast du schon wieder kein Licht an? Du weißt es nicht. Wahrscheinlich nicht. Also bleibst du stehen, kurbelst die Scheibe herunter und kramst schon einmal die Papiere heraus. Die will aber niemand sehen. Stattdessen sollen alle männlichen Fahrzeuginsassen ihre linke Hand herzeigen und beweisen, dass ihnen da kein Finger fehlt. Ihr tut wie euch geheißen, werdet durchgewunken, dürft weiterfahren. Warum das alles so passiert, weißt du bis heute nicht. Irgendein fingerloser männlicher Serienmörder wird schon sein Unwesen getrieben haben in der Wildnis der oststeirischen Bundesstraßen.

(Ox-Fanzine ...[44])

## Grenzen

23. September 2016, Flughafen Graz-Thalerhof. Auf dem Weg nach Berlin muss ich am Sicherheitscheck zum stichprobenartigen Sprengstofftest. Schon wieder. Das dritte Mal bei drei Flugreisen. Woran liegt das denn schon wieder? An den Dreadlocks? Dem dunklen Bart? Ist es Zufall?

Dazu eine Erinnerung an einen Ungarntrip im Sommer 2001: Ich begleite die Jungs von der Grazer Ska-Corecombo *Maracuja* in die ungarische Grenzstadt Sopron, wo irgendwo im Industriegebiet allerlei Bands aus Österreich und Ungarn ein grenzüberschreitendes Punkrockfestival zelebrieren. Grenzkontrollen stehen damals, in diesen Tagen vor Schengen, noch an der Tagesordnung, der obligatorische Stau ebenso. Deswegen laufen uns, als wir auf der Hinreise mit Betas weißem Toyota irgendwo im burgenländischen Grenzgebiet im Stau stehen, haufenweise abgefuckte Typen mit Dreadlocks, Iros oder Baseballkappen über den Weg – die symphatischen Jungs von *Sick Of Bourbon* beispielsweise. Aus den Wägen tönt laute Musik. Unsere Reisetruppe sucht sich für den Grenzübertritt übelstes Metalcore-Brüll-Kreisch-Grunz-Doublebass-Geknüppel aus den Staaten aus, man will ja auffallen, will ja anecken, will ja Autoritäten provozieren.

44 Ausgabe hat es nicht über die Grenze geschafft.

„Punkrockfestival?", fragt der Grenzer nur und lässt uns, ohne überhaupt die Pässe sehen zu wollen, weiterfahren. Wir sind eben nicht die Ersten.

An dem durchaus gelungenen Abend mit den frenetisch abgefeierten ungarischen Lokalhelden *Aurora* – was die *Toten Hosen* im deutschsprachigen Raum sind, sind *Aurora* wohl in Ungarn - bleibe ich als einziger nüchtern, da ich ja gerade keinen Alkohol trinke. Ich verkaufe den ganzen Abend über T-Shirts und tanze und hänge wie immer backstage ab. Schlafen sollen wir alle auf einem Campingplatz in der Nähe, Zelte haben wir dabei. Allerdings ist der Platz bereits geschlossen, als wir irgendwann frühmorgens dort auftauchen. Dem Großteil der *Maracuja*-Jungs ist das egal, die wollen irgendwo weitersaufen, weiterfeiern, die Nacht zum Tag machen. Nur der schon recht angetrunkene Beta meint, er wolle lieber nach Hause, nur sei er eben nicht mehr fahrtüchtig. Also willige ich – netter Kerl, der ich nun einmal bin – ein, um 03:00 Uhr morgens mit Betas Wagen zurück nach Österreich zu fahren. Der Toyota fährt sich gut, für mich als alten Mazda-Fahrer ist das gewohntes Terrain. Ich fühle mich fit, wach und eben stocknüchtern. Problematisch wird es erst an der Grenze. Die Beamtin will Pässe sehen, meinen finde ich, Betas vorerst nicht. Sie verlangt die Fahrzeugpapiere, ich habe nicht die geringste Ahnung, wo die sein könnten. Beta auch nicht. Ich soll den Kofferraum öffnen, weiß aber leider nicht wie das funktioniert – hey, ich bin schließlich Mazda-Fahrer, was kenne ich mich mit Toyotas aus? Beta weiß es zwar grundsätzlich, jetzt gerade aber auch nicht. Nach gefühlten sieben Stunden bekommen wir ihn dann aber doch noch geöffnet, den Kofferraum. Die Grenzerin sieht sich mit allerlei Schlagzeugteilen, Gitarren-Amps und anderem Musikerkram konfrontiert, während ich mich schon alles ausräumen, schön stapeln und dann wieder einräumen sehe. Beta für seinen Teil sieht gar nix mehr.

Wäre es mittlerweile nicht bereits 06:00 Uhr gewesen und ihre Schicht vermutlich bald vorbei, würden wir wahrscheinlich noch heute da stehen und all die Bass- und Snaredrums, Verstärker, Verzerrer und was weiß ich noch alles wieder in den Kofferraum schichten. So seufzt sie nur genervt, nimmt in Kauf, potentiellen Autodieben und/oder Musikequipmentschmugglern den Weg frei gemacht zu haben, und winkt uns in Vorfreude auf den nächsten Kaffee einfach durch. Glück gehabt.

# Abschluss

Und dann, nach zwei Jahren mehr oder weniger – eher weniger denn mehr – harten Lernens und mehr oder weniger – eher mehr denn weniger – exzessiven Lebens machst du deinen Abschluss. Da du in zwei Unterrichtsfächern – Turnen und Rhythmische Musikerziehung – aufgrund deiner Fehlzeiten um ein Haar nicht benotet werden kannst, sieht das anfangs gar nicht so gut aus mit dem Abschluss. Du findest das unfair, schließlich kannst du ja nichts dafür, dass du einmal jeweils nicht hingehen konntest, weil dich ein Auto angefahren hat. Und sorry – war es deine Idee, Rhythmische Musikerziehung freitags morgens stattfinden zu lassen, wo doch donnerstags immer diese ganzen geilen Konzerte sind, wo du ja auch hinmusst und hinwillst? Und wieso Turnen freitags nachmittags, wo du meist bereits Geburtstagslieder singst, Geschenke verteilst und Torten anschneidest, weil du ja auch von irgendetwas leben musst? Um in Rhythmische Musikerziehung benotet werden zu können und somit die Zulassung zur Diplomprüfung zu bekommen, musst du also eine elendslange Arbeit über irgendein sicher elendslangweiliges Thema, das du heute nicht mehr weißt, schreiben. Für Turnen sollst du eine Turn- und Gruppenspieleeinheit in irgendeiner pädagogischen Einrichtung deiner Wahl machen und darüber ebenfalls einen Bericht schreiben. Also fragst du kurzerhand deine Mutter, ob du diese Einheit mit der Schulklasse, die sie unterrichtet, abhalten darfst. Natürlich darfst du das. Und so fährst du für einen Vormittag, den du am Kolleg dann natürlich auch schon wieder fehlst, in den Ort, an dem du aufgewachsen bist, zur Schule, in der du schreiben und lesen und Schals stricken gelernt hast, und spielst mit den Schülerinnen und Schülern diverse Ball- und Gruppenspiele. Die wahren Gründe dafür verschweigst du lieber. Irgendwie fühlst du dich sehr daran erinnert, wie dir in der Oberstufe einmal dein Lehrer rät, nicht so oft deine Turn- oder Schwimmsachen zu vergessen oder gar krank zu sein, weil er dir sonst keine Note geben kann. Niemand will dir Noten geben, niemand.

Du tust jedenfalls, was zu tun ist, bekommst deine hartverdienten Noten und die Zulassung zur Diplomprüfung. Dass du deine Wochenenden damit verbringst, Kinder zu animieren und mit diesen allerlei Ball- und Gruppenspiele zu spielen, glaubt dir deine Turnlehrerin erst,

als sie dich Wochen nach bestandener Prüfung an einem zentralen Platz der Stadt mit Klettergurten an der Getränkekistenpyramide stehen und das hinaufkletternde Kind sowohl sichern als auch anfeuern sieht.
Die Prüfung selbst besteht ähnlich deiner Matura aus einigen schriftlichen und einigen mündlichen Prüfungen. Auf der Gitarre vorspielen und etwas singen musst du auch. Du Superpädagoge lässt die versammelte Prüfungskommission ein hübsches Liedchen über die Hexe Wackelzahn mitsingen, was erfahrungsgemäß immer sehr gut ankommt, weil die Menschen auf Mitmach-Faschismus stehen, siehe Rock-Konzert, siehe Poetry-Slam.
Wie auch nach der Matura startet nach der Diplomprüfung der tagelange Exzess. Der Unterschied ist nur, dass du die Matura irgendwie gerade noch geschafft hast, auf deinem Diplomprüfungszeugnis aber „Ausgezeichneter Erfolg" steht. Alles Einsen, bis auf die Zwei in Musik. So ein guter Sänger, Gitarrist und Mitmachdiktator bist du dann wohl doch nicht. Dieses Zeugnis würde dir nun sogar Zutritt zu einem offiziellen Empfang durch die Landeshauptfrau[45] verschaffen, darauf verzichtest du aber gerne. Die 100 Euro vom Bürgermeister nimmst du hingegen mit Freuden an – von irgendetwas musst du ja leben.

## Sommer '03

Der Sommer 2003 ist wie der Sommer '99, also der zwischen Matura und Zivildienst: so eine Zeit dazwischen, eine Zwischenzeit. Zwischen Ausbildung und Arbeit. Zwischen Adoleszenz und Erwachsenenleben. Zwischen der einen Wohnung und der anderen. Dieser Sommer ist in deiner Erinnerung so prall gefüllt mit Aktivität und Ereignissen, dass du dir überhaupt nicht mehr vorstellen kannst, wie das alles in einem einzigen Sommer Platz gehabt haben soll.
Die Tage nach dem Abschluss sind eine einzige Party und Sauferei. Party, Party, Party. Party nach der Prüfung, Party nach der Abschlussfeier, Party zwischen Prüfung und Abschlussfeier, Party. Auf der Feier

45 österr. für: Ministerpräsidentin

hältst du als Schul- und Klassensprecher eine Rede, die du fünf Minuten vorher auf irgendeinen Schmierzettel gekritzelt hast. Dennoch haut sie alle von den Socken. Du solltest Politiker werden, weil du so gut sprechen kannst, meint beispielsweise die Mutter von Gerhard, dem alten Ex-Postler und baldigen Ex-Mitbewohner. Dass du dich kein bisschen auf diese Rede vorbereitet hast, will dir hinterher niemand glauben. Dass du völlig hemmungslos auf einer Bühne stehen und Leute niederquatschen kannst, hättest du – stiller Typ, der du nun einmal bist – dir noch zwei Jahre zuvor niemals vorstellen können.

Wenige Tage später fährst du mit Ulli, einem Kumpel, der beim hiesigen Indieradio arbeitet, auf ein Metalfestival nach Ostdeutschland. Er hat die VIP-Tickets – inklusive Zugang zum Backstagepartyzelt und VIP-Campingplatz. Du hast das Auto. Auch hier herrscht das exzessive Leben, billiges Bier, billiger Wodka, ein Kreislaufkollaps gleich am ersten Tag direkt nach der ersten Band. Dein Körper verträgt weder die Anfahrtsstautrinkerei – die ostdeutschen Anwohner verkaufen an ihren Zäunen Bier und verschenken Schnäpse – noch die Nacht im Auto – der Campingplatz hat schon geschlossen, als ihr ankommt. Ansonsten seht ihr euch Bands an und trinkt backstage mit den harten Typen, die in genau diesen Bands spielen und vor denen du ein bisschen Angst hast, weil sie so groß und muskulös sind. Außerdem feiert ihr auf den VIP-exklusiven Konzerten des Heimorgelentertainers „Rambazamba Karl". Am letzten Abend nehmt ihr euch vor, nach der letzten Band ins Zelt zu kriechen, weil ihr ja eine lange Heimfahrt vor euch habt und bleibt – vornehmen kann man sich bekanntlich vieles – dennoch bei Wodka-Orange im VIP-Zelt hängen. Gut dass Ulli sich im Gegensatz zu dir fahrtüchtig fühlt und du die weiten Weiten ostdeutscher Weiden schlafend an dir vorbeiziehen lassen kannst. An der deutsch-österreichischen Grenze beschließt ihr spontan, an einer Raststätte Autostopper oder Autostopperinnen[46] mitzunehmen, weil da zwei sympathische junge Damen stehen und den Daumen rausstrecken. Der bekiffte, langhaarige Hippie, der auf ein Reggaefestival nach Slowenien will und ein Stück mitfährt, ist aber auch ganz nett und hat viele lustige Dinge zu erzählen. Er findet es übergalaktisch aufregend, als bei 140 Sachen ein Insekt gegen die Scheibe knallt und einen riesigen, hässlichen grünen Fleck hinterlässt.

Und dann kommst du irgendwann abends müde und erschöpft nach Hause in dein WG-Zimmer, das du wenige Tage später aufgeben

46 österr. für: Anhalter

wirst, duschst und willst, musst – getrieben, wie du einmal bist – gleich weiter. Im Jugendkulturzentrum deines Vertrauens ist europäisches Musikertreffen, du hast dich freiwillig gemeldet, dort mitzuhelfen. Heute Abend willst du aber einfach nur ein paar Biere trinken, vom Festival erzählen und mit Freunden abhängen. Kaum betrittst du das Gelände, brüllt dich aber Henne, der Geschäftsführer, an und macht dich vor versammelter Mannschaft zur Sau, weil du die letzten Tage nicht zum Dienst gekommen bist. Du bist müde, gereizt, willst einfach nur ein paar Biere trinken und dich von den Strapazen der letzten Tage erholen. Und genau das brüllst du Henne auch ins Gesicht:
„Ich bin müde, gereizt, will einfach nur ein paar Biere trinken und mich von den Strapazen der letzten Tage erholen!"
Henne ist perplex, nahezu schockiert, will gar nicht glauben, was hier gerade passiert. Er kennt dich ruhigen, besonnenen Typ halt nicht schreiend. Kaum habt ihr euch beide wieder beruhigt und euch erst einmal jeder ein Bier geholt, stellt ihr fest, dass da wohl ein Missverständnis vorliegt. Henne wollte nämlich bei der Teambesprechung vor zwei Wochen wissen, wann du Zeit hättest zu arbeiten. Du hast ihm aber gesagt, wann du keine Zeit hast. Und er hat dich genau an diesen Tagen eingeteilt. Ihr einigt euch schließlich darauf, dass du einfach vorbeikommst, wann immer du Zeit und Lust hast. So macht ihr das und du verbringst die folgenden zwei Wochen jede freie Sekunde dort und hilfst halt bei dem mit, was so anfällt.
Ansonsten ist aber auch allerhand für dich zu tun in diesem Sommer 2003. Im Früh- und im Spätsommer in zwei Parks der Stadt Parkbetreuung machen beispielsweise. In dem einen Park sind die zu betreuenden Kids hauptsächlich türkischer, im anderen Park hauptsächlich albanischer Abstammung. Alle sprechen dich in ihren jeweiligen Muttersprachen an – dich südländisch aussehenden Typen, der du nun einmal bist. Ihr spielt gemeinsam Tischtennis, bastelt Kartonhäuser, spielt Federball, malt Bilder, spielt Fußball und so weiter. Du arbeitest jetzt, nachdem *Kids Planet* Konkurs anmelden musste, weil der ehemalige Gastrochef Franz Gelder hinterzogen hat, für die Kinderbetreuungsorganisation *Ratzfatz*. Für die fährst du auf allerlei Dorf- und Stadtteilfeste, stehst hier an der Rollenrutsche, betreust da den Kletterturm, schwingst dort den Fallschirm und überall bastelst du Luftballontiere. An zwei Tagen machst du all dies als Pirat verkleidet – du trägst das Totenkopf-Shirt einer Hannoveraner Punkband und ein Kopftuch – in einer burgenländischen Therme. Am zweiten

Tag bist du verkatert, weil du den Abend zuvor türstehend bei einem größeren Konzert im Rahmen des Musikertreffens verbracht hast und anschließend mit deiner frisch gegründeten neuen Band selbst auf der Bühne warst. Und dich danach ordentlich betrunken hast.
Auf das übliche dreiwöchige Kinderferienlager fährst du natürlich auch. Und mit Jonny, dem alten Anarchopunk, der später mit Mephisto in Holland eine Hausbesetzerkarriere startet, verbringst du einige Tage in Kroatien. Dich lächelt abends in der Stadt immer die junge Rezeptionistin vom Campingplatz an, du lächelst zurück, mehr passiert aber nicht, denn Jonny, der alte Misanthrop, will lieber mit dir Bier trinken, als Frauen kennenzulernen. Du würdest dich gerne einer der zahlreichen Wandergitarren-Sing-und-Feierrunden anschließen, die sich da im kleinen Park neben der Strandpromenade zusammenfinden, Jonny will aber lieber mit dir Bier trinken, als Kontakte zu knüpfen. Also bleibt ihr unter euch, badet, liegt am Strand, trinkt zu zweit Bier und hört dem Berliner Althippie vom Nachbarbus und seiner 40 Jahre jüngeren Freundin beim Sex zu.
Ja und umziehen musst du auch noch. Du verlässt die WG – endlich. Enzo nimmt dein Zimmer, du seine Wohnung. Weil das aber nicht so schnell geht, wie dir lieb wäre, musst du einen Monat lang zurück zu deinen Eltern. Du hasst das, willst da nicht mehr sein, hast schließlich das eigenständige Leben liebgewonnen, bist schlussendlich aber ohnehin kaum zu Hause – Weltenbummler, der du nun einmal bist.
Ja und dann ist er auch schon wieder vorbei, der Sommer 2003. Und du bewirbst dich um einen Job. Um deinen ersten richtigen Job. Und du bekommst ihn auch. Dass der Job eine Autostunde von der Stadt, in der du lebst, entfernt stattfindet und du eine halbe Stunde zu spät zum Bewerbungsgespräch kommst, tut nix zur Sache. Denn ja, du bist jetzt berufstätig, so richtig. Ja, du bist jetzt erwachsen, so richtig. Oder zumindest fast.

# VII
# Lesen & Reisen

# Schlechter Text

Völlig manisch läufst du hin und her, legst dich auf den Boden, setzt dich auf irgendwelche Tische und schreist irgendwelchen Leuten, die da sitzen, ins Gesicht und fragst sie, wo dein Auto ist. Es ist der enge Gang zwischen den Biertischen in der Gaststube einer bekannten Kärntner Brauerei. Du hältst in der rechten Hand ein Mikrofon und in der linken ein Blatt Papier. Du liest die Worte, die darauf stehen, etwa 100 Menschen vor. Du flüsterst diese Worte, sprichst sie, brüllst sie hinaus. Arnolf, ein großgewachsener Mann mit sehr kurzen Haaren, der schon sehr betrunken ist und im echten Leben Bücher verlegt, sitzt mit einer Wiener Philosophin und einem weiteren Verleger am Tisch der Jury, trinkt dort ein Bier nach dem anderen und verlässt irgendwann den Tisch, weil er – wie er sagt – „kotzen" muss. Weil dein Text – wie er sagt – „so unfassbar scheiße" ist.
Ja, er ist scheiße der Text, so richtig scheiße. Besteht aus Wortwiederholung um Wortwiederholung und macht inhaltlich absolut keinen Sinn. Um das ganze optisch zu untermauern, trägst du einen türkisgrünen Trainingsanzug aus den 90ern und ein enganliegendes schwarzes Top, auf dem in Glitzerschrift vorne „Rockstar" steht und auf der Rückseite in Netzoptik ein großes Kreuz prangt.
„Die Nacht der schlechten Texte", nennt sich diese Veranstaltung, die vier engagierte Menschen aus Kärnten Jahr für Jahr in den Räumlichkeiten dieser Brauerei durchführen. Zehn Menschen wurden eingeladen, ihre schlechten Texte vorzutragen. Ein bayrischer Kabarettist, die Synchronstimme einer Rettungsschwimmerin aus Malibu, ein Koffer tragender Anzugträger, der seinem Gesichtsausdruck nach genauso gut Massenmörder sein könnte, und dieser bärtige Typ, der da auf einer Leiter steht und mit Stirnlampe auf dem Kopf seinen Text vorträgt. Jeder Text ist auf seine eigene Art schlecht, am sympathischsten sind die, die tatsächlich und ehrlich schlecht geschrieben und schlecht vorgetragen sind.
Vorab wird eine Reihenfolge ausgelost, du sollst als Fünfter lesen. Die Jury ist nicht einverstanden und lässt zur Verwunderung des lustigen, singenden Moderatorenduos, das auch die Aufgabe hat, nach jeweils sieben Minuten den Text musikalisch zu unterbrechen, neu auslosen. Nun bist du der Letzte auf dem Programm, was dir durchaus zugutekommt, da Jury und Publikum nun betrunken genug sind, um den

Scheiß, den du da vorträgst, abzufeiern.
Du läufst da also in diesem Gang auf und ab und auf und ab und brüllst und schreist und sprichst und flüsterst und liegst zu völlig unpassenden Stellen auf dem Boden und springst auf die Sitzbänke deiner Zuhörer und Zuhörerinnen.Du bringst Jurymitglied Arnolf dazu, sich zu übergeben, während im Hintergrund wieder und wieder und wieder die strichmännchenlastige Powerpointpräsentation abläuft, die deine Freundin dir gebastelt hat. Als du nach sieben Minuten noch lange nicht mit deinem viel zu langen Text durch bist und die unterbrechende Gitarre erklingt, bist du dir ziemlich sicher, den ganzen Scheiß hier gewonnen zu haben.
Das hast du auch und bekommst 700 Euro in Fünfeuroscheinen und einen Gutschein für einen Kurzurlaub an einem nahegelegenen Badesee in die Hand gedrückt. Du freust dich sehr.
Es ist die erste richtige Lesung deines Lebens und soll bis heute – zwölf Jahre später – deine lukrativste bleiben.

(Textbeitrag zur „Nacht der Schlechten Texte" 2007 – Auszug)

## Ich, mein Auto und der Mann

Mein Auto stand an der Straße, irgendwo an der Straße. Ich weiß nicht mehr, warum mein Auto an der Straße stand, irgendwo an der Straße. Ich saß damals in meinem Auto, das da an der Straße stand, irgendwo an der Straße, und dachte darüber nach, warum denn nun mein Auto da an der Straße stand, irgendwo an der Straße. Ich wusste einfach nicht, warum mein Auto an der Straße stand, irgendwo an der Straße. Auch heute weiß ich das noch nicht, überhaupt und gar, gar und überhaupt nicht, warum mein Auto da an der Straße stand, irgendwo an der Straße.
Ein Mann kam vorbei. Eigentlich kam der Mann gar nicht vorbei, nein, eigentlich war der Mann plötzlich da. Einfach so, plötzlich und einfach, einfach und plötzlich. Der Mann, dieser eine Mann, der da plötzlich einfach da war, ja dieser Mann war nicht sehr groß, nein, eigentlich war dieser Mann, der da plötzlich einfach da war, sogar eher sehr klein. Der Mann hatte einen Hut auf seinem Kopf. Der Hut von dem

Mann war nicht sehr schön, nein, eigentlich war der Hut von dem Mann sogar eher sehr hässlich.
Ich stieg aus meinem Auto aus, das da an der Straße stand, irgendwo an der Straße, und ging auf den Mann *zu*. Auf diesen einen Mann ging ich zu, der da einfach plötzlich da war. Sehr groß war der Mann nicht, nein, eigentlich war der Mann sogar eher sehr klein. Mein Gott, was war der Hut von dem Mann hässlich.
„Warum steht mein Auto da an der Straße, irgendwo an der Straße?", fragte ich den Mann, damals, als mein Auto da an der Straße stand, irgendwo an der Straße. Mein Gott, was war der Hut von dem Mann hässlich.
„Das weiß ich wohl", sagte der Mann. „Das weiß ich gut, sehr gut weiß ich das sogar", fuhr der Mann fort, *nicht* mit meinem Auto allerdings, nein, das Auto stand weiterhin an der Straße, irgendwo an der Straße stand mein Auto weiterhin, während der nicht sehr große, eigentlich sogar eher sehr kleine Mann mit dem eigentlich sogar sehr hässlichen Hut, der nicht gerade sehr schön war, fortfuhr. Erst jetzt fiel mir die große Nase von dem Mann, diesem einen besagten Mann, auf, mein Gott, was hatte der Mann bloß für eine große Nase. Die Nase von dem Mann war fast so groß, wie der Hut von dem Mann hässlich war. Allerdings war die Nase groß, sehr groß sogar, allerdings war der Hut hässlich, sehr hässlich sogar.
„*Ich* habe das Auto hierher gefahren", sagte der Mann. „Ich habe das Auto hierher gefahren", sagte dieser nicht sehr große, nein eigentlich sogar eher sehr kleine Mann, mit dem hässlichen Hut – mein Gott, war der Hut hässlich – und der großen Nase – mein Gott, war die Nase groß – zu mir.
Ich dachte nach und ich grübelte und ich überlegte, ich dachte nach und ich grübelte und ich überlegte, über das, was der Mann, dieser nicht sehr große, nein eigentlich sogar eher sehr kleine Mann mit diesem hässlichen Hut – mein Gott, was war der Hut hässlich – und dieser großen Nase – mein Gott, was war die Nase groß – zu mir gesagt hatte, über mein Auto, das da an der Straße stand, irgendwo an der Straße. Ich dachte nach und ich grübelte und ich überlegte, ich dachte nach und ich grübelte und überlegte, über das, was der Mann, dieser nicht sehr große, nein eigentlich sogar eher sehr kleine Mann, mit diesem hässlichen Hut – mein Gott, was war der Hut hässlich – und dieser großen Nase – mein Gott, was war die Nase groß – zu mir gesagt hatte, über mein Auto, das da an der Straße stand, irgendwo an der Straße. Und darüber, warum dieser Mann,

dieser eine seltsame Winzigmann, dieser eine seltsame Hässlichhutmann, dieser eine seltsame Riesennasenmann behauptet hätte, er, der Mann, hätte mein Auto hierher, hier an die Straße, wo es stand, irgendwo an die Straße gefahren. Ich kratzte an meiner Nase, nicht an der Nase von dem Mann natürlich, an dieser großen, ja sogar sehr großen Nase – mein Gott, was war die Nase groß – von dem Mann. Oder etwa doch? Kratzte ich etwa doch an der Nase des Mannes, an dieser großen, dieser sehr großen Nase?
„Kratzen Sie nicht an meiner Nase", sagte der Mann zu mir.
„Ich kratze doch an *meiner* Nase", widersprach ich dem Mann, diesem einen besagten Mann, der da einfach plötzlich da war.
„Nein", widersprach der Mann nun mir. „An *meiner* Nase kratzen Sie", fuhr der Mann fort, nicht mit meinem Auto allerdings, nein, das Auto stand weiterhin an der Straße, irgendwo an der Straße, während der nicht sehr große, eigentlich sogar eher sehr kleine Mann mit dem hässlichen Hut fortfuhr. Mein Gott, was war der Hut von dem Mann hässlich.
Ich wollte eine Zigarette rauchen, ich hatte aber gar keine Zigaretten bei mir, überhaupt und gar keine Zigaretten hatte ich bei mir, nicht in meiner Hosentasche, nicht in meiner Jackentasche, nicht irgendwo in meinem Auto. Mein Auto stand immer noch an der Straße, irgendwo an der Straße. Ich wusste immer noch nicht, warum mein Auto da an der Straße stand, irgendwo an der Straße.

# Reisen

Und dann sitzt du also im Zug. Und immer noch und immer weiter und weiter und kein Ende scheint in Sicht zu sein. Morgens um 07:00 Uhr ging es los, abends gegen 19:00 Uhr wird es zu Ende sein. Mit der Schnellbahn zum Hauptbahnhof, mit dem ersten Zug nach Bischofshofen im Salzburger Land, weiter nach München, mit dem ICE nach Nürnberg, mit einem weiteren ICE nach Leipzig. Da bleibst du zwei Tage lang in diesem März 2011 und dann fährst du die ganze Strecke wieder zurück.
Buchmesse. Vier Lesungen in zwei Tagen, viele neue Bekannte, aus denen bald alte Wegbegleiter werden. Uno, der alte Metalexperte zum Beispiel – er holt dich auch vom Bahnhof ab. Oder Eike von der Krim. Oder Marek. Oder Rob der Hausmeister, dein Lektor. Viele tolle Menschen für die du viele genauso tolle Stunden im Zug verbringen musst. Du lernst, diese Stunden unterwegs zu genießen. Liest so viel wie nie zuvor, hörst Musik, gewöhnst dir irgendwann an, deinen Laptop mitzunehmen und unterwegs zu schreiben und Texte zu bearbeiten. Beispielsweise hast du einen großen Teil dieses Buches hier im Zug oder im Fernbus oder am Flughafen, in einer legendären Berliner Kneipe oder irgendeinem x-beliebigen Kölner Café geschrieben. Du reist nicht nur per Bahn, es gibt viele Möglichkeiten, dein Ziel zu erreichen. Egal ob es nun Berlin heißt oder Leipzig oder Recklinghausen, Bochum, Solingen, Frankfurt am Main oder Köln. Rorschach, Zürich, Bern oder Hohenems. Linz, Salzburg, Klagenfurt. Wien, Innsbruck, was auch immer. Hauptsache du bist unterwegs. Alleine oder mit Kolleginnen und Kollegen. Immer unterwegs, immer auf Reisen, always on the run, um Literatur zu verbreiten, deinen Kram an die Menschen zu bringen.

(Ox-Fanzine #103, August 2012)

# Leipzig-Tour 2012

Da fahre ich also wieder einmal mit der S-Bahn zu meiner Lesung. Früher hieß die S-Bahn Regionalzug und verband alle umliegenden Miniorte und Kleinstädtchen mit der großen, großen Stadt Graz. Meine Fahrt dauert nur sieben Minuten. Und dennoch ist das etwas vollkommen anderes als Busfahren.

Denn beim Zugfahren spürt man – spüre ich – immer irgendwie die Möglichkeiten der großen weiten Welt da draußen. Da fühle ich mich gleich so erhaben, so weltmännisch, wenn ich dann nach diesen sieben Minuten über den Bahnhofsplatz zur nahegelegenen Location schreiten kann.
Wie weltmännisch muss ich mich dann wohl nach zwölf Stunden Fahrt fühlen? Nach dem Passieren enger ICE-Gänge mit der Gitarre in der einen Hand und der Reisetasche in der anderen. ‚Ein Rockstar', denken sich alle bestimmt und ich fühle mich gut dabei. Vor allem dann beim Ankommen dort in dieser wunderbaren Stadt im Osten Deutschlands. Da wo am Bahnhof schon alle mit Transparenten und Megafonen auf mich warten. Auf ein Taxi hingegen muss ich lange warten. Denn heute spielt Deutschland gegen Israel und all die Leute mit ihren Transparenten und Megafonen sind wohl doch nicht wegen mir da.
Dafür werde ich wenig später im nicht minder wunderbaren Atari herzlich empfangen. Mit veganem Grillteller und gut gekühltem Bier der Marke Sternburg. Von Jim Eyestone nämlich. Veranstalter der Show heute, Booker meiner kleinen, aber feinen zweiten Leipzig-Tour, Koch und Herbergsvater. Einer von den Guten – aber wer eine Anthologie namens „Grind the Nazi-Scum" herausbringt, kann auch kein schlechter Mensch sein.
Ich soll heute einige Texte lesen und ein bisschen Musik machen. Ganze zwölf Menschen wollen sich das anhören und scheinen es durchaus zu mögen, wenn sich ein verlauster Österreicher mit zwölf Stunden Bahnfahrt auf dem Buckel und fünf Flaschen Sternburg im Magen schreiend auf dem Boden wälzt.
Es ist ein gelungener Einstandsabend. Einer der zwölf Gäste kennt sogar Graz, muss dann aber peinlich berührt doch eingestehen, dass

er selbst noch nie in der Schweiz war. Es wird geplaudert und getrunken und dann geht es auf einen Absacker zu Jim und seiner Freundin Karin, wo mir für die nächsten Tage ein eigenes, durchaus geräumiges Zimmer zur Verfügung gestellt wird. Die beiden wohnen praktischerweise gleich um die Ecke, also müssen wir weder mit irgendwelchen S-Bahnen fahren noch zu Fuß gehen. Heute machen wir aber nicht zu lange, denn morgen steht Sightseeing im Stadtteil Connewitz auf dem Programm – den sollte man unbedingt besuchen, wenn man es bunt mag und Straßenzüge fernab von Bankfilialen und H&M-Schaufenstern bevorzugt. So viel Farbe auf Häusern habe ich noch nie zuvor erlebt, jedes zweite davon stellt eine potentielle Location für Punkrockshows und/oder einen veganen Imbiss dar. Über Connewitz könnte man ganze Romane schreiben. Das macht zum Beispiel der Autor Abo Alsleben. Der feiert an meinem zweiten Abend in Leipzig im UT Connewitz die Releaseparty von *„Punkrock Hooliganz"*, dem dritten Teil seiner Saga rund um die Abspaltung der „Freien Republik Connewitz" von Deutschland. Ein Trio rund um meinen Gastgeber Jim, der sich heute „Short Lämmchen" nennt, liest aus dem Roman.
Drum herum spielen diverse Leipziger Punkbands, wobei bemerkenswert ist, dass sich zwar ständig die Bandnamen ändern, aber meist dieselben Leute auf der Bühne stehen. Am Ende brülle ich meine Lieder von einer der geilsten Bühnen, auf der ich jemals stehen durfte. Das älteste Kino Ostdeutschlands ist auf jeden Fall ein wunderbarer Ort, um aufzutreten und herumzubrüllen. Und das mache ich, obwohl ich heute eigentlich woanders hätte auftreten sollen und hier nur von Jim ins Programm geschummelt wurde. Uno, der alte Metalhead, lädt mich am nächsten Tag zu Radio Grün ein, wo ich on air singe, lese und ein bisschen mit ihm, Jim und meinem Lektor, Rob dem Hausmeister, plaudere. Am Abend vorher springt dieser noch mit Uno und Jim vor der Bühne herum, um „Besser tot als H. C. Roth" zu skandieren. Auch schön.
Danach gibt es leckeren Vöner in der Vleischerei und einen gemütlichen Tourausklang in der Edition-PaperONE-Verlagsbuchhandlung. Meine – mittlerweile ehemaligen – Verleger zwingen mich zum Alkoholkonsum während des Lesens und dazu, zwischendurch auch ein paar Liedchen zu singen. Erst Jahre später erzählt man mir, dass Jim mit ihnen überhaupt nie eine Lesung vereinbart hat und wir mit unserer Show schlichtweg in die Geburtstagsfeier einer der drei Verlagsbetreiber, Eike von der Krim, geplatzt sind. Gut für mich – so sind jedenfalls reichlich Leute da.

Danach wollen wir eigentlich schlafen gehen. Aber wer schläft schon, wenn Sterni im Kühlschrank schlummert und am nächsten Tag dafür ja ohnehin elf Stunden Zugfahrt zur Verfügung stehen?

(Ox-Fanzine #117, Dezember/Jänner 2014/2015)

# Schlafverbot im Zugabteil

Samstagnacht, 03:00 Uhr, irgendwo im Ruhrgebiet. Ich sitze im Zug und bin müde. Der Schlafmangel zehrt an meinem Körper, die Müdigkeit kriecht in meine Knochen. Ich will schlafen, einfach nur schlafen, doch der Schaffner, er lässt mich nicht.

Oktober 2014, die Lesereise Leipzig, Hannover, Bochum, ist zu Ende. Schön war's, wenn auch eher schlecht besucht. Zumindest habe ich ganz passabel verkauft. Jetzt möchte ich einfach nur nach Hause. Um 02:03 Uhr soll der Zug in Bochum abfahren, um 03:09 Uhr soll ich in Köln umsteigen. Doch nichts ist, wie es sein soll. Als meine verspätete Bahn um 02:35 Uhr endlich einrollt, ist für mich unklar, ob, wann und wie ich nach Hause komme. Das Erste, was ich im Zug sehe, ist der Rücken des Schaffners. Das Erste, was ich höre, ist seine Stimme, die sagt: „Den ersten Taschendieb haben wir gerade fassen können."
„Ist da frei?", frage ich hingegen den jungen Mann, der im nächstbesten Zugabteil sitzt.
„Wenn du kein Dieb bist, ja", sagt der und schildert mir, wie er vor wenigen Minuten kurz weggenickt ist und dann auch schon jemand an seinem Rucksack, den er auf dem Schoß liegen hatte, gezerrt hat. Was folgt, ist die obskurste Bahnfahrt meines Lebens. An jedem Bahnhof stürmt die Polizei den Zug und zerrt mutmaßliche Diebe aus den Waggons, während die nächsten von den Ordnungshütern unbemerkt schon wieder zusteigen.
Ich will schlafen, einfach nur schlafen und der Schaffner, er lässt mich nicht. „Schlafen Sie bis Köln nicht ein, sonst werden Sie bestohlen", sagt er. „Es sind Menschen im Zug, die Ihr Geld wollen und Ihr Gepäck", sagt er auch.
Ständig sagt er irgendetwas und verhindert so zwar, dass ich bestohlen werde, aber auch, dass ich meine Augen zumindest kurz schließen kann. Mein Sitznachbar verlässt mich in Düsseldorf, lässt mich allein mit den Dieben und der Stimme des Schaffners. Immerhin hat die Charme, Harry Rowohlt könnte es nicht besser machen. Dennoch bin ich froh, in Köln endlich rauszudürfen und dort auch problemlos einen Anschlusszug zu bekommen. Ohne Taschendiebe, ohne Schlafverbot, ohne Harry Rowohlt. Schön. Gähn. Gute Nacht.

# Waldelefanten

Du bist schon wieder auf Lesereise. Leipzig, Hannover, Bochum. Die ersten beiden Termine bestreitest du mit deinem mittlerweile in Hannover lebenden Schreiberkollegen und mittlerweile auch Freund, Marek. Ihn hast du bei deinem ersten Leipzigbesuch kennengelernt, der auch dein allerster Auslandsliteraturtrip überhaupt und dein Einstieg in diese ganze Reisegeschichte war. Mit Marek hältst du seitdem immer wieder gerne irgendwo in diesem großen deutschsprachigen Raum gemeinsame Lesungen ab. An jenem Abend bucht er euch beide in eine Galerie in der Hannoveraner Nordstadt auf die Finissage einer Fotoausstellung über Waldelefanten ein – da wo einst die Chaostage tobten. Ihr sollt beide zweimal lesen, dem Veranstalter ist es wichtig, dass ihr zumindest im ersten Block etwas über Waldelefanten macht. Du nimmst dir also die Zeit und machst aus deinem Kinderbuch *„Frosch mit Socken“*: *„Waldelefanten mit Socken“*, was bei Publikum und Veranstalter gut ankommt. Und so manches Buch aus deinem Rucksack in die Hände von Besuchern und Besucherinnen wandern lässt. Der Veranstalter nimmt diese Waldelefantensache wirklich extrem ernst. Marek hingegen weniger. Schon in Leipzig gibt er quasi als Generalprobe seine Texte zum Besten, die er eigens für diese Sache geschrieben hat. Das eine oder andere Lied ist auch dabei. Du bist jetzt schon skeptisch, ob das wohl funktionieren wird. Diese Lieder zu singen wird ihm aber in Hannover selbst nicht mehr gewährt. Denn spätestens als Marek auf der improvisierten Bühne steht und ins Mikrofon brüllt, es gäbe überhaupt keine Waldelefanten, das sei eine infame Lüge, erstunkenes und erlogenes Geschwätz, wird das Veranstaltergesicht immer finsterer und finsterer und finsterer und finsterer. Obwohl Marek das eigentlich sympathisch lustig meint. Und als dann endlich Pause ist, will der Veranstalter euch gar nicht mehr auf die Bühne lassen und meint, ihr könntet jetzt eigentlich auch gehen. Marek aber erstreitet euch die zweite Runde, weil das ja so vereinbart war. Diese Runde fällt nun deutlich kürzer und waldelefantenfreier aus als die erste. Marek schimpft hinterher noch ausgiebig über den Galeriebesitzer, der sich von deiner Darbietung hingegen durchaus begeistert zeigt. Dennoch ist klar: Hier seid ihr nicht mehr gern gesehen. Ganz egal ob es Waldelefanten nun gibt oder eben nicht.

(Ox-Fanzine #130, Februar/März 2017)

# No Sleep 'til Recklinghausen

Manchmal macht man bescheuerte Dinge im Leben. Zum Beispiel mit dem Zug nach Recklinghausen reisen, dort ein paar Texte vorlesen und zurück nach Graz fahren.

12. September 2016: Heute Abend werde ich mit meinem liebsten Lesetourbuddy Harry Castell und dem Ruhrpott-Undergroundliteratur-Urgestein Ronny Adelsberg in Recklinghausen auftreten. Warum? Weil ich es kann. Um 17:00 Uhr will ich in Köln noch Leute treffen, plaudern, ein Bierchen trinken. Dazu kommt es aber nie, aufgrund eines Notarzteinsatzes ist ein Teil der Strecke gesperrt, der Zug wird umgeleitet.

„Wir haben wenige Minuten Verspätung", sagt der Schaffner.

Aus wenigen Minuten werden 20, aus einer halben Stunde eine ganze. Irgendwann sind es zwei Stunden und als ich dann endlich in Mannheim einfahre, ist klar, dass das Bier in Köln nicht stattfinden wird, und unklar, ob ich überhaupt rechtzeitig in Recklinghausen eintreffen werde.

In Essen versäume ich dann beinahe den Anschlusszug, weil mir wieder niemand sagt, dass ich hier die äußerst stark befahrene Straße überqueren muss, um zum richtigen Bahnsteig zu gelangen. Dass es in der S-Bahn nach faulen Eiern riecht, macht die Sache auch nicht besser. Der Zug passiert Wanne-Eickel und Gelsenkirchen – Orte von denen ich niemals gedacht hätte, dass es sie wirklich gibt und deren Namen ich danach stets mit dem Geruch von faulen Eiern in Verbindung bringe. Dann bin ich endlich in Recklinghausen und organisiere mir sofort ein Taxi, das mich schnell zum Alternativen Kulturzentrum bringt. Dort es heißt erst einmal Ronny, Harry und Veranstalter Dario umarmen, Bier holen, lesen, mehr Bier holen, noch einmal lesen und noch ein Bier holen und dann kommt auch schon wieder das Taxi. Denn ja, ich fahre gleich zurück nach Graz. Kurzer Zwischenstopp in Essen, dieses Mal muss ich keine Straße überqueren, längerer Zwischenstopp in Köln. Dort trinke ich um 03:00 Uhr morgens ein weiteres, aus Recklinghausen mitgebrachtes Bier am Rhein – wohlgemerkt: Es ist Nacht und wir haben November – und zerstöre vor dem Dom mein Handy. Im Zug schlafe ich erst einmal ausgiebig und merke nur so am Rande, dass der ICE nicht in den Frankfurter Bahnhof einfahren darf und ich daher um ein Haar den Umstieg in München verpasse. Aus einer geplanten Aufenthaltszeit von einer Stunde, die ich zum Mittagessen nutzen wollte, wird nun eine Minute. Diese nutze ich, um den Bahnsteig zu suchen und zum Zug zu rennen.

Das ist doch alles ganz schön bescheuert und stressig? Sicher.
Werde ich es wieder tun? Natürlich.
Hat doch Spaß gemacht.

(Ox-Fanzine #133, August/September 2017)

# Wie ich wegen Depeche Mode nicht mit meinem Sohn zum Fußball gehen konnte I

Ich drücke dem Taxifahrer das Geld in die Hand und laufe über die Straße. Auf der anderen Seite steht der Bus – es könnte klappen.

Er geht gut los, dieser Samstag Ende Mai. Vormittags mit Harry Castell und Violetta Nordsee einen Tag nach unserer gemeinsamen Lesung in Dresden zu Fuß zum Bahnhof gehen, die Elbe sehen, die Altstadt. Nachmittags Vurger in der Vleischerei essen, in Plagwitz in der Sonne sitzen, staunen, wie beschaulich Leipzig sein kann. Abends Auftritt im OAP, guter Laden, netter Besitzer. Viele Leute kommen nicht, dafür aber welche, die ich mag und lange nicht gesehen habe. Eike von der Krim etwa, einer meiner ehemaligen Verleger, auf dessen Geburtstag ich vor einigen Jahren für ihn unerwartet gelesen habe und der heute Abend mit uns auftritt. Danach wird ein Lagerfeuer im Garten angeworfen, Bierflaschen werden herumgereicht. So geil der Moment auch ist, ich darf nicht vergessen, dass ich morgen Nachmittag im fernen Kärnten mit meinem Sohn zu einem Fußballspiel gehen will und daher noch heute Nacht mit dem Fernbus zurück nach Graz fahren muss. Ich kümmere mich zeitig um ein Taxi, kläre ab, wann der Wagen kommen soll, sodass ich um 01:00 Uhr am Bahnhof bin, der Bus geht um 01:15 Uhr. Alles gut also, doch der Wagen kommt nicht. Ich warte fünf, warte zehn Minuten. „Kein Wagen verfügbar", heißt es. *Depeche Mode* hätten gespielt, 70.000 Leute, die Straßen seien voll, alles würde stehen. Ich telefoniere mich durch Warteschleifen, kurz nach 01:00 Uhr hebt endlich jemand ab. Das Taxi käme in vier Minuten, heißt es. In drei ist es da.
„Ich brauche 15 Minuten", sagt der Fahrer und schafft es in zehn.
Schließlich stehe ich um 01:16 Uhr vor dem Bus, bitte um Einlass, der Fahrer schüttelt den Kopf. Ich zeige ihm mein Ticket, versuche, ihm durch die geschlossene Tür meine Verspätung zu erklären. Er macht abweisende Gesten, beschimpft mich, hupt und fährt einfach davon. Lässt mich in der Dunkelheit der Nacht am Bahnhof stehen.

(Ox-Fanzine #134, Oktober/November 2017)

# Wie ich wegen Depeche Mode nicht mit meinem Sohn zum Fußball gehen konnte II

Da fährt er also weg, der Bus. Lässt mich in der Dunkelheit am Bahnhof stehen, weil ich kein Taxi kriegen konnte und eine Minute zu spät da war.

Sonntagfrüh, 01:16 Uhr, Hauptbahnhof Leipzig. Ich bin frustriert, am Boden zerstört, erfinde kreative Schimpfwörter für das Busunternehmen, was mich aber auch nicht nach Hause bringt. Ich checke mit dem Handy Zugverbindungen, finde eine um 09:30 Uhr, zweimal umsteigen, nicht allzu teuer. Die nehme ich, denke ich mir, da kann ich noch schnell in die Wohnung fahren, in der Harry und Violetta schlafen, die mit mir die letzten Tage gemeinsam auf Lesereise waren. Ich halte also ein Taxi an und fahre zurück nach Plagwitz. Beim Aussteigen erinnere ich mich daran, dass Frau und Kinder ja in Kärnten sitzen, morgen zum Fußball gehen und abgeholt werden müssen, weil das sonst nix wird mit der Schule am Montag. Also wird das nächste Taxi herangewunken – was vor einer Stunde noch unmöglich war, ist jetzt einfacher als ein Songtext von *Scooter* – und schon geht es zurück zum Bahnhof. Ich finde eine Verbindung, die etwas teurer ist, fünf Mal Umsteigen beinhaltet, mich aber zeitnah nach Graz bringt. Um 05:15 Uhr geht es los, mittlerweile ist es 02:30 Uhr. Es gilt also knapp drei Stunden todmüde und hungrig am Bahnhof zu hocken. Außer Dreck-Donald's hat nichts offen – Essen fällt also aus. Ich versuche, mich mit Kaffee wach zu halten, und vegetiere frustriert auf einem Barhocker dahin, bis ich endlich einsteigen kann. Chemnitz, Hof, Nürnberg, Selzthal, Linz. Fünf Bahnhöfe, vier Mal hetzen, in Linz eine Stunde ausharren. Trotzdem kommt irgendwann die Freude am Reisen zurück, als ich ein paar Stunden schlafen, meiner Frau versichern konnte, dass mich dieses Mal keinerlei Schuld an der Verspätung trifft, und in Bayern die Donau vor dem Fenster auftaucht. Dieses geile Gefühl, unterwegs zu sein. Alles halb so schlimm. Flixwichser hin, Wichsbus her.

(Ox-Fanzine #101, April/Mai 2012)

# Ox on Tour - Tag drei

Der Tag beginnt in der Badewanne. Danach gibt es Gebäck, Hummus und allerlei Käse bei Spike - den kennen wir seit gestern und er lädt uns hier in seinem Klagenfurter Elternhaus zum Frühstück ein. Punkrock ist das nicht mehr, eher Vier-Sterne-Hotel-Feeling.

Die Schlafräume in der Arena Wien hingegen riechen förmlich nach Straße und Anarchie – es hat beides seinen Reiz. Bevor wir dort einchecken, geht es allerdings erst einmal zurück nach Graz, wo wir Pennys Auto holen und mein Sohn sich schon gar nicht mehr über noch eine neue Person im Schlepptau wundert, denn Spike haben wir gleich mitgenommen. Wir müssen bald weiter, Spike in der Wiener Neustadt wieder raus und mein Sohn würde Penny am liebsten gleich dabehalten, sie kann aber auch wirklich schöne Autos für ihn malen.
Die Wiener U-Bahn bringt uns ins Kuku, mein ausgedruckter Linienplan und ich sind die nächsten 24 Stunden ein Herz und eine Seele. Die Location ist schnell gefunden, Veranstalter Calimero schon da und auch einer von den Guten. Die Linzer Hardcorelegende Raimund kommt wenig später dazu – auch schon wieder ein Netter. Einen „Ungustl"[47] treffen wir auf dieser Reise ohnehin nicht. Raimund eröffnet den Abend mit amüsanten Schwänken aus seiner Punkerjugend in Linz, danach treten wir in bewährter Reihenfolge auf: Christian, Al, ich, Pause und dann noch einmal von vorne. Es wird viel gelacht heute Abend, die Texte der beiden werden richtig gut vorgetragen und sind auch beim dritten Mal nicht langweilig. Bei mir ist das heute zahlreich erschienene Publikum gegen Ende allerdings schon etwas in Gesprächslaune und müsste ich nicht so laut schreien, wäre meine Stimme hinterher nicht dermaßen im Arsch.
Musik gibt es heute Abend auch: Die hochsympathischen Punkerbuben *Böses Fahrrad* spielen ein exklusives Akustikset, danach packt der Sänger einer bekannten österreichischen Hardcorepunkband seine Westerngitarre aus, um ein paar Solonummern zum Besten zu geben. Im Anschluss wird gequatscht – unter anderen mit einem Wiener Ox-Kollegen – und das eine oder andere Bier getrunken, ehe die U-Bahn

47 wienerisch für: mieser Kerl

uns zurück in die Arena bringt. Dort ist heute Clubbing, wir stehen auf der Gästeliste und wollen nur kurz reinschauen. Irgendwann ist es 06:00 Uhr, das Clubbing aus und wir fallen erschöpft in unsere dreistöckigen Betten.
Das Frühstück am Samstag wird daher zu einem späten Mittagessen in Xus Cooking. Das vegane Büffet dort ist der Hammer und wir sind gestärkt für Angstschweiß in der Geisterbahn, obskuren Splattertrash im Zombiehaus und knochenbrecherische Action im vierstöckigen Funhaus. Bevor wir einmal mehr die U-Bahn entern und Wurstelprater[48] wie Lesereise hinter uns lassen, will Al es wissen und bezwingt das höchste Kettenkarussell der Welt. Seine Zuckerwatte hat er sich redlich verdient. Wir anderen begnügen uns mit Zusehen und Bananenbällchen, Geschenk von Xus Cooking. Schon wieder ein Netter. Leiwande[49] Zeiten waren das.

(Ox-Fanzine #105, Dezember/Jänner 2012/2013)

## Ox on Tour – Tag eins. Köln: Bahnfahren und Küssen

„Gute Musik in den Ohren, ein feines Buch in der Tasche. Köln, ich rolle auf dich zu", tippe ich via Handy in meinen Facebook-Status. Das Ox tourt wieder, ich sitze in der Bahn, die Vorfreude ist groß.

Die Vorfreude auf die nächsten Tage. Die Vorfreude darauf, Christian, Al und dessen Freundin Penny wiederzusehen. Die Vorfreude darauf, in Köln auch unseren heute mitlesenden Kollegen Arno Altenhaven kennenzulernen. Gemütlich um 19:00 Uhr ankommen, Begrüßungsumarmungen, Küsschen, Bierchen, sich mit netten Menschen unterhalten. So ist es geplant und ich habe extra die Variante mit zusätzlichem Umsteigen in Mannheim gebucht, um dadurch eine Stunde Fahrzeit einzusparen. Bliebe ich gemütlich auf meinem Platz im Eurocity sitzen, könnte es laufen, wie oben beschrieben, doch

48 Vergnügungspark in Wien
49 österr. für: lässige

der Anschlusszug verspätetet sich um gut zwei Stunden, ich nehme irgendwann den nächstbesten Zug nach Köln und komme im Endeffekt um 21:30 Uhr am Zielbahnhof und kurz vor 22:00 Uhr im Stereo Wonderland an.
Dort hieve ich meinen prall gefüllten Weltumseglerrucksack durchs Publikum, verpasse Arnos Auftritt sowie den ersten Block von Christian und erwische gerade noch die letzten Zeilen von Als Ausführungen über türkische Nachwuchsgangster. In der darauffolgenden Pause gibt es dann aber endlich Begrüßungen, Umarmungen, Küsschen. Alles mit Freude, aber etwas gehetzt.
Ich gönne mir ein schnelles Bierchen und schon geht es ab auf die Bühne. Zwei Texte von mir, ganz in Form fühle ich mich noch nicht. Bevor ich schließlich zum Ende des Abends noch über Sperma, Polizisten und alte Männer referiere, einen betrunkenen, verwirrten Störenfried in die Schlussperformance einbaue und mich ein wenig am Boden wälze, beweisen Al und Christian einmal mehr, dass ihre Texte der Hammer und sie auf der Bühne zu Hause sind. Die Stimmung ist gut, es wird viel gelacht, das Publikum geht mit, der Laden ist voll. Über Geld wird nicht gesprochen, das stecken wir stillschweigend, aber grinsend ein.
Danach gibt es die obligatorische Aftershowparty, nette Gespräche, nettes Feedback von netten Menschen. Bierchen, Küsschen, Mexikaner – schmeckt wie Chili, aber wirkt wie Spiritus. Ein Berliner Bestsellerautor schaut auch noch vorbei. Bevor wir alle in Taxis steigen, vereinbaren wir noch, dass wir morgen gemeinsam frühstücken. Dann rollen wir in unsere Unterkunft, Christians Wohnung. Dort müssen wir erst einmal Matratzen aus dem Keller schleppen, ich stoße mir den Kopf, die Kellerstiege[50] ist gefährlich. Wasser oder Jägermeister als Absacker lehne ich ab und parke meine Matratze gemütlich auf den Chucks von Christian Freundin. Das stört mich aber nicht im Geringsten. Nach knapp 15 Stunden Anreise, 22 Stunden auf den Beinen und einem trotz allem sehr, sehr gelungen Tourauftakt falle ich erschöpft einen in tiefen, traumlosen Schlaf.

---

50 österr. für: Kellertreppe

(Ox-Fanzine #95, April/Mai 2011)

# ... das neue Soja

Ich hatte einen Traum. Einen seltsamen Traum. Einen ekelhaften Traum. Einen ziemlich kranken Traum. Oder war es überhaupt kein Traum, war es gar eine Vision? Eine seltsame, ekelhafte, eigentlich kranke, aber doch weltbewegende Vision?

Ein Film, eine Reportage, aufgeführt, abgespielt nachts in meinem Hirn. Erste Einstellung: Eine junge Frau mit wallend blondem Haar fährt auf einem Allerweltsdamenfahrrad durch eine Allerweltsfußgängerzone. Die üblichen Schaufenster, die üblichen Blumenschmuckinseln, das übliche Gewusel.
„Haben Sie kurz Zeit?", hält die Stimme aus dem Off sie an. „Produktverkostung!"
Freundlich lächelnd steigt sie ab, die junge Dame. Kostet gewissenhaft von der ersten Wurst. Kaut, schaut gewissenhaft, schaut nachdenklich aus der Wäsche. Sagt: „Hm", nimmt von der zweiten Wurst, kaut, schaut gewissenhaft, schaut nachdenklich, schaut verzückt aus der Wäsche, ruft: „Mmh, ist das gut!"
„Das ist Sojawurst", erklärt die Stimme aus dem Off.
„Soja, aha, ja, kenn ich", erwidert die Frau, blickt wissend drein.
„Aber nicht herkömmliches Soja", fährt die Stimme fort, „hergestellt aus ..."
Sagt es. Die Frau erbricht in einen Blumenkübel. Schnitt.
Gefleckte Kühe grasen auf saftigen Wiesen, weißbemäntelte Männer schlachten gefleckte Kühe in grauen Räumen. Karierte Männer fällen grüne Regenwälder, rote Mähdrescher dreschen nicht minder grüne Sojafelder. Im Bild der Schriftzug: „... das neue Soja". Klassische Musik, ganz dramatisch das alles. Schnitt.
Ein kleiner Mann mit roten Haaren und weißem Mantel führt durch sterile Labore. Reagenzgläser, ganze Räume voll damit. Weiße Suppe köchelt in großen Töpfen. Ganze Küchen voll damit. Großaufnahme kleiner Mann. Er referiert über die Sünden der Fleischindustrie – kennt man alles, weiß man alles. Referiert über die Sünden der Sojaindustrie. Umwelt, Kosten, Blablabla – kennt man alles, weiß man alles. „Aber", sagt er in makellosem Deutsch, gefärbt von starkem irischen Akzent, „hier in Irland fand man die Möglichkeit, Sojamilch

beziehungsweise Sojatopfen und daraus eine ganze Reihe von Fleisch- beziehungsweise Milchersatzprodukten aus einem neu entdeckten Rohstoff herzustellen. Dieselben Nährstoffe, dieselben Eiweiße. Mindestens genauso gesund, wenn nicht noch gesünder. Nahrungsrevolution."

Er führt weiter durch Gänge. Im Bild: sogenannte „Abmelkkabinen". Reihe an Reihe. Es müssen hunderte sein. Darin Männer mit konzentriertem Blick. Davor Menschen in weißen Mänteln, die … Schnitt.

Im Bild wieder Töpfe mit weißer Flüssigkeit. Mehr rothaarige Menschen in weißen Kitteln. Rühren in den Töpfen, kosten daraus. Weiße Würste werden in Folie geschweißt.

„Sperma ist das neue Soja", sagt der kleine irische Mann. Schnitt.

Mein Sohn ruft nach seiner Mama. 04:00 Uhr früh. Ich wache auf. Schweißgebadet. Mein Sohn schläft weiter. Ich nicht. Drei Fragen im Kopf:

Geht/gibt es das wirklich?

Warum träume ich so einen Scheiß?

Würde ich diesen Film tatsächlich drehen, bekäme ich dafür einen Oscar?

Ox-Kolumnisten-Lesereise – 06. März 2015

# Rorschach, Café Treppenhaus

Vier Ox-Schreiber reisen vier Tage lang durch die Schweiz und lesen dort ihre Texte vor. So lautet der Plan. Schlussendlich sind es aber lediglich Harry Castell und ich, die sich an diesem Freitagabend im Café Treppenhaus in Rorschach treffen, um ihre nunmehr dreitägige Tour zu starten – der Booker in Basel hat den Termin vergessen. Der Laden ist so hammer, wie das Essen lecker ist und die Menschen freundlich sind. Und ja, Rorschach selbst ist ohnehin ein Traum. Hier werden wir am nächsten Morgen den Bodensee entlangwandern, die Sonne und den meeresgleichen Weitblick genießen, uns über die 0,8-Promille-Regelung für Luftmatratzen wundern, auf ein Holzhüttchen zeigen und „Haha, *Urs Grob Bootsbetrieb* – geiler Bandname" rufen, um zugleich die entsprechende Band zu gründen. Aber eben erst morgen.

Heute sitzen wir nebeneinander auf der Bühne, die Menschen vor uns freuen sich auf und über uns und wir uns, weil sie aufmerksam zuhören, an den richtigen Stellen lachen und nach der Show mit uns leckeres Bier aus Chübelis[51] trinken. Ich eröffne mit Ox-Texten, erzähle von Dieben in Nachtzügen und von Elias, dem alten Ladendieb. Harry berichtet von der Geburt der Spinne *Pup* und Geschlechtsverkehr mit Meerjungfrauen. Im zweiten Teil stelle ich meine aktuellen Bücher vor, den Hundekoch und die Prinzessin, den Rockstar-Pinguin und den Frosch mit Socken, während die Spinne *Pup* Darth Vader trifft.

Und dann ist auch schon wieder alles vorbei und der Bodensee verschwindet hinter uns, als der Zug dem nächsten Tourstopp entgegenfährt.

51 schweizer. für: 0,3-Liter-Glas

(Renfield-Blog, März 2015)

# Ox-Schreiber-Tour Part II: Punkrock, Mätel und Möhre und Bregenz-Riedenburg

Kennt ihr eigentlich Bregenz-Riedenburg? Diesen Vorort der Vorarlberger Hauptstadt Bregenz, dieser Stadt also, die da majestätisch am Bodensee liegt und die berühmte Seebühne beheimatet? Also ich kenne jetzt beides. Von Bregenz selbst halt nur den Bahnhof – mit Minimalblick auf die Bühne – und von Riedenburg alles. Den Interspar und den DM und den Engelshop, wo ich mithilfe von Engelsenergie meine Seele heilen kann.
Und Foto Meier natürlich – geiler Bandname übrigens. Und das Wirtshaus, das Samstagnachmittag zu hat, und den Kaufmannsladen, der ebenso um 16:00 Uhr schließt und es Harry Castell und mir damit unmöglich macht, in diesem trostlosesten aller Hauptstadtvororte ein Bier zu kriegen. Ja, und den Bahnhof, den kenne ich natürlich auch.
Warum ich das erzähle? Na, wegen dieses Bahnhofs eben und weil man da durch muss, wenn man mit dem Zug von Rorschach nach Hohenems fährt. Gut, St. Margrethen, dieser letzte Ort im Schweizer Staatsgebiet, den wir betreten, bevor es für gut 24 Stunden in österreichisches Hoheitsgebiet geht, ist da auch noch. Aber da gibt's zumindest Bäckerinnen mit Dreadlocks, Berliner mit Aprikosenfüllung – sogar wenn Harry Castell einmal nicht da ist – und natürlich die Ox-Bar.
Wir hätten ja auf einen Sprung reingeschaut, „Grüazi mitanond" gesagt, ein Schützengartenbier getrunken und gefragt, ob die Bar einem gewissen Joachim Hiller gehört, aber wir sind ja nicht im Urlaub, sondern auf Tour und der Zug wartet nicht einmal auf Literaturrockstars wie uns. Denn, wie gesagt, die Schweizer Bahn ist pünktlicher als die österreichische Post und die Zeit fließt nur so dahin, sogar in der Schweiz.
Ja, Riedenburg eben, da muss man durch, gesehen haben muss man es aber nicht. Rorschach schon, Rorschach ist geil und Hohenems gefällt mir auch ziemlich gut. Klar, eine Großstadt ist das nicht, muss es aber auch nicht sein. Kleinstadtidylle pur, Jugendstilkrankenhaus,

mal ein Bauernhof zwischendrin oder eine Wiese. Und egal wo du hinsiehst, irgendwo lacht dir immer ein Riese von einem Berg entgegen. Bier kriegst du hier auch keines, aber egal. Wir wollen jetzt auch gar kein Bier mehr und schlendern lieber gemütlich. Kaum sind wir raus aus dem Zug, haben wir beim Fragen nach dem Weg schon eine Ehe zerstört:

Sie: „So finden's aber leichter."
Er: „Ja, aber der Weg ist schneller."
Sie: „Aber die kennen sich hier ja nicht aus."
Er: „Ja, aber der Weg ist schneller."
Sie: „Aber so ist es doch viel leichter zu finden."
Er: „Aber der Weg ist doch schneller."
Und so weiter.

Das ProKontra sieht schon einmal schick punkig aus, obwohl es eigentlich ein Einfamilienhaus ist. Wir haben Zeit, uns das alles genau anzusehen – die Hausfassade, die Bergkulisse et cetera –, denn die Veranstalter sind noch nicht da. Wenig später biegt aber ein Mercedes-Benz um die Ecke und „Punkrock" und „Metal" steigen gutgelaunt, Säcke voller Lebensmittel und Bierflaschen schwenkend aus. „Erbse", die Kitesurflehrerin im Urlaub, kommt später auch noch. Dass Punkrock eigentlich Patrik heißt, erfahren wir später. Wie Metal und Erbse heißen, ist uns nicht bekannt und im Folgenden auch nicht von Belang.
Wäre dies hier ein Kinderbuch mit dem Namen „Punkrock, Metal und Erbse" würde das nächste Kapitel jedenfalls „Punkrock, Metal und Erbse kochen Lasagne" heißen. Später gibt es noch „Punkrock, Metal und Erbse zeichnen eine Lesung auf" oder „Punkrock, Metal und Erbse reden über Berge". Nicht zu vergessen: „Punkrock, Metal und Erbse trinken Bier und hören Punkrock."
Die Lasagne schmeckt übrigens hervorragend und die Zubereitung läuft charmant-chaotisch ab. Ich lasse mir währenddessen vom hiesigen W-LAN die gesamten E-Mails eines ganzen Monats fressen, während Harry Castell, der ja schon über 40 ist, erst einmal eine Runde schlafen geht.
Später siedeln wir vom einmal mehr großartig großen und komfortablen Backstagebereich ins *Beisl* um, also in die Kneipe, wo die Lesung stattfinden wird und ansonsten Punkrockkonzerte über die Bühne gehen. Der Sound ist schnell gecheckt und dann heißt's erst

einmal: „Punkrock, Metal und Erbse sowie Harry und H. C. warten auf Publikum."
Das kommt dann auch in Form von fünf zwielichtigen Gestalten mit kurzen Haaren, die niemand zu kennen scheint. Es riecht nach Ärger, der aber ausbleibt. Ob das jetzt die hiesigen Dorfnazis, Kleinstadtprolls, die Freiwillige Feuerwehr oder einfach nur harmlose Betrunkene sind, erfahren wir nicht. Als ich später in einem Text „Horst, den alten Nazi" erwähne, fühlt sich niemand angesprochen. Wir starten also trotz allem den Abend. Ich beginne mit Schwänken aus meiner Schulzeit, von den fünf Gästen schlafen zwei, zwei weitere unterhalten sich, einer hört wirklich interessiert zu. Zumindest bis ihre Biere leergetrunken sind und die fünf wieder von dannen ziehen. Leider können sie so nicht mehr hören, wie Harry Castell von der Geburt der liebreizenden Spinne *Pup* erzählt.
Punkrock, Metal und Erbse bleiben aber da, hören interessiert zu und zeichnen die ganze Sause für Radio Proton auf, den im Haus ansässigen Radiosender des Vereins *Transmitter*, der den Laden führt. Nach einer kurzen Pause geht's weiter, die Spinne *Pup* trifft Darth Vader und Billy Pinguin wird Rockstar.
Und dann, dann ist es endlich soweit: die Livepremiere der großartigen *Urs Grob Bootsbetrieb*. Da spazierst du noch am Vormittag am Bodensee entlang, sagst, ohne nachzudenken, mit Fingerzeig auf ein gelbes Hüttchen: „Haha, geil, *Urs Grob Bootsbetrieb* – geiler Bandname", weil du sowieso immer und überall nur in und an Bandnamen denkst. Und schon am Abend stehst du in einem Kulturzentrum in Vorarlberg und performst mit Harry Castell unter diesem Namen einen Song übers Polizistenessen, der früher einmal ein Text war. Harry spricht und rappt, ich klopfe und schreie Background und Metal drischt auf die Drums ein. Geil – so geht Punkrock.
Später wird dann noch ein bisschen was getrunken – nicht viel, wir sind ja keine 20 mehr – und mit den sympathischen Gastgebern und Gastgeberinnen getratscht. Und so einiges gelernt: Dass es in Sri Lanka keinen Leberkäse und auch keinen Salat gibt beispielsweise und dass das „L" in *Radio L* für „Liechtenstein" steht. Irgendwann fährt Metals letzter Zug nach Feldkirch, Erbse lässt sich auf ein Sofa fallen, Punkrock auf ein anderes und Harry und ich uns in die Betten oben im großen Schlafraum.
Am nächsten Morgen gibt es hammermäßiges Frühstück und die vereinbarte Fixgage, was uns ein weiteres Mal sehr freut.

Ihr denkt, es sollte selbstverständlich sein, die vereinbarte Fixgage zu bekommen? Na, dann geht mal auf Punkrocklesereise ohne Vertrag ...

Egal, geile Stadt, geile Location, super Leute, spaßige Lesung, finanziell alles wunderbar und sowieso ein super Abend. Hohenems war ein voller Erfolg. Ja, Publikum wäre natürlich auch kein Fehler gewesen. Aber lieber lese ich vor „Punkrock, Metal und Erbse und dem Aufnahmegerät" und habe dabei Spaß und Aufmerksamkeit, als vor 50 laut plappernden Kneipengästen zu lesen – hatten wir doch auch schon letztens in Köln, Sie erinnern sich, Herr Castell?
Ja, Punkrock, Metal und Erbse: Danke!

(Renfield-Blog, April 2015)

# Ox-Schreiber-Tour Part III: Vom freundlichsten Taxifahrer der Welt und den Metalmädels

Jetzt sitzen wir also schon wieder im Zug. Eben haben wir uns noch am Hohenemser Bahnhof die Sonne auf die übernächtigen Nasen scheinen lassen und schon zieht draußen vor den Fenstern die bergige Landschaft an uns vorbei. Schön ist sie, die bergige Landschaft, das Leben mit seinen Höhen und Tiefen sowieso und sogar Bregenz-Riedenburg schenken wir heute ein Lächeln. Riedenburg lächelt wohlwollend zurück und wir vertiefen uns in Gespräche über die Tour, das Land, die Kinderpopulation der Vorarlberger Skinheadszene am Beispiel eines einen Buggy durch den Waggon schiebenden Renees.

Und irgendwann zwischen all diesen Gesprächen meint Harry Castell: „Ja, hier ist er ja wieder, der Bodensee."

Und ich, ich sehe aus dem Fenster und will etwas sagen wie: „Ach Bodensee, du viel zu spät entdeckte Liebe", sage aber stattdessen: „Fuck, Alter, wir haben vergessen auszusteigen!"

Denn das Schild da am Bahnhof sagt auch etwas, „Bregenz Hafen" nämlich, und wir, wir hätten „Bregenz Hauptbahnhof", also eine Station früher aussteigen müssen. Da kann der Bodensee noch so friedlich vor uns liegen, wir sind zu weit gefahren und der Anschlusszug nach Zürich steht wahrscheinlich schon bereit.

Also springen wir raus aus dem Zug und während ich panisch versuche abzuwägen, wie weit es denn ist und ob der Weg zu Fuß packbar ist, winkt uns Herr Castell in seiner Berliner Gelassenheit mal eben ein Taxi ran.

„Hauptbahnhof, bitte", sage ich hastig und Harry Castell sagt dasselbe, aber eben ganz relaxed.

„Kein Problem", meint der freundlichste Taxifahrer der Welt und wir erklären ihm kurz unser Dilemma: Literaturreisende auf dem Weg nach Bern, in Gespräche vertieft, den Ausstieg verpennt – was ja sonst nur in der Nazi- und Drogenszene üblich ist –, Anschlusszug in fünf Minuten et cetera. Der freundlichste Taxifahrer findet das lustig und schüttelt auch gleich die passende Anekdote – die ich leider

vergessen habe – aus dem – weil draußen der Frühling strahlt – hochgekrempelten Hemdsärmel. Als wir dann nach einer Minute und 27 Sekunden Fahrzeit und 500 Metern Geradeausfahren auch schon da sind und unsere Geldbörsen zücken wollen, meint der freundlichste Taxifahrer der Welt mit einem Lächeln in seinem freundlichen Taxifahrergesicht in seinem Vorarlberger Dialekt so etwas wie: „Kein Problem Jungs, ich wäre sowieso hier hergefahren, schaut ihr mal, dass ihr euren Zug erwischt."
Wir bedanken uns überschwänglich und winken dem freundlichsten Taxifahrer der Welt ein letztes Mal zu. Dann realisieren wir, dass ja noch reichlich Zeit ist, und holen erst einmal Kaffee. Hätten wir vorab geahnt, wie viel Zeit wir wirklich haben, hätten wir uns zwei Kaffees geholt oder wären zu Fuß gegangen, denn der Zug nach Zürich verspätet sich um 14 Minuten. Allgemeine Panik am Bahnhof, wir freuen uns aber, ein weiteres Mal auf Tour zu sein, trinken Kaffee und genießen den Seeblick. Unsererseits bekommen wir erst Panik, als uns bewusst wird, dass unsere Wartezeit in Zürich 15 Minuten beträgt, was minus 14 Minuten Verspätung und plus keinerlei Orientierung am Züricher Hauptbahnhof „reichlich Kacke am Dampfen" ergibt.
Es dampft schlussendlich gar nichts, *alles geht sich prima aus*. Und weil diese in Österreich gängige Redewendung in Deutschland – wie ich bei vergangenen Lesereisen mit deutschen Landsmännern immer wieder gesagt bekam – anscheinend nicht verwendet wird, erwischen wir locker den Zug. Um ja in den richtigen zu steigen, prägen wir uns bereits in diesem Zug die Bezeichnung des Anschlusszuges ein. Und ja, wir wären nicht *Urs Grob Bootsbetrieb*, würden wir dies nicht tun, indem wir uns gegenseitig mit phatten Rhymes befeuern. Beispiel gefällig? Here we go:

Wo wird die Butter niemals ranzig?
Im IC Vier Null Zwanzig!

Mit welchem Zug fuhr einst Glenn Danzig?
Na, mit dem IC Vier Null Zwanzig!

Diese lustigen Wortspielen zweier bärtiger Brillenträger mit Augenringen und schlechtem Atem sorgen für irritierte Gesichter bei den mitreisenden Menschen. Diese setzen sich jedoch später mit uns in den IC 4020 und können sich dort an den lautstark in schwerverständlicher Sprache vorgetragenen Gesprächen einer Gruppe

Metalmädels erfreuen. Ja, es ist Deutsch, natürlich, aber Deutsch ist nun einmal nicht Deutsch und wenn mich als Österreicher in Deutschland kaum jemand versteht, so verstehe ich für meinen Teil leider in der Schweiz – und sogar in Vorarlberg – kaum jemanden. Die Mädels jedenfalls reden ohne Pause und alle vier gleichzeitig und manchmal telefonieren sie auch. Viel verstehe ich wie gesagt nicht, aber dass „*Iron Maiden* was für Pussys" ist und „er in 24 Tagen 20 wird", weiß ich jetzt trotzdem. Um es mit den Worten von Dieter Bohlen zu sagen: „Ich fühle mich gut unterhalten, aber es reicht nicht für den Recall."

Und dann, dann ist da also dieses Bern, die Hauptstadt der Schweiz. Eine Stadt, von der ich nur den Bahnhof, ein paar altehrwürdige Häuser und die altehrwürdige Reitschule zu sehen bekommen werde. Ich hatte ja im Vorfeld gehofft, auf der Reise quer durch die Schweiz die landschaftlichen Reize des Landes genießen zu können. Aber wer kann sich auf vorbeiziehende Berge, Seen und was auch immer konzentrieren, wenn die Metalmädels versuchen, Metallieder mitzusingen? Zumindest fahre ich auf der Heimreise lange, sehr lange sogar, am Züricher See entlang und der bietet eine geile Wasser-Bergkulisse, bevor es über Liechtenstein, Österreich, Deutschland und wieder Österreich nach Hause geht.

Bevor es aber so weit ist, erwartet uns am Bahnhof „Cholera". Oder besser gesagt, er sollte uns erwarten, ist aber noch nicht da. Dass er sich verspäten wird, hat er mir übrigens via Facebookmessenger mitgeteilt. Blöd nur, dass ich in der Schweiz keinen Internetempfang habe. Aber er kommt und dann wird erst einmal Wein eingekauft, das Spiel „Wer findet das billigste alkoholische Getränk" gespielt und den Metalmädels zum erfolgreichen Alkopopeinkauf gratuliert.

Alles Weitere soll euch aber lieber Harry Castell erzählen, ich muss jetzt nämlich meine Restfranken umtauschen gehen.

(Facebook-Eintrag vom 24. März 2018)

# Frühstück in Rorschach

Freitagvormittag, 09:30 Uhr. Zwei Literaturreisende in einer kleinen Stadt am großen See. Rohrschach, Bodensee, Schweiz. Frühstück lautet der Plan. Und dieses Café hier sieht doch ganz nett aus. Wir gehen rein, eine Rauchwolke kommt uns entgegen. Wir husten, die Tür zum vollbesetzten Raucherraum wird geschlossen.

Das Publikum: Menschen über 60. Ihre Getränke: Bier, Wein, Schnaps. Wir setzen uns an einen Tisch und warten auf die Wirtin. Nicht ganz jung, aber auch nicht wirklich alt, ziemlich verlebt.

„Grüazi wohl", sagt sie.

„Guten Morgen, die Karte bitte", sagt Violetta und denkt an Rührei, Käseaufschnitt und Semmeln.

„Karte?" Die Gesichtszüge der Wirtin entgleisen, der Blick ist entsetzt als hätten wir ihr drei Kilo Kokain angeboten. Karte, das versteht sie nicht.

„Frühstück?", fragt Violetta.

„Ah", entkommt es der Wirtin, Erkenntnis macht sich nun auch in ihrem Gesicht breit.

„Kipferl", knurrt sie und deutet auf die zwei Croissants von gestern, die da in einem Korb liegen. Nehmen wir.

„Kaffee?", fragen wir. Wieder Unverständnis. Die Wirtin denkt nach, geht in ihrem Kopf wohl die Liste aller Getränke durch, die sie außer Bier, Wein und Schnaps noch kennt.

„Ah", sagt sie. „Schale?", fragt sie. Wir nicken.

Dass ich in meinen Kaffee keine Milch will, kann sie jetzt auch nicht mehr umhauen.

Schalenkaffee und Croissants von gestern – Frühstück in Rohrschach.

# Grenzen II

Du reist regelmäßig ins Ausland. Privat, beruflich und um irgendwo irgendwelche Sachen vorzulesen. In letzterem Fall reist du stets per Bahn oder Flugzeug, niemals mit dem Auto. Und du musst auch niemals einen Reisepass vorzeigen. Schengen sei Dank wird in den Zügen nach Deutschland und auf den Flughäfen eben dort noch nicht kontrolliert, während du an den Autogrenzen durchaus Staus und Kontrollen in Kauf nehmen müsstest.
Weniger einfach ist es wohl, in die Schweiz einzureisen. Allerhand Horrorgeschichten erzählt man sich über diese Grenze. Da ist dein Cousin, in dessen Pass falsche Daten standen, was ihm einen fetten Vermerk im Pass einbringt. Da sind Bands, die ihr gesamtes Equipment zu Fuß über die Grenze tragen mussten. Und da bist du. Der, der bei beiden bisherigen Schweizreisen ausgerechnet direkt am Grenzbahnhof umsteigen muss.
Das erste Mal wirst du gefragt, ob du etwas zu verzollen hast, was du verneinst, wobei du dir aber nicht sicher bist, ob du deine für den Weiterverkauf bestimmten Bücher nicht doch verzollen müsstest. Der Zollbeamte nimmt dir das ab und lässt dich ziehen.
Weniger entspannt verläuft dein zweites Mal. Selber Bahnhof, anderer Zöllner. Du steigst aus dem Zug aus, wirst sofort auf die Seite gewunken, dein Pass wird verlangt. Der Zöllner beäugt ihn genau, ruft seinen Kollegen, der Kollege beäugt ihn genauer, nimmt den Pass mit, um etwas abseits zu telefonieren. Mit wem und warum, weißt du nicht, es sagt dir niemand, du hakst lieber auch nicht nach. Die Frage nach den zu verzollenden Gütern wird heute übersprungen, stattdessen musst du deinen Rucksack öffnen. Der nette junge Grenzbeamte wühlt sich durch deine noch ungetragene Unterwäsche und deine Shirts und packt all deine Bücher aus. Optimistisch, wie du bist, hast du wie immer weit mehr eingepackt, als du später verkaufen wirst. Er wirft einen kurzen Blick auf die Bücher, fragt dich, was du in der Schweiz zu machen gedenkst. Du antwortest wahrheitsgemäß: „Ich hab da so Lesungen."
In der Zwischenzeit gibt dir der zweite Zöllner kommentarlos deinen Pass zurück, während dich sein Kollege mit den Worten „Ah, Student" einfach durchwinkt.

# Kindermund

Kind: „Mein Papa, meine Mama, meine Schwester, meine Tante, meine Cousine, mein Bruder und mein Onkel singen aber schöner als du."

Kind: „Waaas? Du bist ja noch älter als meine Mama."

Kind: „Ein Mann mit langen Haaren? Das hab ich ja noch nie gesehen."

Du: „Und dann fahren Manuel und der Frosch mit dem Skateboard die Rutsche hinunter."
Kind: „Das ist doch alles Quatsch."

Kind: „Am Nachmittag baue ich dann ein Krokodil aus Karton und füttere es mit Spielzeugmenschen."

Kind: „Ich hab mir gerade einen Zahn gezogen."
Du: „Super, dann kann ich jetzt ja weiterlesen."

Du: „Wer weiß, was eine Tuba ist?"
Kind: „Ich."
Du: „Und was ist eine Tuba?"
Kind: „Keine Ahnung."

Du: „Wisst ihr, was Phantasie ist?"
Kind: „Ja, ich hab das schon einmal bei Spongebob gehört."
Du: „Und was ist Phantasie?"
Kind: „Keine Ahnung."

Du: „Und dann war überall, so weit das Auge reichte, nur noch Sand."
Kind: „Ja, sogar auf deiner Gitarre ist überall Sand."
Du: „Nein, aber ich sollte sie wieder einmal putzen."

Du: „Wer von euch war schon einmal in Caorle?"
Kind: „Die Oma Gretta fährt immer nach Caorle."

Du: „Ihr müsst nämlich wissen, die Uroma von den beiden wird schon 90 Jahre alt."

Kind: „Die Oma Gretta ist auch schon 90 Jahre alt."

Du: „Wisst ihr, was ein Stau ist?"
Kind: „Die Oma Gretta steht auch immer im Stau."

Du: „Und wohin fahrt ihr dieses Jahr in den Urlaub?"
Kind: „Zur Oma Gretta."

Der Unterschied zwischen Kindergarten- und Schullesungen: Schulkinder zeigen auf, Kindergartenkinder quatschen einfach munter rein.

Ja, du liest gerne vor Kindern. In Kindergärten, Schulen, auf irgendwelchen Straßenfesten, wo du das Kinderprogramm bist, einmal auf einer 40er-Party in einer Hüpfburg. Es macht Spaß und du weißt zuvor nie, was dich erwartet. Ja, und manchmal verdient man damit sogar richtiges Geld und erfährt obendrein allerhand Wissenswertes über Oma Gretta.

# VIII
# Spielen

# Protest

Du warst immer schon dagegen, warst immer schon anders, warst nie eins mit der Masse, hast immer schon gerne aufbegehrt. Gegen den Sport in der Schule, gegen das Lernen, gegen Hausübungen, gegen die Lehrer, die dich schlecht behandelten. Gegen die Denkweise deines Vaters, das ländliche Leben und die dort vorherrschenden Denkweisen, die Mästung und das Schlachten von Schweinen. Du bist gegen Tradition und Heimattreue, gegen Kapitalismus und Konsumwahn und gegen Nazis bist du sowieso. Es gibt vieles, gegen das man sein kann. Und viele Wege, das zu zeigen. Irgendwann wurde es eben die Musik.
Ein Glück, dass der Jugendsender des österreichischen Rundfunks solchen Dagegenseiern eine Plattform bietet, dieses Dagegensein musikalisch auszuloten und den sogenannten Protestsongcontest ins Leben ruft. Marian, dein Kollege in der Anarcho-Avantgardekombo *Fäidaboll*, öffnet dir die Tür dafür, indem er einen eurer Songs einschickt. Es gibt keinerlei Reaktion des Senders, aber nun hast du Feuer gefangen. Im Jahr darauf schickst du selbst den *Fäidaboll*-Song *„Big Brother Is Watching You"* ein. Der Song ist kurz und knackig und hat folgenden Text:

Ich hab Angst vor Asylanten und vor Kindergartentanten.
Ich hab Angst vor allem Fremden und auch vor deutschen Studenten.
Ich hab Angst vor Terroristen, Islamisten und auch Christen.

Deshalb will ich überwacht werden, deshalb will ich Kameras.
Deshalb will ich zu Big Brother und wir alle werden zu Stars.

Deshalb will ich überwacht werden, deshalb will ich Kameras.
Deshalb will ich zu Big Brother, durchgeführt von Vater Staat.

Gebannt wartest du auf eine Antwort vom Radiosender und tatsächlich bekommst du schließlich einen Anruf von einem Mitarbeiter des Senders, der noch dazu MC einer bekannten Wiener Hiphopband ist, was dich schon ein bisschen stolz macht – promiaffin, wie du nun einmal bist. Er teilt dir zwar nicht mit, dass ihr euch für die

Vorentscheidung qualifiziert habt, stellt dir aber jede Menge Fragen zum Song und den Beweggründen dahinter. Den Radiobeitrag dazu hörst du zwar nie und ihr werdet schlussendlich auch nicht zum Protestsongcontest eingeladen, aber immerhin bekommst du zum ersten Mal in deinem Leben Radioairplay und führst dein erstes und bislang letztes Interview mit einem großen Radiosender.
Fortan wird es dir zur lieben Gewohnheit, Jahr für Jahr Songs dorthin zu schicken, nun bereits im Rahmen deines Soloprojekts. Irgendwann – du weißt nicht mehr, in welchem Jahr das war – sitzt du im Auto, hast besagten Radiosender laufen und hörst plötzlich dir bekannte Gitarrenakkorde und dann auch schon deine für dich selbst immer überaus unangenehm klingende Stimme. Tatsächlich, die stellen einmal mehr einen Song von dir vorab im Radio vor. Ohne Interview zwar und die beiden bekannten Kabarettisten, dieser bärtige Tiroler und der Typ aus dem Ruhrpott, finden den Song scheiße – einer mehr, der andere weniger – aber immerhin wird dein Song im Radio gespielt. Eingeladen wirst du aber wieder nicht.
Und dann, irgendwann, drei, vier Einsendungen später klingelt dein Telefon. Du bist zu langsam. Als du an diesem Sonntagabend deinen lethargischen Körper endlich zum Handy bewegt hast, ist der Anrufer schon wieder weg. Er redet dir aber auf die Mobilbox.
„Endlich", sagt er. „Nach all den Jahren …", sagt er auch. „… laden wir dich ein, deinen Song im Halbfinale des Protestsongcontests live vorzustellen", fährt er fort.
Der junge Mann, der dich angerufen hat, flüstert dir dann am Abend des Halbfinales, dass du tatsächlich derjenige bist, der in der Geschichte des Wettbewerbs am häufigsten Songs eingereicht hat. Immerhin wurdest du einmal genommen. Nur wenige Stunden nach der offiziellen Bekanntgabe der Teilnehmerinnen und Teilnehmer klingelt abermals dein Telefon. Eine Mitarbeiterin einer großen lokalen Tageszeitung stellt dir allerlei Fragen zum Thema Protestsongcontest. Und zu deinem Song *„Die Freiheit der Narren"*, in dem es darum geht, dass bekannte Persönlichkeiten, Politiker, Fußballclubpräsidenten, Geschäftsleute, Schauspieler, was auch immer, in Österreich und auf der ganzen Welt Narrenfreiheit haben und Steuern hinterziehen, Frauen schlagen oder gar vergewaltigen dürfen, ohne dass irgendetwas passiert, ohne dass es irgendjemanden interessiert. Es ist dein erstes und bislang einziges Interview in einer großen Tageszeitung.
Zum Finale selbst reicht es schließlich nicht. Dein Beitrag und auch dein Auftritt polarisieren, spalten die Jury und führen zur – so heißt

es zumindest – längsten Jury-Beratung in der Geschichte des Wettbewerbs. Schließlich wirst du nicht fürs Finale zugelassen, du vermutest, dass das auch daran liegt, dass der Contest live im Radio übertragen wird und dein lauter, exzessiver Auftritt da nicht ganz hineinpasst. Schließlich sprechen wir hier vom österreichischen Rundfunk, einem öffentlich-rechtlichen Sender. Was aber für dich schlussendlich nicht von Belang ist, denn dieser Auftritt beim Vorentscheid einer renommierten Veranstaltung in einer großen Wiener Sporthalle soll einer deiner größten und emotionalsten Bühnenmomente werden. Denn du stehst da oben, machst dein Ding, weißt, dass du weder Gitarre spielen noch singen kannst, und gewinnst zwar nicht den Wettbewerb aber immerhin das Publikum, fast alle der 300 Leute da unten, vom ersten Akkord an. Du reißt sie mit, fesselst sie. Am Ende liegst du – wie so oft – auf dem Bühnenboden, prügelst auf die Gitarre ein und schreist deine Botschaft hinaus. Und das Publikum jubelt und applaudiert ohne Ende. Es ist groß. Es ist einer dieser Momente, die dir bestätigen, dass das Sinn macht, was du da machst. Einer dieser Momente, die dir zumindest für kurze Zeit das Gefühl geben, ein Star zu sein.

Ähnlich geht es dir, als du ein Jahr zuvor die erste Ausgabe des Grazer Protestsongcontestablegers gewinnst. Die Studentenfraktion der Grazer Kommunisten organisiert den Wettbewerb. Dein großes Glück ist, dass am selben Tag eine nicht minder große Demonstration gegen geplante Sparmaßnahmen des Landes im sozialen Bereich stattfindet, an der der Großteil des Publikums und die gesamte Jury teilnehmen. Sowie auch du selbst. Dein Song „Hirn aus Kleister" thematisiert zwar eigentlich die fragwürdigen homophoben, ausländer- und punkfeindlichen Ansichten des Bürgermeisters deiner Stadt, aber du baust die aktuelle Thematik mit ein, erreichst das Publikum voll und ganz, liegst am Ende wieder schreiend am Boden und denkst dir hinterher: ‚Wow, war das geil!' Dass deine Gitarre komplett verstimmt war, merkst du erst Tage später, als du einen Teil des Mitschnitts eines hiesigen Webradios zu hören kriegst.

(Songtext)

# Hirn aus Kleister

Ich mag keine Türken und ich hör auch keinen Punk.
Homosexuelle Bettler machen mich krank.
Besetzte Häuser gehören delogiert.
Und in der Straßenbahn wird nicht telefoniert.

Ich hab ein Hirn aus Kleister.
Ich wär so gerne Bürgermeister.
Ich hab ein Hirn aus Kleister.
Ich bin der Grazer Bürger- …

Ich mag keine Türken und ich hör auch keinen Punk.
Homosexuelle Bettler machen mich krank.
Die Stadtparkwiese gehört zubetoniert.
Und alle Menschen dort gehör'n zwangstherapiert.

Ich hab ein Hirn aus Kleister.
Ich wär so gerne Bürgermeister.
Ich hab ein Hirn aus Kleister.
Ich bin der Grazer Bürger- …

(Ox-Fanzine #72, Juni/Juli 2007)

# Eigene Scheiße

Es ist laut da unten, hier oben ist es eng. Ich sitze auf einem Fensterbrett, links von mir die Wand, rechts von mir das Mischpult. Das Bier zu meinen Füßen kriege ich nur schwer zu greifen, sich zu bewegen ist eigentlich unmöglich. Noch bevor ich „Haltet die Klappe, ich beginne jetzt zu singen“ brülle, ist mir klar, dass ich die da unten heute nicht kriegen werde. Die sind nicht wegen mir da, nein, die sind da, weil sie feiern wollen, weil der Friseursalon da drüben heute seinen schmucken neuen Laden aufgemacht hat. Ich darf heute nur hier sitzen, weil ich mit dem Veranstalter der heutigen Party zusammen ein Anarchokrachavantgardeprojekt mache.

Höflicher Applaus nach dem ersten Lied. Was Schnittiges über Abschiebung zum Einstieg. Beim Lied über das kleine Schwein und die kleine Kuh und den kleinen Schlachter mit dem kleinen Genickschussapparat merke ich sogar Reaktionen, es wird diskutiert. Der Lärmpegel nimmt nicht ab. Zeit, das Anarchokrachavantgardeprojekt zu covern und ordentlich in die Menge zu schreien. ‚Jetzt habe ich sie‘, denke ich. Kurz darauf, beim ruhigen Lied über Konsumwahn habe ich sie schon wieder verloren.

„Sing was, was uns alle angeht, und nicht nur deine eigene Scheiße!“, brüllt ein Partygast.

Ich verspreche ihm, das zu tun, und improvisiere eigens für ihn meinen nächsten großen Hit *„Eigene Scheiße“*. Das Publikum lacht, der Zwischenrufer schaut böse und widmet sich wieder seinem Bier. Ich beschließe, den Lärm zu ignorieren und das Beste daraus zu machen. Immerhin spiele ich heute für einige Freigetränke und einen Haarschnitt. Ich kürze um zwei Songs, bringe am Schluss den Hit über den Bürgermeister und gebe auf. Es wird Zugabe gerufen, die sollen sie auch kriegen, bevor zu Rockmusikklängen aus der Konserve weiter gefeiert werden darf.

Einigen hat's gefallen, einige gratulieren zum Mut. Ich bin froh, dass die Stimme mitgespielt hat, die ich mir am Montag beim deutlich besser angenommenen Gig mit dem Anarchokrachavantgardeprojekt komplett ruiniert habe. Der Mann von der Technik entschuldigt sich zigmal dafür, dass man die Gitarre überhaupt nicht gehört hat. Heute, viele Jahre später, weiß ich, dass das kein Fehler ist.

Einen Monat früher. Andere Bühne, größere Bühne, Kleinkunstwettbewerb, mein Solodebüt. Vor zwei Jahren habe ich bereits mit dem Anarchokrachavantgardeprojekt hier gestanden, großes Theater, zweiter Platz. Den damals 15-jährigen Gewinner sieht man heute oft im Fernsehen oder in ausverkauften Tausenderhallen – „heute noch Kult", sagt der Veranstalter. Ich sitze auf der Bühne, habe nicht die geringste Ahnung, wie das hier ausgehen wird. Habe nicht die geringste Ahnung, wie die zum Lachen gekommene Meute meinen, ähm, sozialkritischen, teils politischen, teils einfach nur dämlichen Liedern gegenübertreten wird. Die Anfangsansage habe ich versemmelt, es gibt irritierte Blicke beim Abschiebungssong. Spätestens bei der rührenden Story über das Schwein, die Kuh, den Schlachter und das Blut habe ich sie. Habe sie in meinen Bann gezogen, sie für mein Tun da oben auf der Bühne interessieren können.

Kabarettpublikum ist anspruchsvoll, nicht so anspruchsvoll aber wie Friseursaloneröffnungspublikum. Vor allem der Backstageraum tobt. Da wo die Veranstalter sitzen, die Roadies und die Barcrew – da sitzen die Fans, da geht es ab. Vor allem beim letzten Lied, dem Lied über den Bürgermeister, über den, der immer über die Türken und die Bettler und die Drogensüchtigen und die Punks schimpft. Ich singe ein Lied über ihn und die ewige Schimpferei und das Publikum findet es gut.
Als ich mich nach dem Auftritt zu meiner Freundin an den Tisch setze, trällert eine etwa 50-jährige Lady in einer silbernen Glitzerbluse mein Lied.
„Lala, Hirn aus Kleister, lala, Bürgermeister", singt sie.
Fürs große Finale reicht es heute leider nicht, dafür laden mich die netten Leute vom Laden dazu ein, am Sonntag beim sogenannten „Schaulaufen" noch einmal aufzutreten.

Die Lady in der Glitzerbluse ist nicht da, die Reaktionen bleiben verhaltener als am Freitag, sind aber okay. So wie meine Grundstimmung nach meinen ersten drei Versuchen als Alleinunterhalter, Singer/Songwriter, Liedermacher oder wie man den Scheiß halt nennen will. Ich habe etwas Neues ausprobiert, manchmal kommt's super an, manchmal eben weniger, manchmal also gar nicht.
Ich mache auf jeden Fall weiter, mache weiter wegen des johlenden Backstageraums, wegen der Glitzerlady und um Mr. *„Eigene Scheiße"* gehörig in den Arsch zu treten.

# Wie aus dir kein Rockstar wurde

## Onkel Kurtis Neffen

Und dann hältst du sie endlich in Händen. Deine erste eigene E-Gitarre. Dieses schnittige schwarze Ding. Diese *Jackson*. Sieht geil aus, das Teil, und klingt sicher auch geil, wenn man denn richtig spielen kann. Kannst du aber nicht, du hast ja bei Schwester Agnes im Gitarrenunterricht nicht aufgepasst. Das ist aber egal, denn dein *Crate*-Verstärker – „*Jackson* und *Crate*, geil, wie *Maiden*, Alter", sagte fachmännisch der Musikhausmitarbeiter – lässt sich dermaßen verzerren, dass ganz egal ist, was du spielst. Es wird immer hammermäßig klingen. Und dann sitzt du auch schon auf deinem Moped, der Verstärker zu deinen Füßen, die Gitarre auf dem Rücken. Du fährst zu Tommy, dem Typen mit dem Iro, deinem ehemaligen Schul- und Zugfahrkollegen. Er am Schlagzeug, du an der Gitarre, Mäx von *Cemetary* kommt auch vorbei und spielt Bass. Mäx kommt aber nur einmal, denn er ist Musiker. Ihr seid Punks. *Onkel Kurtis Neffen*, nennt ihr eure Band. „*Onkel Kurtis Neffen*" heißt auch euer einziger Song:

Wir sind Onkel Kurtis Neffen.  
Ja, wir wollten uns nie treffen.  
Und dann haben wir uns getroffen.  
Ja, wir waren stockbesoffen.

Nach zwei oder drei Proben hören diese Mopedfahrten von deinem hinüber in Tommys Dorf auch schon wieder auf, ihr lasst es dann lieber doch bleiben. Einige Jahre später, als du schon Auto fährst und deinen Verstärker leichter transportieren kannst, probiert ihr es noch einmal und spielt nun Crustcore. Klingt ganz fett, klingt ganz nett. Ihr habt keinen Sänger, keinen Bassisten, niemand meldet sich auf eure Gesuche – Aushänge in den einschlägigen Punkrockschimmelschuppen. Bald lasst ihr auch das wieder bleiben. Dass Tommys jüngerer Bruder Armin meint, dein Gitarrenspiel würde total nach *Cemetary* klingen, freut dich trotzdem sehr.
Mit dem Musikschulorchester spielst du in Kirchen und Schulsälen Mozart und die Beatles, mit eurer Klassenband auf dem Maturaball „*Bad Moon Rising*" und „*Man On The Moon*". Du bist dazu bestimmt, die Ansagen zu machen, was dir damals aber noch gar nicht liegt. Der

Höhepunkt des Gigs ist folglich, dass du dem applaudierenden Publikum in deiner Nervosität zubrüllst, sie mögen alle die „Pappn"[52] halten. Stecknadeln fallen zu hören war niemals leichter als in diesem Moment.

### Die Fetten Nelken

Jahre später sitzt du mit deinen Kumpels in eurer Kneipe. Ihr trinkt, ihr lacht, ihr redet Schwachsinn. Alles wie immer eben.
„Ich brauche noch eine Band für die *AC/DC*-Covernight", sagt Romeo, Booker des Jugendkulturzentrums deines Vertrauens.
„Machen wir", sagt ihr – Dieter, Albin und du.
Dieter spielt Schlagzeug, Albin und du Gitarre. Bass braucht kein Mensch. Eine Sängerin kommt einmal zur Probe, dann niemals wieder. Denn ihr seid Schrott und das wisst ihr auch. Schließlich singst du zwei Songs und Albin einen. Es ist furchtbar, du bist ein mieser Gitarrist und ein noch mieserer Sänger. Einige Die-Hard-*AC/DC*-Fans verlangen unmittelbar nach eurem Gig – ihr nennt euch *ACID/EASY* – ihr Eintrittsgeld zurück.
Dennoch überredest du Romeo wenig später, eine *Ärzte*-Covernight zu organisieren und euch dort spielen zu lassen. Dieses Mal lässt du die Gitarre im Keller und konzentrierst dich 100-prozentig auf deinen, äh, Gesang. Albin spielt Gitarre und euer Kumpel Rambo erklärt sich bereit, Schlagzeug zu spielen, ist dann aber plötzlich krank und schickt spontan seinen Bandkumpel Marius zur Probe. Der ist zwar eigentlich Bassist, aber für eure neue Band *Däbil* reichen seine Schlagzeugkünste allemal. Der Auftritt ist nicht ganz so kacke wie der vorherige und es will auch niemand das Geld zurück. Also wäre nun eigentlich ein guter Zeitpunkt, um aufzuhören. Romeo sieht das anders und lädt euch ein, beim jährlichen Konzert am Tag vor Weihnachten im Jugendkulturzentrum eures Vertrauens aufzutreten. Albin und du, ihr seid am Start und wollt das Konzept, mit wechselnden Mitmusikern und Mitmusikerinnen aufzutreten, beibehalten. Metal-Mandi vom hiesigen Alternative-Radio und Mitbegründer der Black-Metal-Band *Assmydeus* meldet sich freiwillig als Drummer. *Die Fetten Nelken* soll die Band heißen, weil ihr glaubt, dass das lustig ist und weihnachtlich klingt. Irgendwann unterhältst du dich in der Punkrockkneipe deines Vertrauens mit einer Bekannten namens Ronja – die heißt eigentlich gar nicht so, will in diesem Buch aber

52 österr. für: Fresse

unbedingt so genannt werden. Du erzählst ihr von deiner neuen Band, erzählst ihr auch, dass ihr keinen Bassisten habt.
„Geil, ich wollte immer schon einmal Bass spielen", sagt sie und kauft sich gleich am nächsten Tag einen Bass.
Gespielt hat sie noch nie zuvor, was aber egal ist, jetzt ist sie in der Band. Ihr probt auch tatsächlich hart, covert *Nena, Wir sind Helden* und *Alice Coopers „Poison"* und legt einen ganz passablen Gig hin. Manche finden es scheiße, andere nennen es Kunst – ihr polarisiert. Dir wird sogar der Sängerposten in einer ernstgemeinten Rockband angeboten – du lehnst dankend ab. Eigentlich müssten Metal-Mandi und Ronja jetzt die Band wieder verlassen – Konzept ist Konzept. Sie denken aber nicht im Geringsten daran. Schließlich arbeitet Metal-Mandi beim hiesigen Alternative-Radio, da lässt er sich doch nicht einfach so aus einer Band werfen. Und Ronja hat sich eigens einen Bass gekauft. Was als einmaliger Spaß gedacht war, entwickelt sich zu einer richtigen, ähm, Band. Ihr probt regelmäßig in diesem Studentenheim, zumindest bis der Heimleiter dahinterkommt, dass niemand von euch dort wirklich wohnt, und die Schlösser auswechselt. Bis dahin probt ihr zu jeder möglichen und auch unmöglichen Tag- und Nachtzeit. Einmal vereinbart ihr eine Probe um 16:00 Uhr nachmittags, niemand außer dir ist da, dafür klingeln dich die anderen drei um 04:00 Uhr morgens aus dem Bett, weil sie nun proben möchten. Du schickst sie weg und gehst wieder schlafen. Ein andermal seid ihr nachts gemeinsam unterwegs und kommt um 03:00 Uhr morgens auf die tolle Idee, zum Proberaum zu fahren, um ein paar Songs zu spielen. Allerdings hat niemand einen Schlüssel dabei. Ja, ihr seid eine Band und was für eine. Zwar covert ihr weiterhin nur irgendwelches Zeug, spielt auf diversen Covernights mit Namen wie *„Motör-Nelken"* (*Motörhead*-Covernight) oder *Northern Walking* (80er-Covernight), seid weit davon entfernt, gut zu sein, aber die *Fetten Nelken* machen sich einen Namen. Ihr habt sogar eine Homepage und eine Myspace-Seite und spielt außer den regelmäßigen Auftritten im Jugendkulturzentrum eures Vertrauens immerhin auch dreimal in dem Jugendzentrum, in dem Albin arbeitet. Irgendwann lernst du deine Freundin kennen und steigst aus Zeitmangel aus eigenen Stücken aus, weil du jetzt ein richtiges Leben führst, wie du sagst. Der Rest der noch einige Jahre weiterbestehenden, ähm, Band behauptet allerdings eisern, dich rausgeschmissen zu haben. Du lässt ihnen die Freude.

## Fäidaboll

Sommer 2003. Du bist mit der Ausbildung fertig, arbeitest ein wenig als Kinderanimateur, hast ansonsten jede Menge Zeit. Im Jugendkulturzentrum deines Vertrauens ist European-Music-Meeting. Jede Menge Bands aus ganz Europa kommen in die Stadt, besuchen Workshops, machen Freizeitaktivitäten, jammen, spielen spontane Gigs. Du hast zwar in jener Zeit nach *ACID/EASY* und *Däbil*, aber noch vor den *Fetten Nelken* keine wirkliche Band, bist aber trotzdem jeden Tag vor Ort und hilfst ein wenig aus. Tagsüber machst du Erledigungen und begleitest die Bands zum Mittagessen im indischen Restaurant oder zum Baden am See, abends trinkst du ihnen das Bier weg. An zweien dieser 14 Tage fährst du mit auf einen Pfadfinderplatz wenige Kilometer außerhalb der großen Stadt. Dort zelten manche der Bands in ihren mit verbundenen Augen quasi blind aufgebauten Zelten – du schaust zu und gibst Anweisungen – und machen allerlei lustige gruppendynamische Übungen und Spiele, die der ausgebildete Outdoortrainer Albin mit ihnen durchführt. Du hilfst ein wenig mit und trinkst den Musikern abends das Bier weg. Albins Kinder sind auch mit von der Partie. Fraß, der Bassist einer südsteirischen Hardcoreband namens *Form The Pain* brüllt ihnen irgendwann fröhlich in tiefstem Steirisch zu: „Hey, spü ma Faidaboll?",[53] was alle sehr lustig finden. Der Running Gag für den Rest des Tages. Abends sitzt ihr am Lagerfeuer, die Gitarre macht die Runde, die Bierflaschen auch. Marian, der Sänger von *Form The Pain* sitzt neben dir und meint: „H. C., ich kann überhaupt nicht Gitarre spielen, ich hätte gerne eine Band, in der ich Gitarre spiele."
„Marian", lalle ich, „ich kann nicht singen, ich hätte gerne eine Band, in der ich der Sänger bin."
Was tun also? Genau, ihr gründet eine Band. Wie heißt sie? Genau: *Fäidaboll*. Wie auch sonst? Ihr schnappt euch die Gitarre, Marian prügelt drei Akkorde runter und du grölst dazu:

Ich bin ein Asslpank,
hab keine Kohle auf der Bank.
Ich bin ein Asslzeck,
i geh net schäpfn – hot kann Zweck.[54]

---

53 steirisch für: Hey, spielen wir Federball?

54 österr. für: Ich bin ein Assi-Punk, hab keine Kohle auf der Bank. Ich bin eine Assi-Zecke, ich geh nicht arbeiten, hat keinen Zweck.

Irgendjemand hat einen Minidiscrecorder dabei und ihr nehmt den Song gleich auf. Der zweite Song heißt *„Assl-Punk-Lovesong"*, wird auch gleich aufgenommen und geht so:

Asslpank, I loved you so,
but nach drei Bier I had to go.
I touched your Irokes and then I had sehr laut to nies.
I touched your Nietenband and now I have an Armverband.

Auch ein Lied über die hiesige Metalnymphomanin Ina und den berüchtigten Kölner Schnorrpunk Philli wird an Ort und Stelle aufgenommen. Großartige Songs mit großartigen Texten und noch viel großartigeren Gitarrenriffs sind das. Euren ersten, ähm, Gig – ihr wälzt euch halbnackt auf der Bühne – habt ihr gleich am nächsten Abend im Jugendkulturzentrum eures Vertrauens. Am Abschlussabend des Music-Meetings dürft ihr noch einmal ran und spielt einen Aftershow-Open-Air-Gig im Stadtpark, während irgendwelche betrunkenen Punks nackt in den Teich springen.
Was betrunken an einem Lagerfeuer beginnt, entwickelt sich zu einem irgendwie wirklich ernsthaften Punkrock-/Kunst-/Kabarett-Projekt, das fünf Jahre lang existiert, zwei Veröffentlichungen hervorbringt, bei einem renommierten Kabarettpreis im Finale Publikumszweiter wird, bei einem renommierten Bandcontest Publikumsdritter. Fürs Finale werdet ihr aber nicht zugelassen, da ihr euch über die Preispolitik der Location lustig macht:

Warum bin ich so teuer,
so teuer, so teuer, so unfassbar teuer?
Ja, billig war ich nie.

Ihr schreibt – du schreibst – unzählige Songs, meist erst am Abend des Auftritts, oft nicht länger als 20 Sekunden. Für eine Radiosendung im Rahmen eines Wiener Kulturfestivals nehmt ihr eine Zehn-Minuten-Nummer auf, während eines Grazer Kunstfestivals spielt ihr abendfüllende zwei Stunden und bekommt dafür eine amtliche Gage. Es läuft gut für euch. Proben haltet ihr für überbewertet, musikalisches Können auch. Meist besprecht ihr kurz vor dem Auftritt, was ihr wie und wann machen werdet, und „schreibt" dann auch gleich ein paar neue Songs.

Ein Mädchen sagt vor der Location „Mei Radl ham's gstuhln"[55] – und schon habt ihr den Song *„Mei Radl ham's gstuhln"*. Marian verschüttet vor dem Gig im Büro des Jugendkulturzentrums eures Vertrauens sein Bier und sagt „I geh an Fetzn huln"[56] – und schon habt ihr den Song *„I geh an Fetzn huln"*. Die Titel *„Graz – Kultur – Ruin"* und *„Eins, zwei, drei, Nazi die"* entstehen auf ähnliche Weise. Mit der Zeit entwickelst du dich mehr und mehr zum Songwriter, der dann doch auch Gitarre oder Kinderkeyboard spielt. Marius vollführt hinter dir Ausdruckstänze und abartige Posen, was genau er da treibt, weißt du nicht und willst du so genau auch gar nicht wissen. Während einer Fußball-WM nimmt er sich einen tragbaren Fernseher mit auf die Bühne und sieht während der Show das Spiel an. Bei einem Gig wirst du beinahe von der Bühne geprügelt, da du einen Text vorliest, den dein Namensvetter H. C. Strache geschrieben hat. Du wirst als Nazi beschimpft und mit Bechern beworfen. Bei einem Song über den südsteirischen Psychoterroristen Franz F. wirft Marian mit Knallfröschen um sich und führt einen wunderbar obskuren Stummelarmtanz auf. Dabei tragt ihr immer lustige Trainingsanzüge, Damenshirts und Radlerhosen. Irgendwann hat Marian keine Lust mehr. Euren letzten Gig, die Tapepräsentation des *Fäidaboll/H. C. Roth*-Split-Tapes, bestreitest du alleine beziehungsweise mit Werner, dem Drummer von *Form The Pain*, als Partner, da Marian schlichtweg den Termin vergisst und sich für genau diesen Tag einen Flug nach Berlin bucht. Da Werner immer für eure Aufnahmesessions zuständig und von Beginn an mit dabei war, also auch jeden eurer Songs kennt, ist das kein Problem für ihn und niemand merkt den Unterschied. Faceless Punkrock halt. Viele Jahre später soll es zu einem kurzen aber intensiven Reunion-Gig kommen, der zugleich eure offizielle Auflösung darstellt, da diese zuvor ja so nie passiert ist. An diesem Abend formiert ihr euch überraschend zum Trio, da ein Berliner Autorenkollege, der gerade in der Stadt ist und sich eigentlich nur den Auftritt ansehen möchte, spontan Lust bekommt mitzumachen.

Nach dem Ende von *Fäidaboll* kümmerst du dich jedenfalls um dein Soloding. Singst über den Bürgermeister, sterbende Kühe oder Abschiebung und liegst schreiend auf dem Boden. Machst deinen eigenen Scheiß und dir durchaus einen Namen. Als Musiker? Eher nicht.

55 österr. für: Sie haben mein Rad gestohlen.

56 österr. für: Ich gehe einen Lappen holen.

# Ende

# Zugabe

(Ox-Fanzine #86, September/Oktober 2009)

## Man in Shorts

Der erste Blick gilt dem weißen Haar. Struppig, unfrisiert, nicht mehr an allen Stellen dicht. Der zweite dem Sakko. Cremefarben, etwas zu groß. So weit, so gewöhnlich. Normaler Mann, normal gekleidet, sieht man täglich. Doch dieser hier läuft - so sagt es mir der dritte Blick - in Unterhosen durch die Gegend.

Ich bin gerade auf dem Heimweg, es ist zirka 21:00 Uhr. Ich befinde mich in etwa auf halber Strecke, zehn Kilometer hinter dem Dorf, in dem ich mein Geld verdiene, zehn Kilometer vor der Stadt, in der ich es wieder ausgebe. Auf dieser Autobahn verkehre ich nahezu täglich, ärgere mich nahezu täglich über diese bescheuerte Baustelle – jeden Sommer der gleiche Scheiß. Ärgere mich nahezu täglich über die bescheuerte Geschwindigkeitsbeschränkung, ärgere mich nahezu täglich über die bescheuerten Äpfel, die seit Wochen am Fahrbahnrand dahinrotten, ohne dass sie jemand wegräumt.
Auf dem Parkplatz hier bin ich eher selten, in zehn Kilometern bin ich zu Hause, müsste ich auf die Toilette, ginge ich dort. Doch heute läutet das Telefon, die Liebste ist dran, derzeit für einige Tage auswärts hat sie später keine Zeit mehr, wegen Lebensgefahr und teuren Geldbußen fahre ich ran. Außer mir: zwei LKWs, polnischer PKW, tschechischer PKW. Die sind wohl alle nach Italien unterwegs oder Kroatien, noch ist es die gleiche Strecke.
Da stehe ich also, es ist Mitte August, bereits finster, die Liebste erzählt gerade von unserem Sohn, da sehe ich die weißen Haare, sehe ich das Cremesakko, sehe ich die weißen Boxershorts. Darunter behaarte Beine, weiße Tennissocken, leichte, abgetragene Halbschuhe. Der Mann – er dürfte zwischen 60 und 70 sein – wirkt verwirrt.
„Warte kurz", sage ich und versuche, ihm mit Blicken zu folgen. „Da ist gerade so ein älterer Mann in Boxershorts vorbeigegangen."
Er steuert direkt auf die Autobahn zu. Er ist schon bei der Ausfahrt, drei Schritte und er ist auf der Fahrbahn.
„Scheiße, der geht auf die Autobahn", sage ich.

„Wie schaut er drein?", fragt sie.
„Verwirrt", antworte ich, „desorientiert."
„Ruf die Polizei", meint sie, „vielleicht ist er aus der Landesnervenklinik abgehauen."
„Wie kommt er dann hierher?", frage ich. „Was, verdammt, hat ein 70-Jähriger in Unterhosen abends um 21:00 Uhr auf einem Autobahnparkplatz verloren?"
Da rennt er auch schon wieder an mir vorbei, etwas wackelig, mitten auf der Straße, nach wie vor in Boxershorts. Niemand scheint ihn zu kennen, niemand scheint ihn zu bemerken, alles läuft wie immer: Rauchen, Pinkeln, Essen, Knutschen. Der Typ in den Boxershorts scheint niemanden zu stören. Ich lausche nur noch mit halbem Ohr dem Telefonat, beobachte den Mann, stelle mir die naheliegenden Fragen: Ist er tatsächlich aus dem Landessonderkrankenhaus abgehauen? Ist er auf Drogen? Ist er alkoholisiert? Will er sich umbringen? Wie verdammt noch einmal kommt er hierher? Was geht ihn ihm vor? Was soll ich tun? Soll ich was tun? Anquatschen? Polizei rufen? Nix?
Ich entscheide mich für Letzteres. Wird schon alles seine Richtigkeit haben. Er ist wie alle anderen auch mit dem Auto hergefahren. Hosen beengen ihn. Sein Arzt hat ihm verboten, Hosen zu tragen. Krampfadern. Die Hose wurde ihm geklaut, als er beim Pinkeln eingeschlafen ist. ‚Immer brav Zivilcourage predigen', denke ich, als ich den Zündschlüssel drehe. ‚Und trotzdem einfach weiter fahren.'
Er steht neben dem tschechischen PKW, die Insassen rauchen draußen, er grinst mich mit großen Augen an.
Ich bin weg, er ist weg, ich werde ihn nie wieder sehen. Trotzdem lässt er mich nicht los. Was, wenn nicht alles seine Richtigkeit hat? Was, wenn er Hilfe braucht? Spielsüchtiger, der alles verloren hat. Psychotiker, den unkontrollierbare Stimmen auf die Autobahn getrieben haben. Frau und Kind haben ihn in verlassen, alles mitgenommen, auch seine Hosen.
Was, wenn er sich wirklich umbringt? Was, wenn er Hilfe gebraucht hätte, die ich ihm nicht gegeben habe? Die ihm sonst niemand gegeben hat? Ich durchforste die Zeitungen nach schlechten Nachrichten. Diese gibt es zur Genüge. Mütter töten ihre Babys. Polizisten Jugendliche in Supermärkten, einfach so von hinten – Arschlöcher. Zeitunglesen kann schrecklich sein. Über „meinen" Mann steht nichts drin, zum Glück. Vielleicht hatte ja doch alles seine Richtigkeit.

# Alter Mann

Da ist also dieser alte Mann in seinen Boxershorts. Du machst dir Sorgen, machst dir Gedanken, überlegst, ob du etwas für ihn tun kannst, tun sollst, tun musst. Und was tust du? Du schreibst eine Kolumne für dieses Heft, für das du eben schreibst, und einen Song, den du fortan gerne auf Bühnen darbietest. Mit oder ohne Gitarre. Gesungen, gesprochen, geschrien. Und das ist er:

Du stehst da ganz alleine,
nackt sind deine Beine.
Du stehst da ganz verloren.

Bist schon ganz erfroren.
Deine Augen glänzen traurig,
fast verstört, irgendwie schaurig.

Alter Mann, Autobahn.
Du hast keine Hose an.
Alter Mann, Autobahn.
Wohin geht deine Reise, Mann?

Wie bist du hergekommen?
Hat dich wer mitgenommen?
Gibt es Menschen, die dich suchen?
Soll ich deine Frau anrufen?

Alter Mann, Autobahn.
Du hast keine Hose an.
Alter Mann, Autobahn.
Wohin geht deine Reise, Mann?

Bist du betrunken?
Oder bist du auf Drogen?
Die Geschichte, sie ist nicht erstunken und sie ist nicht erlogen.
Er stand auf dem Parkplatz, der alte Mann.
Ich machte mir Sorgen,
doch ich sprach ihn nicht an.

Den alten Mann, ich sprach ihn nicht an.

Alter Mann, Autobahn.
Du hast keine Hose an.
Alter Mann, Autobahn.
Was ist aus dir geworden, Mann?

# Inhalt

subkultur

Ebenfalls erschienen

GARY FLANELL:
„Angst vor blauem Himmel"

Schräge Geschichten über schräge Typen, voller Musik, Humor und Melancholie

Gary Flanell sieht die Welt mit anderen Augen. Kann aber auch sein, dass alle anderen blind sind. Die Protagonisten in seinen Erzählungen sind frustrierte Medienschaffende und kleine Spinnen, ambitionierte DJs und melancholische Lappen, pubertierende Punks und nervös witzelnde Wale auf dem Fließband ins Jenseits. Dabei kann es absurd, komisch und traurig werden, manchmal auch gleichzeitig.

ca. 208 S., Edition Subkultur
print ISBN: 978-3-943412-38-3
epub ISBN: 978-3-943412-39-0
Als Taschenbuch, E-Book oder Kindle

MIKIS WESENSBITTER: „Guten Morgen, du schöner Mehrzweckkomplex"

Geschichten aus Ost-Berlin. Eine DDR-Kindheit, verkorkste Blinddates, Aliens – alles in einem Buch.

Mikis schweift in seinen Geschichten durch die Zeit. Von den wilden Siebzigern, als im Kindergarten noch NVA-Soldaten gemalt werden mussten, über die kaputten Achtziger mit Ost-Rock, Revolte und dem großen Knall, bis in die Gegenwart. Eine Hommage an die schönste Stadt der Welt, eine tiefe Verneigung vor Ost-Berlin. So wie es (vielleicht) einmal war. Eine Stadt mit rauen Sitten, voll von betrunkenen Unikaten und natürlich mit außerirdischen Gästen.

ca. 122 Seiten, Edition Subkultur
print ISBN: 978-3-943412-41-3
epub ISBN: 978-3-943412-42-0
Als Taschenbuch, E-Book oder Kindle